本书为浙江省社科规划项目"菲茨杰拉德小说中的视觉文化与表演性研究"（16NDJC232YB）结题成果

外国文学研究丛书

菲茨杰拉德小说中
视觉文化与表演性

曹蓉蓉　著

ZHEJIANG UNIVERSITY PRESS
浙江大学出版社

图书在版编目（CIP）数据

菲茨杰拉德小说中视觉文化与表演性 / 曹蓉蓉著.
—杭州：浙江大学出版社，2021.1
ISBN 978-7-308-20595-5

Ⅰ.①菲… Ⅱ.①曹… Ⅲ.①菲茨杰拉德(Fitzgerald,
Francis Scott Key 1896－1940)—小说研究　Ⅳ.①I712.074

中国版本图书馆 CIP 数据核字(2020)第 174947 号

菲茨杰拉德小说中视觉文化与表演性

曹蓉蓉　著

责任编辑	包灵灵　诸葛勤
责任校对	田　慧
封面设计	周　灵
出版发行	浙江大学出版社
	（杭州市天目山路 148 号　邮政编码 310007）
	（网址：http://www.zjupress.com）
排　　版	杭州中大图文设计有限公司
印　　刷	杭州高腾印务有限公司
开　　本	710mm×1000mm　1/16
印　　张	11.25
字　　数	260 千
版 印 次	2021 年 1 月第 1 版　2021 年 1 月第 1 次印刷
书　　号	ISBN 978-7-308-20595-5
定　　价	48.00 元

目　录

绪　论

　　菲茨杰拉德是美国现代主义文学史上的经典作家,"爵士时代"的杰出代言人,"迷惘的一代"的代表作家。他的文学声誉从 20 世纪 20 年代开始持续至今,经历了崛起—衰落—复兴—登顶这一大起大落的过程。近百年来,批评界从社会、历史、文化的角度入手,结合种种现、当代批评理论对菲茨杰拉德的作品进行了剖析,尤其突出的是以巴赫金的理论、性属研究、心理分析研究、叙事理论等角度切入的研究,产生了许多颇有创见的研究成果。可以说,菲茨杰拉德研究已经成为西方文艺批评研究的缩影。自 1996 年菲茨杰拉德诞生一百周年庆典以来,国外更是出现了以文化研究为主的新高潮,其兴趣集中于探讨文本的历史性,以及文本如何对当时的种族、性别、国民性和流行音乐与大众娱乐中的意象等各种思潮做出反应,研究的深度和广度持续不断地发展。在菲茨杰拉德研究的文化研究热潮中,尤其值得注意的是对大众流行文化和消费文化影响下出现的"表演性身份"的关注。这种"表演性"与种族、性属、阶级差异、大众文化等结合起来,成为菲茨杰拉德研究中一个独特的视角。

第一节　菲茨杰拉德研究的文化转向

　　在 2011 年出版的菲茨杰拉德综述性专著《美国偶像:批评和文化语境下菲兹杰拉德的〈了不起的盖茨比〉》(*American Icon : Fitzgerald's* The Great Gatsby *in Critical and Cultural Context*)中,罗伯特·博卡(Robert Beuka)明确将 21 世纪《了不起的盖茨比》国外研究新趋势概括为"表演(和)焦虑:《了不起的盖茨比》研究的文化转向"①。尽管博卡在此书中描述的是《了不起的盖茨比》这一部小说的研究现状,但事实上"表演性"(Performativity)研究已经成为整个菲茨杰拉德研究的一大亮点,已有相当数量的相关论文专著发表,下列文献便是近年来发表的重要论著:

2001年,司各特·唐纳森(Scott Donaldson)在《〈了不起的盖茨比〉中的财产》("Possession in *The Great Gatsby*")一文中,从经济学和阶级的视角分析了商品在小说文本中的作用,并结合马克思的"商品拜物教"(Commodity Fetishism)和伦勃朗的"炫耀性消费"理论、布迪厄关于"文化资本"与阶级区分的理论,点明了现代社会阶级具有的"表演性",也即小说人物或成功,或笨拙地倾向于通过表演来显示他们在大众文化影响下的阶级属性和态度。

2002年,蕾娜·桑德森(Rena Sanderson)在《菲茨杰拉德小说里的女性》("Women in Fitzgerald's Fiction")一文中深入分析了菲茨杰拉德小说中"飞女郎"(Flapper)②这一文化偶像。桑德森特别指出"飞女郎"具有的"戏剧性""表演性"倾向,认为"女性的特质是一种自我塑形——一种具有诱惑力而又有欺骗性的戏剧性姿态",而菲茨杰拉德对这一点"非常着迷"③。"飞女郎"正是通过这种"戏剧性"表现了美国"爵士时代"女性反叛、追求自由与浪漫个人主义的新价值观,同时也象征了社会的混乱与冲突,这些具有男性特征的新女性颠覆了人们对两性角色的传统定位。

2004年,露丝·普利格兹(Ruth Prigozy)在《菲茨杰拉德的飞女郎和爵士时代的飞女郎电影》("Fitzgerald's Flappers and Flapper Films of the Jazz Age")中也指出,"(菲茨杰拉德)注意到这个作为女性和社会解放的运动已经变成了个性和风格的一种表象的展示"④,但这不代表一种实质性的自我的形成。

2007年,柯克·科纳特(Kirk Curnutt)在专著《剑桥版菲茨杰拉德导引》

① Beuka,R. *American Icon:Fitzgerald's* The Great Gatsby *in Critical and Cultural Context*. Rochester and New York:Camden House,2001:118.

② Flapper 一词有多种译法,吴建国译为"新潮女郎",2010年上海译文出版社出版的译著均采用音译法,译为"飞女郎"。

③ Sanderson,R. Women in Fitzgerald's Fiction. In Prigozy,R.(ed.). *The Cambridge Companion to F. Scott Fitzgerald*. Cambridge:Cambridge University Press,2002:147.

④ Prigozy,R. Fitzgerald's Flappers and Flapper Films of the Jazz Age. In Curnutt,K.(ed.). *A Historical Guide to F. Scott Fitzgerald*. Oxford:Oxford University Press,2004:136.

（*Cambridge Introduction to F. Scott Fitzgerald*）中也认为菲茨杰拉德"赞美了表演性身份"①。他在书中将"文化语境"这一章的一个小节命名为"存在的剧场：个性与表演性身份"，指出尽管菲茨杰拉德笔下的"飞女郎"最难被人接受的便是这些女性矫揉造作的言行，但安吉拉·拉萨姆（Angela Latham）认为"这种'飞女郎'式的装扮远不仅仅意味着她们不够庄重，或是追求时髦，衣着有品位，而是一种姿态，一个立场，一种精心设计的举止，也即，一种表演"②，一种自觉的假装。"飞女郎"的这种表演在科纳特眼中是"对女性性属毫不遮掩的公开拥抱"③，因此是对女性身份认同的一种健康表现。更为重要的是，科纳特不仅分析了"飞女郎"的表演性，他对盖茨比、莱特尔、迪克等"自我成就者"（self-made man）的表演倾向均做了精彩剖析，并批判这种"戏剧性"也带来了身份混乱④。

2011 年，科纳特又发表了《〈了不起的盖茨比〉和 20 世纪 20 年代》（"*The Great Gatsby* and the 1920s"）一文，将小说置于同时代大众小说和电影的语境中，分析浪漫和性别表演的关系。科纳特认为，《了不起的盖茨比》与当时流行小说中的色情倾向恰恰是背道而驰的，盖茨比并没有被塑造成"性感"人物。据此，科纳特提出菲茨杰拉德并不提倡当时流行的新的、开放的性别表现，而是对当时浪漫爱情的性别决定论进行了反思⑤。

近年来与表演性相关的专著有 2006 年出版的贾迈勒·阿萨迪（Jamal Assadi）的《菲茨杰拉德与贝娄小说中的表演、修辞与阐释》（*Acting*，*Rhetoric*，& *Interpretation in Selected Novels by F. Scott Fitzgerald* & *Saul Bellow*），此书分析了菲茨杰拉德和索尔·贝娄作品中修辞、表演和阐释之间的联系。作者通过

① Curnutt，K. *Cambridge Introduction to F. Scott Fitzgerald*. Cambridge：Cambridge University Press，2007：33.

② Quoted from Curnutt，K. *Cambridge Introduction to F. Scott Fitzgerald*. Cambridge：Cambridge University Press，2007：33.

③ Curnutt，K. *Cambridge Introduction to F. Scott Fitzgerald*. Cambridge：Cambridge University Press，2007：33.

④ Curnutt，K. *Cambridge Introduction to F. Scott Fitzgerald*. Cambridge：Cambridge University Press，2007：33.

⑤ Curnutt，K. *The Great Gatsby* and the 1920s. In Cassuto，L.，Eby，V. C.，Reiss，B.（eds.）. *The Cambridge History of the American Novel*. Cambridge：Cambridge University Press，2011：642.

比较菲茨杰拉德的《了不起的盖茨比》(*The Great Gatsby*)、《人间天堂》(*This Side of Paradise*)、《末代大亨的情缘》(*The Last Tycoon*)与索尔·贝娄的《雨王亨德森》(*Henderson the Rain King*)、《受害者》(*The Victim*)及《贝拉-罗莎暗道》(*The Bellarosa Connection*),指出这些小说有个重要的共同之处,"两位作家都在小说中广泛采用了表演的主题,以表现人类探寻其行为与现实本质的历程"①。

除以上研究成果之外,还有乌伟·尤拉斯(Uwe Juras)的著作《愉悦我:西奥多·德莱塞和 F. 司各特·菲茨杰拉德的人格文化及其表现》(*Pleasing to the "I": The Culture of Personality and Its Representations in Theodore Dreiser and F. Scott Fitzgerald*)等,也提到了现代社会个人的表演性。这些关于表演性的研究,不仅延续了过去对菲茨杰拉德"身份"形塑问题的一贯关注,而且与大众文化、消费主义、当代思潮结合在一起,对菲茨杰拉德小说中的阶级、性属和种族等问题在"身份"概念的表现上取得了突破,拓展了研究思路。

与国外学术界的菲茨杰拉德研究相比,国内学术界研究这样一位美国文学史上的大师的广度、深度还远远不够。国内对菲茨杰拉德的译介与研究主要开始于20 世纪 80 年代,首推巫宁坤、董衡巽、王宁等人,主要集中于主题研究、叙事手法研究和比较研究。近十年来,菲茨杰拉德研究成果可谓硕果累累。已出版两部研究专著:吴建国的《菲茨杰拉德研究》(2002)和何宁的《现代性的焦虑:菲茨杰拉德与 1920 年代》(2009)。近年来核心期刊发表的很多菲茨杰拉德研究论文也已经参与到文化研究的热潮中,取得了不少理论突破。比如李磊发表于《外国文学研究》的《消费文化导演的现代悲剧——解析菲茨杰拉德〈夜色温柔〉里的主人公》②,从消费主义研究视角,对《夜色温柔》提出了深刻的洞见;程锡麟发表于《外国文学研究》的《虚构中的真实——菲茨杰拉德小说的自传色彩与历史意识》③从新历史主义的视角对小说提出了新的解读。而熊红萍 2012 年发表于《解放军外国语学院学报》的《他者凝视之下的"黑人"盖茨比》和林芸 2013 年同样发表于《解

---

① Assadi, J., Freedman, W. *A Distant Drummer: Foreign Perspectives on F. Scott Fitzgerald*. New York: Peter Lang, 2007: 172.

② 李磊. 消费文化导演的现代悲剧——解析菲茨杰拉德《夜色温柔》里的主人公. 外国文学研究, 2010(4): 117-123.

③ 程锡麟. 虚构中的真实——菲茨杰拉德小说的自传色彩与历史意识. 外国文学研究, 2012(5): 77-84.

放军外国语学院学报》的《诚与真:〈了不起的盖茨比〉中尼克的自我探寻》,已经涉及盖茨比的表演性话题,但只是点到即止,只限于对《了不起的盖茨比》的研究,对于菲茨杰拉德其他主要长篇小说和短篇小说人物的"表演性"还缺乏深入、系统的研究和讨论。董衡巽先生曾指出我国的菲茨杰拉德研究还存在"理论深度不足"①的问题,不少盲点有待我们去挖掘,从视觉文化研究视角来分析菲茨杰拉德小说中的"表演性"身份便是值得探索的选题。

第二节 视觉文化与表演性

那么本书为什么要采用视觉文化视野来研究菲茨杰拉德小说中的"表演性"呢?国外近期发表的相关论文和专著中,除了司各特·唐纳森的论文结合伦勃朗的"炫耀性消费"理论、布迪厄关于"文化资本"与阶级区分的理论分析了现代社会阶级地位的"表演性"产生的原因外,其他很多论文都将"表演性"作为一种文化语境来进行描述,并没有对此加以深入分析。而本书从视觉文化批评的视角切入菲茨杰拉德研究,旨在说明美国 20 世纪 20 年代文化转型时期,视觉文化对于现代人"表演性"身份形塑起了决定性的影响。本书之所以选择将菲茨杰拉德研究置于视觉文化视野,原因有三:

其一,视觉文化与表演性与戏剧性研究有着非常密切的联系。表演研究的理论家威廉·艾金腾(William Egginton)在《世界如何转化为舞台——在场、戏剧性和现代性问题》(*How the World Became a Stage:Presence, Theatricality and the Question of Modernity*)一书中对"戏剧性"和"表演性"进行了深入而系统的分析,指出现代社会出现的各种视觉文化,"尤其是景观"②,与"戏剧性"的产生密切相关。他梳理了从笛卡尔、黑格尔、海德格尔到福柯和拉康对于现代性和主体性的哲学观点,把面具和"戏剧性"的产生相联系,并指出现代社会主体将自我和世界及其他人通过视觉相连的关系,即为"戏剧性"。通过视觉中介后的自我

---

① 董衡巽.序//吴建国.菲茨杰拉德研究.上海:外语教育出版社,2002:2.

② Egginton,W. *How the World Became a Stage:Presence, Theatricality and the Question of Modernity*. Albany:State University of New York Press,2003:137.

身份模式因此也是"戏剧性"的①。他引用齐泽克的"屏幕"(screen)理论,指出戏剧化身份的独特就在于"它产生在使人物性格成为可能的空间中;屏幕就充当了分割观众以及表演者空间(戏剧性主体就产生与此)和舞台空间(人物)之间的屏障。舞台上的人物(或是电影屏幕上、世界舞台上的,有时甚至就在我们的起居室中的人物),就成为我们为了得到'观众'赞许的凝视而进行的自我表演。而这里的'观众',在我们个人的幻想中,扮演了我们的'理想自我'(ego ideals)角色,也是我们欲望的发源处"②。因此视觉文化与戏剧性或是表演性身份的产生是不可分割的。

　　需要说明的是,表演性理论早已超越了我们所熟知的约翰·奥斯汀(John Austin)的语言学操演论和朱迪斯·巴特勒(Judith Butler)关于妇女和性别研究的表演性理论,影响到整个文化研究领域,成为文化研究的一个热门关键词。巴特勒常借助戏剧概念来进行理论阐述,比如在《性别麻烦:女性主义与身份的颠覆》(*Gender Trouble: Feminism and the Subversion of Identity*)中,她便将那些重复的性别行为比作"身体的一种仪式化的公共表演"③。当今表演研究领域的著名理论家,如美国的理查德·谢克纳(Richard Schechner)和德国的艾利卡·费舍尔-李希特(Erika Fischer-Lichte),也都有打破表演与日常生活的论述。理查德·谢克纳(Richard Schechner)在《表演研究》(*Performance Studies: An Introduction*)一书中对"表演"给出的定义便非常宽泛,不仅包括"仪式、戏剧、体育、大众娱乐、表演艺术",也包括"社会、职业、性别、种族和阶级角色的扮演",甚至包括"医学治疗、媒体和网络等等"④。他认为,"表演"这一概念不应拘泥于舞台表演,而是指任何"架构、表现、强调和展示"的行为。可以借用戏剧性研究的概念对日常生活中的表演进行阐述。费舍尔-李希特则非常看重"表演"中演员与观众之间的相互作用

---

① Egginton, W. *How the World Became a Stage: Presence, Theatricality and the Question of Modernity*. Albany: State University of New York Press, 2003: 151.
② Egginton, W. *How the World Became a Stage: Presence, Theatricality and the Question of Modernity*. Albany: State University of New York Press, 2003: 152.
③ Butler, J. *Gender Trouble: Feminism and the Subversion of Identity*. New York: Routledge, 1999: 277.
④ Schechner, R. *Performance Studies: An Introduction*. London and New York: Routledge, 2002: 2.

与影响,也即"自我生成的反应链"①。这些理论家通过对日常话语行为的解构,打破了舞台表演和现实生活之间的界限,使我们认识到表演中有真实,真实中有表演。他们模糊了现实生活与表演艺术的区别,引导我们用表演理论去研究和探索现实生活中形形色色的表演。本书便是结合表演性研究成果,分析视觉文化影响下日常生活中人物的表演性倾向。

其二,学术界目前尚未有关于菲茨杰拉德的视觉文化与"表演性"的研究成果。视觉文化这种以图像为主导的文化,在 20 世纪 60 年代晚期与"新艺术史"同步出现,近年来已迅速成为文化研究的一大热潮。事实上,早在这一术语出现之前,学术界对视觉文化的关注和批评就已开始,本雅明、海德格尔、齐美尔、麦克卢汉、杰姆逊和波德里亚(又译鲍德里亚)等一众文论大师形成了对视觉文化的批判传统。而 90 年代以来,霍利的《视觉文化》(*Visual Culture*)、冉克思的《视觉文化》(*Visual Culture*)、米尔佐夫的《视觉文化读本》(*Visual Culture Readers*)纷纷出版,更使之成为风靡一时的新学科。齐美尔、德波等人对现代城市中无所不在的视觉霸权的批评,对我们了解现代人主体性的形成也极有启发。

事实上,菲茨杰拉德作为"爵士时代"的代言人,他的作品对当时盛行的视觉文化再现和深刻反思是非常值得称道的。美国著名菲茨杰拉德评论家露丝·普利格兹在《菲茨杰拉德的飞女郎和爵士时代的飞女郎电影》一文的开篇就提到在那个时代里,"尽管其他美国作家与电影都有短暂的联系,但是没有一位像他(菲茨杰拉德)那样对这一媒体如此着迷"②。从少年时期在普林斯顿大学求学时起,菲茨杰拉德就一直定期去百老汇观看电影和戏剧,这段经历对他影响巨大。从视觉文化这一视角入手的代表论文还有斯多特(Stoddart)的《菲茨杰拉德的凝视转向:〈了不起的盖茨比〉中的男性感知和电影执照》("Redirecting Fitzgerald's Gaze:Masculine Perception and Cinematic License in *The Great Gatsby*"),文中对菲茨杰拉德的小说和以此改编的电影进行对比,指出电影可以剥离小说叙事者强加在不同人物身上的道德评判,反而更好地还原了人物的真实形象。代表性专著还有吉恩·菲利普斯(Gene Philips)的《小说、电影与菲茨杰拉德》(*Fiction,Film*

---

① Fischer-Lichte,E. *The Transformative Power of Performance:A New Aesthetics*. New York:Routledge,2008:163.

② Prigozy,R. Fitzgerald's Flappers and Flapper Films of the Jazz Age. In Curnutt,K. (ed.). *A Historical Guide to F. Scott Fitzgerald*. Oxford:Oxford University Press,2004:129.

and Fitzgerald)和高塔姆·昆都(Gautam Kundu)的《菲茨杰拉德与电影的影响：小说中的电影语言》(*Fitzgerald and the Influence of Film：The Language of Cinema in the Novels*)。菲利普斯主要探讨了菲茨杰拉德小说改编成电影后的成败，而昆都则分析了电影叙述技巧对小说主题、人物描写、章节过渡等方面的促进作用。总的来说，这些与本书相关的研究成果大都只涉及电影这一单一的视觉形式对于菲茨杰拉德作品的影响，而没能系统地分析都市空间形形色色的视觉经验对于现代人主体性和认知方式的改变，以及这些改变对于现代人自我形塑、"表演性身份"的形成和现代社会构建产生的影响，因此本书的选题将是很值得探索的话题。

其三，国内已有关于视觉文化切入文学批评的尝试，但视觉文化视野下的菲茨杰拉德研究还是一片空白。国内对于视觉文化的译介开始于20世纪80年代末，周宪、陶东风、金元浦、吴琼、王逢振、孟建、韩丛耀等专家学者都在介绍国内外最新视觉文化研究成果方面成就卓然。视觉文化已成为国内文化研究的重要分支和理论，以视觉文化研究视角切入进行文化批评也已成为重要的研究方法。吴靖的《文化现代性的视觉表达：观看、凝视与对视》(2012)、马黎的《视觉文化下的女性身体叙事》(2009)、路文彬的《视觉文化与中国文学的现代性失聪》(2008)都是这一研究方法颇有新意的尝试。然而，以这一视角切入菲茨杰拉德小说研究还尚未有论文刊出，更无系统性研究。本书从视觉文化的视角入手，对菲茨杰拉德小说中的"表演性"进行系统的剖析，将是极有意义的一种尝试。

本书尝试为中国视觉文化的发展和影响研究提供比较视野。与20世纪的美国一样，现阶段中国早已步入被视觉图像围困的社会，除了电影、报纸、广告这些传统的视觉形式以外，网络上大量的虚拟视觉图像更是给现代人带来了强大的冲击。当下中国正经受着大规模城市化浪潮和视觉文化转向的袭击，面临着媚俗、过度消费、价值困惑、盲目追求虚幻的个人身份视觉外化等与视觉文化息息相关的问题。以20世纪美国文学为切入点探讨视觉文化对中国转型期价值观的形成和导向具有启示和借鉴的作用。

本书以视觉文化批评的视角切入菲茨杰拉德研究，以菲茨杰拉德的三部主要长篇小说及其经典短篇小说文本为中心，将文本细读与历史语境研究相结合，以探寻在美国20世纪初视觉文化逐渐兴起的特殊社会转型期，视觉文化如何对现代社会秩序、个人表演性身份形塑和社会关系的构建产生影响。本书旨在说明，在菲茨杰拉德小说再现的"爵士时代"美国都市世界中，视觉文化对虚幻的现代个人身份形塑起了决定性作用，现代人的"表演性"身份已成为现代性的一个重要表征。这反映了菲茨杰拉德作为一个现代主义作家对视觉霸权时代到来的忧虑，这种忧虑也是美国 20 世纪"文化焦虑"的有机组成部分。处在现代化和城市化进程中的中国同样面临着视觉文化转向和"表演性"身份形塑的倾向。本书通过剖析美国"爵士时代"相关状况，也尝试反思当今的中国所面临的实际问题。

　　本书主要内容分三篇展开。

　　上篇以《人间天堂》为主，分析菲茨杰拉德小说中"爵士时代"现代都市的"视觉霸权"，指出景观的虚幻性——真实与非真，可视与不可及——触发了戏剧性生产，使年轻人中的"表演性"身份模式逐渐萌发。本篇将青年人的表演性分成两个阶段：校园"个性景观"与"挥霍青春的公演"。《人间天堂》上部中的校园景观是都市视觉霸权在校园的延伸，而艾默里以"个性"追求为主旨的"亮发族"哲学则是青年学生对都市视觉霸权的反应。小说下部，艾默里梦想破灭之后的酗酒、打闹等放纵行为则是年轻人对视觉霸权及其背后社会等级制度及其价值观念进行对抗的叛逆姿态。一无所有的青年们唯有通过夸张的表演才能宣泄他们的不满，吸引主流社会的关注，并寻求自我存在感。

　　中篇是在细读小说《美丽与毁灭》以及《伯尼斯剪掉了头发》（"Bernice Bobs Her Hair"）等经典短篇小说的基础上，以视觉文化及"凝视"理论为指导，探讨菲茨杰拉德笔下"飞女郎"虚幻的自我追寻。菲茨杰拉德小说塑造的一系列"飞女郎"形象，是美国女性与旧时代割裂而逐渐演变为现代新女性的一个起点，也是那个时代美国社会的文化符号。然而，这些标新立异、崇尚自我的女性却在视觉文化、消费文化的蛊惑和"可视与不可视"的霸权话语之下，沉迷于对其"个性"和"风格"的虚假表象的追逐，这恰恰暴露了女性在视觉文化影响下无法摆脱的被动性。在都市景观的等级体系下，女性必须通过"自我景观化"方能获得都市世界可视性，这使得景观化表演成了"飞女郎"的都市存在方式。事实上，"飞女郎"的大胆叛逆是男性凝视和大众媒体的规训力量之下的一种表演，而其对"个性"的追求也由于上流社会女性缺乏自我实现渠道，不可避免地被牢牢地限制在"表象的展示"上。

　　下篇主要是基于对《了不起的盖茨比》小说文本的解读，延续特里林在《诚与真》中关于表演性身份引发的"诚与真"问题的探讨。下篇首先会分析小说中现代性语境下诉诸文字表达的媒介——报纸、杂志、广告——与视觉文化同谋,使少年盖茨比通过媒体获得了"被中介的都市体验"。盖茨比在媒体的影响和"橱窗效应"的诱惑下形成了特里林笔下背叛其阶级属性的"分裂的意识"。城市体验给盖茨比带来了"真实的不真实"幻觉,触发身份形塑戏剧性,使他形成了"白色"的幻梦,并试图利用"物的叙事"来彻底重塑自我,融入上流阶层。传统的通过白手起家而实现自我的途径在小说中无迹可寻,个人身份变成了一种表演,真实性维度已缺席。这显示了现代社会传统价值观被视觉文化腐蚀后,取而代之的是对虚幻的"个人实现"视觉外化的追求,最终将导致幻想破灭的空虚和失落。

下篇分析了小说探索视觉文化中阶级表演之"真"与"诚"的新问题。在分析盖茨比越界表演的"真实性"问题上,下篇一方面从盖茨比的"个性"的虚幻性以及他对"观众"的依赖入手,分析了盖茨比的表演无法具有真实性的原因;另一方面指出现代"拟像"具有比现实"原件"更为"真实"的迹象,也给小说中以西卵为代表的上流阶层带来了巨大冲击,引发他们强烈的身份焦虑。而在"诚"这个问题上,下篇指出盖茨比的"真诚"事实上只是"自我推销"的真诚。盖茨比在小说中"真诚"的形象塑造与尼克的"摄像式"叙事是分不开的,尼克通过"摄像式"叙事将自我梦想投射到盖茨比身上,将其转变为一位理想化的英雄。而这,在某种意义上正是尼克的表演。

"结语"部分在总结前文内容的基础上,得出以下结论:菲茨杰拉德的小说探询了表演性带来的诸多问题,剖析了各个现代人群的身份形塑的虚幻性,指出表演性已经成为现代性的一个重要表征。而菲茨杰拉德对视觉文化引发的"虚幻性"的敏锐把握和深入探索,正体现了他对景观社会视觉影像的深刻反思和忧虑。

上篇 《人间天堂》:"视觉霸权"与青年文化中的表演性

　　理查德·利罕（Richard Lehan）的《文学中的城市——知识与文化的历史》（2009）一书堪称近年来城市文学研究领域一本不可多得的力作。他从城市空间理论出发,给予菲茨杰拉德小说《了不起的盖茨比》极高的评价,指出这是一部关于美国的小说,“关于它的心灵状态,关于它的自我观念,关于它充满可能性的疆域。正是后者使美国成为可能”①。他笔下的美国是建立在“一种强烈的自我意识”和“没有边界的边疆”②两大基础上的。而小说描写的故事发生在20世纪美国西进运动完成和边疆确立之后,因此盖茨比的死亡象征着“一种无限可能性的感觉的终结”,美利坚民族从此丧失了“自我的一个纬度——同时也是空间的一个维度”③。

　　将美国的边疆空间引申至其民族自我意识发展空间,令人耳目一新。但利罕关于边疆消逝导致自我意识的空间维度彻底丧失的观点,却有失偏颇。菲茨杰拉德的《人间天堂》(*This Side of the Paradise*)、《美丽与毁灭》(*The Beautiful and the Damned*)、《了不起的盖茨比》(*The Great Gatsby*)等系列小说并没有喻示美国人自我发展空间的闭合。恰恰相反,作者用了大量笔墨来描绘20世纪初美国年轻人心目中出现的另一开拓空间:都市空间。都市,被作者以极大的热情描绘成充满希望、机遇、欲望的自我发展舞台。甚至可以说,菲兹杰拉德小说中的都市已经替代了边疆,成为美国人自我意识的另一空间维度。

---

① 利罕.文学中的城市——知识与文化的历史.吴子枫,译.上海:上海人民出版社,2009:272.

② 利罕.文学中的城市——知识与文化的历史.吴子枫,译.上海:上海人民出版社,2009:271.

③ 利罕.文学中的城市——知识与文化的历史.吴子枫,译.上海:上海人民出版社,2009:271.

利罕在书中转引美国历史学家弗雷德里克·特纳（Frederick Turner）的观点，"边疆体现了一种与美国紧紧联系在一起的奇迹感。从这种奇迹感中产生了一种新的希望感，一种增长着的欲望"，进而提出"当第一批水手在美国大陆定居之后，他们原先对美洲大陆海岸的惊奇感就不再有了"[①]。事实上，这种"奇迹感"（miracle）和"希望感"并没有消失，而是不断地出现在菲茨杰拉德对城市的描绘中。在菲茨杰拉德《我遗失的城市》（"My Lost City"）一文中，作者如此激情澎湃地描述他对纽约的印象：

> 当船沿着河道溯流而上，城市便在晨曦中粲然盛放——下纽约的白色冰河如同一座桥上的拉索一般跌宕而下，又陡然升起，直奔上纽约而去，如斯奇迹，宛如一挂悬垂在群星下的飞腾着细沫的光弧。甲板上有一支乐队开始演奏，可是城市的那份威严使得这首进行曲显得微不足道。[②]

在作者笔下，广袤的荒野已然消逝无踪，引发无限希望的，甚至是充满震撼力的"奇迹感"的正是 20 世纪初的国际大都市纽约。年轻而又满怀成功梦想的作者甚至对纽约产生了家的认同感："纽约——无论我会多么频繁地离开它——终究是家"[③]。

20 世纪初的美国，边疆已经确立，都市却在不断扩张，大都市成了充满流动性、自由发展、自我建构的空间。美国总统富兰克林·罗斯福也将纽约这个大都市描述为充满诱惑力的空间："纽约的生活是如此紧张和多变，如此充满多重可能性，因此它对所有雄心勃勃、精力充沛的年轻人来说都有着特殊的吸引力"[④]。菲茨杰拉德小说中对都市"奇迹"性的描绘可以说是美国 20 世纪城市小说的重要组成部分，反映了 20 世纪初美国大都市兴起和全国性的农村向城市移民的运动。《美国史》对美国都市的兴起做了如下介绍：1860 年，美国只有 9 个人口超过 10

---

① Turner, F. *The Frontier in American History*. New York: Henry Holt and Company, 1920: 272-273.

② 菲茨杰拉德. 崩溃. 黄昱宁，包慧怡，译. 上海：上海译文出版社, 2011: 46-47.

③ 菲茨杰拉德. 崩溃. 黄昱宁，包慧怡，译. 上海：上海译文出版社, 2011: 47.

④ Quoted from O'Meara, L. *Lost City: Fitzgerald's New York*. New York: Routledge, 2002: 10.

万的大城市,1890 年达到 38 个,1920 年则已有 68 个大城市了。与此同时,城市居民也从 1900 年占全国人口的 40% 迅速上升到了 1920 年的 50%①。可以想见,这 20 年间,有多少移民涌进了城市。这些移民都有一个清晰的认知,那就是他们涌向的是一个金融、工业、文化各种资源汇集的大舞台。大都市那出乎意料、无穷无尽、充满诱惑的全景式展示和视觉刺激让这些移民脑海里充满了提升自我经济、文化、社会地位的"奇迹"般的期盼。菲茨杰拉德本人与他小说中的艾默里、安东尼、葛罗丽亚、盖茨比、茉特尔、尼克等人一样,都是当年城市移民中的一员。1919 年,初到纽约的菲兹杰拉德在给女友泽尔达的信中将这个城市形容为"一片充满野心和成功的土地"②。涌向城市这一举动本身就是一个向往新秩序的姿态,也是接受地域流动性,更重要的是接受社会和文化流动性的举动,更是追求自由、探索自我、发展自我和表达自我的努力。就像西部边疆一样,菲茨杰拉德笔下的城市以它繁华的景象和各种各样的机遇与成功的可能性如磁石般地吸引了众多移民。因此,我们可以说,边疆消失后,"充满可能性的疆域"和自我发展的空间维度并没有闭合。都市取代边疆,成了新的"奇迹感"的来源。

然而与美国人面对蛮荒,挑战自我,并最终征服自然的经历不同,菲茨杰拉德小说中的艾默里、安东尼、葛罗丽亚、盖茨比、茉特尔、尼克等人在都市的开拓经历却都是悲剧性的。同样是自我意识的空间维度,开拓边疆和开拓都市空间似乎是两种几乎截然相反的经历。历年来评论家们对盖茨比失败的原因有诸多评论,总结起来也无非两点:缺乏世故和诚实合法的事业。在解释盖茨比的失败时,利罕也不例外。他并没有花太多笔墨,只将盖茨比等同于过去的边疆开拓者,认为他"若是在边疆,可能会获得成功,但他缺乏都市所需要的世故"③。盖茨比仅仅是菲茨杰拉德笔下都市寻梦者的一个代表,《人间天堂》中的艾默里可谓是年轻版的盖茨比:一样充满浪漫幻想、一样在梦想破灭后幻灭。然而评论家们却忽视了都市寻梦者们将梦想放置在都市后,都市对他们的自我实现模式的影响。那么都市经验对自我实现者(self-made man)的身份形塑究竟产生了什么样的影响? 在都市这个舞台上,对新生事物极为敏感的年轻人又会有什么样的表演? 本篇将从

---

① 马丁,罗伯茨,明茨,等.美国史(上下册).北京:商务印书馆,2012:758.

② Fitzgerald,F. S. *A Life in Letters*. New York:Simon,1994:22.

③ 利罕.文学中的城市——知识与文化的历史.吴子枫,译.上海:上海人民出版社,2009:272.

《人间天堂》中的现代都市"视觉霸权"体验入手,分析都市景观对艾默里等年轻人的青年文化的影响,以及以艾默里为代表的年轻人在都市舞台上的种种表演。

第一节 《人间天堂》中的都市视觉展示

F.霍夫曼在《二十年代》(*The Twenties*)一书中谈及当时的一份流行杂志《名利场》(*The Vanity Fair*)时写道:"这10年里,再没有什么比年轻一代的行为和矫饰更能引起广泛讥嘲和深入思考的了。他们遍布于曼哈顿和第五大街的两端;他们逗乐了《名利场》的幽默家,给杂志的书评人留下了深刻印象,并引得不少资深记者试图分析和理解他们的举动。"[①]20年代年轻人的这种"行为和矫饰"在菲茨杰拉德1920年出版的成名作《人间天堂》中得到了充分的展现,事实上菲茨杰拉德被评论界公认为"爵士时代""青年文化"的代言人。"爵士时代"年轻人矫揉造作的表演,似乎已经成了那个时期年轻人的主要特征。那么这种表演性究竟是如何形成的呢? 本节将从视觉文化的角度入手,解读那个时代年轻人的"行为和矫饰"与视觉霸权体验之间不可分割的关系。

一、"爵士时代"的视觉霸权

《人间天堂》这部描写年轻学生的流行生活方式的畅销小说不仅将20世纪20年代命名为"爵士时代",并且拉开了青年一代近10年"纵酒狂欢"嘉年华的序幕。从19世纪末到"爵士时代"这几十年间,美国经历了各种形式的社会变革,尽管这些革命"很少惹人注意",但事实上"它们每天每处都在影响着美国人"[②]。其中一项对美国社会产生了重大影响的社会变革便是以视觉为主导的文化变革。丹尼尔·贝尔(Daniel Bell)曾写道:"我相信,当代文化正在变成一种视觉文化,而不是一种印刷文化,这是千真万确的事实。这一变革的根源与其说是作为大众

---

① 陈雷.青年文化与青年人的声音//虞建华.美国文学的第二次繁荣:二三十年代的美国文化思潮和文学表达.上海:上海外语教育出版社,2004:166-167.
② 布尔斯廷.美国人:南北战争以来的经历.谢延光,译.上海:上海译文出版社,1988:2.

传播媒介的电影和电视,不如说是人们在 19 世纪中叶开始经历的那种地理和社会的流动以及应运而生的一种新美学。"①美国始于 19 世纪中叶的社会流动发展到 20 世纪 20 年代,已经进入了国际大都市次第出现、人们生活越来越被图像所包围的都市社会,而视觉文化也成为占都市社会主导地位的"新美学",都市人越来越以视觉为媒介和纽带来理解人与人、人与世界的关系,听觉或其他任何感觉模式都已退居次要地位。

事实上,西方文化对视觉的重视古已有之,古希腊柏拉图和亚里士多德的感观等级制便将视觉推崇为诸感觉之首②。视觉模式对西方哲学思辨发展起着至关重要的作用,形成了"视觉中心主义"(Ocularcentrism)的传统。然而,进入现代社会之后,随着各种视觉形式和视觉影像潮水般涌入美国人的生活,人们认知世界和自我的方式发生了根本性的改变,视觉认知模式逐渐占据了霸权地位。用苏伦·拉维尼(Suren Lalvani)的话来说就是:"现代性包括强大的视觉特权……它展现了一个独特的以视觉为中心的范式,这与过去的视觉结构截然不同。"③马丁·杰(Martin Jay)也认同这一观点,认为"始于文艺复兴和科学革命的现代性,往往被认为是完全以视觉为中心的"④。我们可以由此得出结论,以"视觉为中心"的认知模式成了"现代性"的主要特征。马丁·海德格尔(Martin Heidegger)对现代"视觉中心主义"也有一段著名的评论:

> 新时代最本质的特征就是世界变成了图像。世界在"人"面前成为了表征。在古典时代事情正好相反,"人"是被观看的对象。简单来说:诸神和上帝曾经在凝视我们,而我们也感觉到他的凝视;现在,是我们在观看世界,我们将世界理解为我们可以看到的东西。⑤

海德格尔的表述体现了现代"视觉中心主义"与过去的视觉范式的区别:人与世界的二元对立出现了新模式——"人"从被观看的客体转变成了观看的主体,世

---

① 贝尔.资本主义文化矛盾.赵一凡,等译.北京:生活·读书·新知三联书店,1989:156.

② 关于柏拉图与亚里士多德的感官等级制的介绍,详见拉康,鲍德里亚.视觉文化的奇观:视觉文化总论.吴琼,编.北京:中国人民大学出版社,2005:1-10.

③ Lalvani, S. *Photography*, *Vision and the Production of Modern Bodies*. Albany: State University of New York Press,1996:1.

④ 杰.现代性的视觉体制//周宪.视觉文化读本.陆玲,译.南京:南京大学出版社,2013:248.

⑤ 吴靖.文化现代性的视觉表达:观看、凝视与对视.北京:北京大学出版社,2012:1.

界万物却被简化为人眼中的景观,只能通过图像的方式来理解。不仅如此,海德格尔还将现代视觉中心主义的独特之处归结为"压倒一切的普遍的再现"①,也即"用现代技术的力量将所有在场都贬低为影像和再现的架构性(enframing)倾向"。在这个全新的时代,"所有出现的事物,所有发生的事件,甚至是在场本身,都只能以再现的形式被人所(主观)理解"②。对于这一现象,视觉文化研究奠基人之一米歇尔(W. J. T. Mitchell)用"图像转向"(pictorial turn)一词,来对应西方哲学界普遍接受的"语言学转向"(linguistic turn)这一文化现象;马丁·杰则称之为"霸权式的视觉模式";大卫·勒文(David Levin)在1990年更是明确提出"视觉霸权"(The hegemony of vision)这一新术语来指称现代社会这种视觉占据绝对主导地位的认知模式③。

　　"视觉霸权"的出现与人类社会进入城市世界是分不开的。丹尼尔·贝尔在《资本主义文化矛盾》中指出现代世界作为一个城市世界,"大城市生活和现代刺激与社交能力的方式,为人们看见和想看见——不是读到和听见——事物提供了大量优越的机会"④,因此视觉文化在城市中表现得最为明显。这种大都市的"视觉霸权"在1893年的芝加哥世界博览会上得到了明确的展示。规模浩大的芝加哥世界博览会是为纪念哥伦布发现新大陆400周年举办的,在美国历史上具有深远的影响,标志着美国步入现代化社会新时代,而芝加哥也由大城市转变为国际大都市。主办者们精心规划了这次博览会,对日新月异的现代美国经济、文化和社会进行了全景式视觉展示。博览会会场中央是一个光荣苑,由一组围绕着一个巨大的光闪闪的水池而建的白色建筑组成,古典风格的庭柱拔地而起,雄伟壮观,光彩夺目,令人惊叹,很快便被世人誉为"白城"(White City)⑤。博览会更是首次使用了影响都市视觉体验的新科技——18000多只灯泡组成了82英尺高的灯塔,用分组开关控制,创造出灯光上下滚动的效果,给博览会带来了浓厚的节日气

① Levin, D. (ed.). *Modernity and the Hegemony of Vision*. Berkeley and Los Angeles: University of California Press, 1993:6.

② Levin, D. (ed.). *Modernity and the Hegemony of Vision*. Berkeley and Los Angeles: University of California Press, 1993:6.

③ Levin, D. (ed.). *Modernity and the Hegemony of Vision*. Berkeley and Los Angeles: University of California Press, 1993:5.

④ 贝尔.资本主义文化矛盾.赵一凡,等译.北京:生活·读书·新知三联书店,1989:156.

⑤ 马丁,罗伯茨,明茨,等.美国史(上下册).北京:商务印书馆,2012:688-689.

氛。博览会还展出了 65000 件展品，包括各式电气产品、摄影设备、早期电影、电话、望远镜和显微镜等代表现代科技进步的新产品，隆重地向世界宣告了一个新的视觉时代的到来。

这届博览会作为当时美国甚至是世界公认的一大奇观，对现代人的视觉教化作用是不可估量的。芝加哥世界博览会吸引了 2700 万人前来观展，这意味着全美国 25％的人参观了这次博览会。高度发达的铁路、蒸汽发动机、电气用品、宏伟的工业建筑、规模巨大的现代商业中心将一个乌托邦式充满新希望的都市形象植入了美国人的心中。罗伯特·雷德尔（Robert Rydell）曾指出，博览会是 19 世纪中产阶级所建立的一套价值观与文化霸权的展现，是对中下层的民众进行的文化改造[①]。这届博览会对现代人的文化改造体现在以下两个方面：

首先，这届博览会通过商品和消费的展演向所有参观者灌输了现代消费社会的消费伦理。瓦尔特·本雅明（Walter Benjamin）在他的《拱廊计划》中写道："世界博览会是商品拜物教的朝圣之地"[②]。在博览会的展示中，"商品带上王冠"，"交换价值大放光彩"。它"造成了一个让商品的使用价值推到幕后的结构"，创造了一个乌托邦式的商品世界，因此它是"资本主义文化幻境最光彩夺目的展示"[③]。不仅如此，博览会大大增加了商品和物品的符号价值，为参观者提供了一个由商品形象组成的幻觉世界，滋长了人们对商品的崇拜心理，这种马克思的"商品拜物教"仪式取代了过去的宗教朝圣，成为商品社会的主导心理。图像"霸权"的文化政治意味突出地反映在新的"图像拜物教"倾向中，当商品转变为形象时，"商品拜物教"也就合乎逻辑地转化为了"图像拜物教"[④]。

其次，这届博览会通过其巨大的空间和等级制的空间布局向参观者渗透了现代文明视觉秩序。博览会是"最独特的现代性的符号发明"[⑤]，具有社会"仪式"的功能。正如吴靖在《文化现代性的视觉表达：观看、凝视与对视》一书中所写的，

① Rydell, R. The Centennial Exposition, Philadelphia, 1876: The Exposition as a "Moral Influence". *All the World's A Fair: Visions of Empire at American International Expositions*, 1876—1916. Chicago: The University of Chicago Press, 1984.

② 本雅明. 巴黎——19 世纪的首都. 刘北成，译. 上海：上海人民出版社，2006：12.

③ 本雅明. 巴黎——19 世纪的首都. 刘北成，译. 上海：上海人民出版社，2006：13-14.

④ 周宪. 视觉文化的转向. 北京：北京大学出版社，2008：196.

⑤ Bennett, T. *The Birth of the Museum: History, Theory, Politics*. London: Routledge, 1995: 205.

"仪式"一词"准确描述了世界博览会与生俱来的特质"①。本届博览会通过在公共空间的"观看"与"被观看"的辩证组合,将参观者放置在一个统一的秩序中,使参观者在观看的同时也意识到自身正被别人观看,从而迫使他们主动地注意自己的身体姿态和行动,以符合公共空间的行为伦理。博览会不仅是社会精英阶层展示自身现代性的仪式,也是普通人接受和实践现代文明规范的"成人礼"。"视觉霸权"甚至已经强化到成为一种威胁,使整个世界变成了福柯所说的"全景敞式的政体",把主体一一捕捉到其网络之中,现代人在"看"和"被看"动态模式中不自觉地陷入这个视觉展示背后的等级体系。

这届博览会标志着旧秩序的完结和新时代的开端,创造了现代美国的新视觉形象,并用它对新时代的美、进步和整体性的视觉展示改变了美国人的观念,促使他们用开放的心态去迎接进步、新观念,以及全新的现代都市景观。作为具有教育和宣传意义的都市景观,这次世界博览会传达的信息不仅影响到了 20 世纪美国社会,更是向全世界展示了美国工业、技术和经济上的突飞猛进的变革,使大众领略了世纪之交现代都市的核心文化体验。这是一次面向全世界的宏大的现代都市空间视觉展示,它对秩序的等级化展示与观看的体系,流露出对美国世界霸权的优越感和种族主义的话语。一位英国参观者不无赞叹地写道:"美国已经遥遥领先于所有的竞争者。在这里,她本身的光辉,令人炫目的光彩,照耀了世界所有的国家。"②作为这次博览会的举办地,芝加哥这个大都市更是用其都市景观将现代美国物质和精神上的巨大变革和进步充分地展示了出来,成为代表美和进步的理想化都市的典范,也使美国成为世界文化、商业和科技引领者。

这届世界博览会和它所带来的"新时代"证实了现代体验中的"视觉霸权"和海德格尔所着重指出的"世界作为图像式的存在"③的概念。这届博览会应用了无数改变视觉经验的新技术,引起了参观者的赞美和惊叹。但事实上,视觉经验技术化的浪潮早在 19 世纪便已出现,给都市人的视觉经验带来了极大的改变。正如安妮·弗莱伯格(Anne Friedberg)所指出的,视觉科技的发展大大改变了人们的日常生活:

① 吴靖. 文化现代性的视觉表达:观看、凝视与对视. 北京:北京大学出版社,2012:211.

② 转引自马丁,罗伯茨,明茨,等. 美国史(上下册). 北京:商务印书馆,2012:689.

③ 海德格尔. 世界图像时代//孙周兴. 海德格尔选集. 上海:上海三联书店,1996:899.

19世纪,各种各样的器械拓展了"视觉的领域",并将视觉经验变成商品。由于印刷物的广泛传播,新的报刊形式出现了……电报、电话和电影加速了交流和沟通,铁路和蒸汽机车改变了距离的概念,而新的视觉文化——摄影术、广告和橱窗——重塑着人们的记忆和经验。不管是"视觉的狂热"还是"景象的堆积",日常生活已经被"社会的影像增殖"改变了。①

博览会上展出的电灯、玻璃窗、摄像、电影、印刷,以及新式城市建筑等科技进步不仅改变了都市的外观,而且极大地拓展了人们的视野和可被感知的世界的范围。视觉科技使视觉、视觉再现和视觉体验进一步占据现代生活的主导地位,世界上存在的一切事物越来越等同于影像与再现,也导致人们对视觉、影像以及现代生活方式的理解模式发生了极大改变。亚伦·崔切伯格(Alan Tranchtenberg)在其专著《美国融合:镀金时代的文化和社会》(*The Incorporation of America: Culture and Society of the Gilded Age*)中写道:"白城就像一个公认的虚假展品一样展示自己。然而这虚假展品坚信它比那不断蔓延的、充满麻烦的世界更真实地展现了现实。"②世界变成了表征,表相与真实、现象与本质的区别已不再那么明显,虚假展品甚至比现实显得更逼真,这正是现代社会给人们的认知模式带来的巨大困惑。这个"白城"意象此后被广泛用来指代现代都市,在菲茨杰拉德小说中也频繁出现,甚至连"白色"也成为小说中一个具有深远含义的符号。③

芝加哥世界博览会正式开启了美国社会"视觉霸权"的新时代,而菲茨杰拉德笔下的20世纪20年代的美国早已成为"视觉霸权"统治下的世界。那么现代视觉范式究竟如何对现代人理解都市文化以及现代主体性的构成产生影响?下面,笔者将从《人间天堂》中的都市景观及其"戏剧性"入手进行深入分析。

---

① 弗莱伯格.移动和虚拟的现代性凝视:流浪汉/流浪女//罗岗,顾铮.视觉文化读本.桂林:广西师范大学出版社,2003:327-328.

② Tranchtenberg, A. *The Incorporation of America: Culture and Society of the Gilded Age*. New York: Hill & Wang Press, 2007:211.

③ "白城"和"白色"的含义详见下篇第二节"视觉时代的表演性身份:'白色'的幻梦"。

二、《人间天堂》中都市景观的"戏剧性"

格奥尔格·齐美尔（Georg Simmel）曾明确将现代性与大都市体验联系起来，"现代性展示得最充分，也是个体感受现代性最强烈的地方，莫过于现代大都市"①，因此再现现代大都市成了现代文学的主要内容。罗纳德·鲍曼在《〈了不起的盖茨比〉与现代时期导论》一文中写道，"对城市景观的观察和描写是 20 世纪 20 年代文学作品的一部分"②。庞德、艾略特等诗人都对城市景观有过深入的描写，庞德甚至将纽约的夜景称之为"我们的诗歌"③。如果他们是那个时代描写都市视觉文化的主要诗人，那么菲茨杰拉德便是当之无愧的主要小说家。

《人间天堂》中的主人公艾默里与作者菲茨杰拉德一样，都出生于 19 世纪末，成长于 20 世纪初。艾默里出生于美国中西部一个富裕的中产阶级家庭，母亲在欧洲受过良好的贵族式教育，一心想把唯一的儿子培养成美国社会的精英。当别的孩子还在接受家庭教师管教时，艾默里已在母亲的陪伴下游历了美国各大城市，出入于高档酒店，并从母亲那里受到专门的教育，培养起强烈的优越感。艾默里从西部私立中学毕业后，母亲便安排他前往新英格兰圣雷吉士预备学校求学，为考上东部名校做准备。之后艾默里便离开了中西部，踏上了去东部大城市之旅，成为 20 世纪初城市移民大潮中的一员。都市就像西部边疆一样，是一个充满了各种机遇、各种可能性的自由空间，像磁石一般吸引了来自各地的人们，尤其是年轻人。这些城市新移民在进入大城市之初就深深意识到大都市是集金融、工业资源和先进文化于一体的巨大舞台。向大都市迁徙这一举动本身就是一种复杂的自我探索和自我展示的行为，是对社会和文化上自我进步的一种追求。从这个意义上说，离开中西部、进入东部大城市这一举动便是艾默里的一种社会姿态，预示着他对新的秩序和新的自我的拥抱。而来到都市之后，城市里光怪陆离的景象及其带来的心理刺激更是进一步激发了他们这些新移民强烈的自我实现愿望。

《人间天堂》中充斥着以视觉为中心的城市体验的再现，各种视觉形式和视觉

---

① 成伯清. 格奥尔格·齐美尔：现代性的诊断. 杭州：杭州大学出版社，1999：81.

② 伯曼.《〈了不起的盖茨比〉与现代时期》导论//程锡麟. 菲茨杰拉德研究文集. 南京：译林出版社，2014：206.

③ Perloff，M. *The Futurist Moment*. Chicago：University of Chicago Press，1986：179.

刺激比比皆是,而作为"视觉霸权"代表的"白城"便是菲茨杰拉德小说中的一个重要意象。少年艾默里初次见到纽约这座"白城",是清晨坐在哈得逊河的一条轮船上远望纽约白色的高楼大厦,体验到这座大都会的"洁净感"①,如同"湛蓝天空上的一道耀眼白光",给他留下的印象"是一幅雄伟壮丽的图画,堪与《天方夜谭》里的梦幻城市媲美"②;第二次见到纽约,是借着电灯的灯光看到的,纽约的"夺目光彩让他大开眼界":夜空下被灯光照亮的百老汇大街,百老汇剧院舞台上漂亮的黑发少女,屋顶花园的"银白的月光下"③泡沫般流畅的喜剧,还有"从一个接一个招牌上和在阿斯特大饭店女人的双眸里,无不透出晶莹闪烁的浪漫色彩"④。类似的都市景观在菲茨杰拉德其他小说中也不断出现:《美丽与毁灭》中的第五大道、百老汇、时代广场等川流不息的人流和车流;《了不起的盖茨比》中布坎南一家充满玫瑰花香味的、法式落地窗"在夕照中金光闪闪的""洁白的宫殿式的"⑤豪华大厦,以及盖茨比的夜如白昼、喧闹沸腾、极尽奢华的"庞然大物"式公馆。所有这些视觉展示与纽约街头熙熙攘攘的人流混合在一起,成为纽约这个大都市的全景式展现。

都市给艾默里带来的冲击是复杂的,它既激发了他的想象,又令他困惑恐惧。初到都市的艾默里,看到纽约这个现代大都市既敬畏又兴奋——无穷无尽的活力令他震惊,川流不息的人群、衣着华丽的上流人士让他羡慕,而高耸入云的大楼的宏伟又刺激了他对未来的梦想,使他不禁"想入非非",开始梦想定居纽约,"做每一家餐馆和咖啡馆的常客"⑥。然而,现代都市的外观及魅力在显现其内在活力和力量的同时,其宏伟壮观的视觉冲击又让他产生了一种无力感,使他迷失在了都市生活的视觉刺激中。《人间天堂》第三章"魔鬼"这一节中就描述了纽约的白色街道与"恶魔"的诡异联系。在这一节中作者描写了艾默里在百老汇几家酒吧里喝酒跳舞时,总是会突然遇到一位穿棕色西装的怪人的经历。从此,不管艾默里走到哪里——纽约的街头、公寓,甚至回到学校——这位怪人都如影随形般紧

---

① 菲茨杰拉德.人间天堂.金绍禹,译.上海:上海译文出版社,2010:31.

② 菲茨杰拉德.人间天堂.金绍禹,译.上海:上海译文出版社,2010:40.

③ 菲茨杰拉德.人间天堂.金绍禹,译.上海:上海译文出版社,2010:41.

④ 菲茨杰拉德.人间天堂.金绍禹,译.上海:上海译文出版社,2010:40.

⑤ 菲茨杰拉德.了不起的盖茨比.巫宁坤,译.上海:上海译文出版社,2007:13.

⑥ 菲茨杰拉德.人间天堂.金绍禹,译.上海:上海译文出版社,2010:41-42.

追不放。他在纽约街头奔跑企图逃离,却感觉自己是在追随那"魔鬼"的脚步①。当他终于睁眼看清"魔鬼"扭曲的脸,却发现那正是他死去的好友亨伯特的脸!这段难以言喻的恐怖经历,与纽约"白色"街道有着不可分割的联系:"他永远也忘不了那条马路……那是一条宽阔的马路,两旁都是这样的高层白石建筑,黑洞洞的窗户;高层建筑绵延不断,一眼望不到头,在皎洁月光的映照下,建筑呈现出一片银白。"②"魔鬼"似乎就是这庞大而无法把握的都市投射在艾默里心头的阴影和毁灭预感,纽约月光下白色的建筑因此也成了"魔鬼"的象征。这种迷失在都市的体验在《美丽与毁灭》和《了不起的盖茨比》中也多次出现。尼克走在纽约大街上,也曾"感到一种难以排遣的寂寞"和"无名的怅惘"③。菲茨杰拉德在《我遗失的城市》中回忆他本人初到纽约的体验时写道,"我……好像一个来自米迪的小伙子,被巴黎的林荫大道迷得头晕目眩"④,感慨这是一个令人"捉摸不透的城市"⑤。

艾默里对都市既兴奋又恐惧的反应与他在都市感受到的全新视觉体验是分不开的,而这种视觉体验应归功于 20 世纪初美国视觉科技在都市的广泛应用。菲茨杰拉德在小说中描绘的都市视觉景观——百老汇大街的灯光、广告牌的光芒、车灯、纽约各地的酒吧和舞会上五颜六色的装饰、鲜亮动人的美酒美食、变幻不定的灯光、珠宝闪烁的百老汇观众、窗户中透出的灯光——都是围绕着"电灯"和"玻璃窗"而展开的,而这恰恰反映出 20 世纪初美国视觉科技应用后新的视觉模式的出现。20 世纪以前,由于难以解决玻璃生产过程中温度、均匀性和透明性等技术问题,大块玻璃一直是极其罕见而昂贵的奢侈品。直到 1902 年,法国人福考尔发明了挤压成形的机械制法,玻璃窗才得以大批量地用于都市商店橱窗和住宅窗户,并迅速席卷美国大都市,也成为纽约大街上一道新的视觉景观⑥。大面积的玻璃橱窗与 19 世纪末已大规模使用的电灯这两项视觉技术的结合不仅改变了都市外观,拓展了可见的都市空间,也带来了史无前例的丰富视觉形式和影像。

---

① 菲茨杰拉德. 人间天堂. 金绍禹, 译. 上海:上海译文出版社, 2010:152.

② 菲茨杰拉德. 人间天堂. 金绍禹, 译. 上海:上海译文出版社, 2010:149.

③ 菲茨杰拉德. 了不起的盖茨比. 巫宁坤, 译. 上海:上海译文出版社, 2007:15.

④ 菲茨杰拉德. 崩溃. 黄昱宁, 包慧怡, 译. 上海:上海译文出版社, 2011:37.

⑤ 菲茨杰拉德. 崩溃. 黄昱宁, 包慧怡, 译. 上海:上海译文出版社, 2011:41.

⑥ 贝尔. 资本主义文化矛盾. 赵一凡, 等译. 北京:生活·读书·新知三联书店, 1989:113-114.

首先,街道两旁明亮的路灯将夜晚的黑幕一扫而光,都市空间从此不再受时间的限制。其次,强烈的灯光和玻璃技术带来的巨大的玻璃橱窗显著拓展了都市空间的可见范围,提升了都市生活的透明性:安装在家庭和商业场所的大面积玻璃窗使路人的视线能轻松地进入建筑空间内部,使过去被遮蔽的内部空间终于也暴露在公众审视的目光之下。《了不起的盖茨比》中,尼克第一次去拜访布坎南一家,短短两页篇幅对布坎南宫殿式大厦的描述中,就有 4 次提到了一溜的"法国式落地长窗"①。这些灯光和玻璃窗不仅仅是科技在视觉体验上的进步,凸显了视觉刺激,更重要的是,它们使城市空间内部和外部的行为都成了一种展示。布坎南大厦的落地长窗不仅将他们的住所转化成了财富的展示柜(showcase),也是尼克这个初到纽约的新移民欣赏、窥视和消费都市视觉展示的最佳渠道。而盖茨比喧哗、奢侈、灯火通明的晚会更是纽约醉生梦死夜生活的一个缩影、一个巨大的展示柜。

玻璃窗和灯火通明的街道是对城市活力的主要展示,也是菲茨杰拉德笔下城市空间的重要组成部分。这种科技的进步大大拓展了社会可感知的范围,城市生活的公开性、可见性的增强也对人物的城市视觉经验起了决定性作用。由于这种视觉公开性和透明性,菲茨杰拉德小说中的都市人获得了自由观看奢侈、富裕和时尚的娱乐的特权,他们参与这种视觉狂欢的欲望也开始蓬勃生长。当他们自由地窥视这个丰饶而又多样的都市空间时,光怪陆离的视觉体验让他们心生喜悦,让他们有了平等的错觉。城市公共空间不仅使人迷恋,更激发了他们的欲望。从某种意义上说,都市生活的乐趣就在于一切都看上去那么触手可及,使旁观者产生一种强烈的参与到都市生活的浪潮中去的欲望。小说中艾默里也是一样,视觉体验表面的透明性和平等性使他心中产生了强烈的希望和喜悦,使他产生了关于幸福、奢侈和超越身份的幻想。

《人间天堂》第一章少年艾默里在百老汇看音乐剧的体验在他心头激起的欲望就是一个很好的例子。他陶醉在"奢侈享乐的愉悦气氛里","心中充满激情,渴望做一个屋顶花园的常客"②。看完剧后,他夹杂在百老汇大街的人群里,望着"一张张新面孔突然闪现,又在倏忽间消失,就像万家灯火一样",他痴痴注视着这

① 菲茨杰拉德.了不起的盖茨比.巫宁坤,译.上海:上海译文出版社,2007:15-16.
② 菲茨杰拉德.人间天堂.金绍禹,译.上海:上海译文出版社,2010:40.

些人"想入非非",开始筹划他的人生。他决定要在纽约居住,穿一身燕尾服,"做每一家餐馆和咖啡馆的常客"①。艾默里在百老汇剧场看剧和行走在大街上的经历,是他对纽约这个大都市体验的重要组成部分。透过大街上的玻璃窗看向那一家家餐馆、屋顶花园和咖啡馆这些曾经属于某一特权阶层的享乐场景,艾默里产生了一种似乎人人都可自由参与享受的闲适和繁荣的视觉体验。透明和敞开式的都市视觉体验,使都市的社会阶层之间的区别变得模糊了。而这种表面上的社会阶层的平等性和透明性,似乎在邀请艾默里将自己想象成为这个富足特权阶层的一部分,都市空间也因此成为诱导都市人向往那梦想中的奢侈和幸福的乌托邦的通道。对他来说,城市就是那种"奢侈享乐的愉悦气氛",那种"晶莹闪烁的浪漫色彩",令人兴奋、向往,而相比较之下日常的生活却变得不再有意义。

然而事实上,这种视觉再现却是一种虚假的、扭曲的都市体验,是在都市景观对视觉展示的操控之下展示出来的。在都市的视觉展示中,奢侈享受、娱乐、消费得到了突出的关注和放大,而城市艰辛谋生的日常生活却受到排斥,只能隐藏在阴影之中。都市正是通过无穷无尽地展示那些其实极其有限的场景,使这些享乐的场景在操控下得到重复、堆积、放大和凸显,同时压抑和遮蔽了城市阴暗、冷漠的真相,才使得"奢侈享乐的愉悦气氛"成了欲望的对象。

《人间天堂》小说结尾,艾默里在成功梦想幻灭、与罗莎琳的爱情又失意之时,终于意识到纽约除了"奢侈享乐的愉悦气氛"和"晶莹闪烁的浪漫色彩"之外,更有"阴沉""潮湿""压抑""恶臭"的一面:"拥挤不堪"的地铁,"太暴躁或者太冷漠,太疲倦,太担忧"的普通纽约人,狭小的公寓里"门厅阴暗……非常肮脏……冬天的室内密不透风,而漫长的夏天是在潮湿闷热的墙壁包围下汗流不止"②,这些都让他感到"令人憎恶,比淤泥、汗水、危险融合在一起的任何实际的艰苦更叫人难以面对,在这样的气氛里,新生、婚嫁、死亡都成为令人憎恶、隐秘的事情"③。与他初到纽约时雄心勃勃要做个纽约人正相反,现在他领悟到,"这是一个很倒霉的城市,除非你是生活在这个城市的上层"④。纽约光鲜华丽的一切都在提醒他:"我

---

① 菲茨杰拉德. 人间天堂. 金绍禹,译. 上海:上海译文出版社,2010:41-42.
② 菲茨杰拉德. 人间天堂. 金绍禹,译. 上海:上海译文出版社,2010:338-339.
③ 菲茨杰拉德. 人间天堂. 金绍禹,译. 上海:上海译文出版社,2010:339.
④ 菲茨杰拉德. 人间天堂. 金绍禹,译. 上海:上海译文出版社,2010:340.

的报酬低得可怜。一周 35 块钱——比一个熟练的木工还要低。"①这个城市所展示的奢侈富足的生活，就像河滨大道停满了各式小游艇的哈得逊河运动游艇俱乐部，尽管可以自由观看，但一旦他靠近，就会被冷冷地拒之门外，被告知这是"不对外开放的"②。《我遗失的城市》里也记录了菲茨杰拉德本人经历的几乎同样的分裂感：一边参加着"流光溢彩花园派对"，一边深刻意识到自己最终还是属于那个"灰头土脸的房间……在地铁里立足的那方小小的空地……我那寒酸的套装，我的贫困"③。这也是《了不起的盖茨比》中"那些在橱窗面前踟蹰的穷困的青年小职员"④与生活在"灰谷"里的人们所能体会到的心情。《美丽与毁灭》中的安东尼的生活轨迹也是一样，小说后半部当他穷困潦倒，从奢华的纽约上东区搬离到月租仅 85 元的小公寓时，他寒酸地感觉到自己就像"失去戏服的演员"⑤，以至于街上遇到的熟人都对他视而不见。都市视觉展示将大部分都市人真实的日常生活挤压到了隐秘和不可见的角落。然而这种表面可见的奢华景象事实上却拒绝普通人的参与，这种反差会让人产生强烈的挫败感，正如艾默里所说的："我讨厌贫穷的人……贫困可能曾经是美好的，但现在贫困已经变得堕落。"⑥作者在小说中呈现了都市视觉展示的两面性，即，凸显以享乐为导向的都市景观，同时掩盖市民们拮据心酸的日常生活。正是这种两面性限制了新移民艾默里等人对都市的感知，使他们无法了解都市生活的真相，从而受到城市景观的魅惑，把都市生活一味地幻想为浪漫美好的享乐。

都市景观对现代人心理上的影响是小说关注的中心问题。作者笔下的都市由于玻璃的使用而提升了奢侈和繁荣的可见性，使都市人可以看到并消费这种视觉展示和景观。但同时，它也成为横亘在人与现实之间无法逾越的无形障碍。城市居民只能看到都市空间的视觉再现，城市窗户和灯光带来的空间的透明性恰恰成了欲望的幻觉式光芒的比喻，深深根植于幻想本身。因此，当人们无法看清、形成城市完整的外观时，对于城市所见到、所感知到的视觉体验就成了引发幻想的

① 菲茨杰拉德.人间天堂.金绍禹,译.上海：上海译文出版社,2010:271.
② 菲茨杰拉德.人间天堂.金绍禹,译.上海：上海译文出版社,2010:343.
③ 菲茨杰拉德.崩溃.黄昱宁,包慧怡,译.上海：上海译文出版社,2011:37.
④ 菲茨杰拉德.了不起的盖茨比.巫宁坤,译.上海：上海译文出版社,2007:115.
⑤ 菲茨杰拉德.美丽与毁灭.吴文娟,译.北京：文化艺术出版社,2010:354.
⑥ 菲茨杰拉德.人间天堂.金绍禹,译.上海：上海译文出版社,2010:339.

景观。视觉展示在创建一个"不真实"的现代城市再现中起着极其重要的作用。都市生活的复杂性和视觉展示具有磁石般的吸引力,一直是一个令人难以理解的神秘领域。人们越是受到都市的诱惑,就越难以真正理解都市生活。这也是前文提到的菲茨杰拉德感慨这是一个令人"捉摸不透的城市"的原因。

可以说,菲茨杰拉德小说中的都市视觉体验有着多重含义:都市展示的富裕生活既激发人的美好想象,又使人困惑不解;看似公平和透明,又被无形的障碍所阻挡;既凸显了"晶莹闪烁的浪漫色彩"的一面,又遮蔽了阴暗拮据的日常生活。这一切使得现代人"解读"和把握都市生活现实几乎成为不可能实现的任务。复杂的都市体验让艾默里在处处碰壁之后不禁感受到无限的孤独和迷惘,就像他"从一个狭小的围场走出来,进入了一个巨大的迷宫"[1]。

对于都市何以变得越来越难以"解读"的原因,居伊·德波(Guy Debord)在他的《景观社会》(*The Society of Spectacle*)中用景观(Spectacle)这一概念进行了解释。景观[2]是德波的社会化批评理论中的一个关键词,"原意为一种被展现出来的可视的客观景色、景象,也意指一种主体性的、有意识的表演和作秀。德波借其概括自己看到的当代资本主义社会新特质,即当代社会存在的主导性本质主要体现为一种被展现的图景性"[3]。简而言之,就是存在颠倒为刻意的表象;而表象取代存在,成为景观。德波在书中写道,19世纪末城市化已经发展到影像充斥于生活每一个方面的新阶段。宏伟的城市成为一个复杂而神秘的象征,也是神秘化的来源。城市在日常生活中不断被伪装成景观:现代城市中"生活本身展现为景观的庞大堆聚。直接存在的一切全都转化为一个表象"[4]。而景观"通过抑制由表象组织所坚持的、在谎言的真实出场笼罩之下的所有直接的经验事实,抹杀

---

① 菲茨杰拉德.人间天堂.金绍禹,译.上海:上海译文出版社,2010:349.

② 景观:Spectacle,出自拉丁文"spectae"和"specere"等词语,意思都是"观看"或"被看"。吴琼等学者译为"奇观",王昭风译为"景观"。本书相关引文以王昭风译的《景观社会》为主,故采用"景观"这一译法。德波第一次使用"景观"一词是在《情境主义国际》1959年第3期的关于《广岛之恋》的影评文章中。据胡塞的考证,"景观"一词应该是出自尼采的《悲剧的诞生》一书。

③ 张一兵.代译序:德波和他的《景观社会》//德波.景观社会.王昭风,译.南京:南京大学出版社,2006:10.

④ 德波.景观社会.王昭风,译.南京:南京大学出版社,2006:1.

了真与假的界限"①。因此，在景观世界里，表象和影像已经压倒了现实。商品、奢侈品、影像及其他新的视觉艺术体验越多，城市生活也就越神秘莫测。在城市生活充满诱惑的耀眼光芒中，景观将人们带离了生活的本质或是真实，拉向了想象的幻觉，从而使人们无法体味到城市生活的真相。

身处景观化都市中的大众看到的都是城市闪光的表象，既无法获知真相，也读不懂表象。他们看到的只是城市中充满神秘色彩的影像，心向往之，但又缺乏真实的体验，只能凭借自己的理解力去想象。一旦经过旁观者想象力的加工，城市生活就再现成了其自身欲望投射下的影像。也正因此，都市人想象中的大都市充满了个人欲望的投射下的各种幻象。简而言之，城市是戏剧性的幻想和幻象组成的梦幻世界。德波还进一步指出景观城市不仅充满幻觉，而且幻觉具有超越真实的逼真性，出现了幻觉和真实倒错的关系，也即，"现实显现于景观，景观就是现实"②。然而，德波点明，这种"现实"与"景观"的异化恰恰是"现存社会的支撑与本质"③。

对于菲茨杰拉德和德波来说，城市世界的本质就是"景观式的"（Spectacular），这已经成为描述城市张力的最重要词语。菲兹杰拉德特别擅长刻画景观带来的幻觉光芒，他笔下令人印象深刻的景观往往都被某种光晕所环绕。前文提到艾默里第一次见到纽约是"耀眼白光"，第二次是夜晚灯光下纽约"夺目的光彩"使他联想到"奢侈享乐的愉悦气氛"和"晶莹闪烁的浪漫色彩"。这种大都市景观及其诱人的幻觉光芒也延伸到了普林斯顿大学校园。刚到大学的艾默里透过窗外可以望见校园里哥特式建筑的塔楼。书中这样描写夜色中的塔楼：

> 夜雾降下来了。滚滚的雾来自月亮，凝聚在建筑的尖顶和塔楼的四周，然后从尖顶和塔楼下沉，于是沉湎梦幻的建筑物的顶部依然面对夜空抒发崇高的抱负。……哥特式建筑的大楼和回廊在黑暗中赫然耸现，无数灯光昏黄的淡淡的方块勾勒了每一幢大楼，更是让人觉得无限地神秘莫测。……他窗前可以看得分明的塔楼，高耸入云，形成了一个尖顶，同时依然渴望更大的高度，直至尖顶的顶端在早晨的天空中已经无法全

① 德波.景观社会.王昭风，译.南京：南京大学出版社，2006：101.
② 德波.景观社会.王昭风，译.南京：南京大学出版社，2006：4.
③ 德波.景观社会.王昭风，译.南京：南京大学出版社，2006：4.

部看清,这使他第一次意识到校园人影的转瞬即逝和微不足道……。他喜欢这样认为,哥特式建筑,由于它有向上的走向,尤其适合于大学校园,这已经成为他个人的思想。大片静谧的绿地,安静的教学大楼里偶尔见到的熬夜的灯光,都会紧紧抓住他的想象,而大楼尖顶的高雅则成为他这个认识的象征。①

在年轻、易感的大一新生艾默里眼中,月光和灯光晕染下的哥特式建筑物不仅仅是建筑而已,而是"梦幻的""神秘莫测"的,甚至有着"崇高抱负"。校园里大片"静谧的绿地"和教学大楼里"熬夜的灯光",都"紧紧抓住他的想象"。在他"个人的思想"里,他坚信普林斯顿大学这种哥特式建筑尖顶"向上的走向"②,尤其适合大学校园,并成为他"这个认识的象征",他把这种向上的趋势幻化为自我实现的抱负,并称之为"塔楼的精神"。面对这月光下神秘而宏伟的塔楼尖顶,他意识到自己的微不足道,也激发了要改变自身的梦想,于是他举手捋着头发发誓:"我要奋斗!"③在自命不凡、年少气盛的艾默里的眼里,哥特式的塔楼尖顶成为他成功欲望投射的对象。塔楼不再是日常生活的塔楼,而是融合了他的梦想,被他的想象力、欲望所重构了的塔楼的"影像",月光、灯光则成了神秘的幻梦的光芒。如果"白城"是纽约这个大都市的"影像",塔楼的尖顶就是普林斯顿大学的"影像"。主人公用自我的想象来重构现实的这一幕将在《美丽与毁灭》《了不起的盖茨比》④中一再出现,幻梦的光芒始终闪现在菲茨杰拉德的文本之中,而这种光芒的虚幻性也是导致艾默里、安东尼、尼克、盖茨比最终幻灭的原因之一。本雅明曾在《机械复制时代的艺术作品》一书中提出将"现代感知媒介的变化理解为韵味的衰竭"⑤,然而菲茨杰拉德的文本却暗示着幻梦的光芒其实已取代了"韵味"。只是本雅明笔下的"韵味"(aura)是"在一定距离之外但感觉上如此贴近之物的独一无二的显现"⑥,代表着本真性和对真相的把握,而菲茨杰拉德文本中的幻梦的光辉

---

① 菲茨杰拉德.人间天堂.金绍禹,译.上海:上海译文出版社,2010:74-75.

② 菲茨杰拉德.人间天堂.金绍禹,译.上海:上海译文出版社,2010:75.

③ 菲茨杰拉德.人间天堂.金绍禹,译.上海:上海译文出版社,2010:75.

④ 《了不起的盖茨比》中的"绿灯"就是其中一个广为人知的例子。

⑤ 本雅明.机械复制时代的艺术作品.王才勇,译.北京:中国城市出版社,2001:13.

⑥ 本雅明.机械复制时代的艺术作品.王才勇,译.北京:中国城市出版社,2001:13.

却只会导致个人与生活真相的"分离"（separation）①。

　　在现代性的语境中，菲茨杰拉德以作家的敏锐，感受到"可视"的都市空间所蕴含的"不可视"的景观意识形态。这种"可视"性与"不可视"性形成的动态合力，也操控了都市人的身份建构。从这个意义上说，菲兹杰拉德与德波一样，都在探索着现代都市可视性的本质。对于作者来说，城市的景观与现代人的知识重构和社会行为模式的形成是分不开的，而景观又以多种形式影响了个人的认知和欲望的产生。景观的魅力在于它能吸引观者凝视，并能引发观者或好奇或鄙夷，或惊叹或羡慕的反应。从这个角度来说，景观远不只是一个被动的表象。这意味着，景观可视性展示的意识形态是一个社会意识形态框架的一部分，它拥有一种潜在的操纵观众的危险能力。菲茨杰拉德的小说文本通过视觉再现创造了一个复杂的充满二元对立体系的世界——可见与不可见，富有和贫穷，有闲阶层和劳动者，辉煌和卑劣，等等。这重重的二元对立的视觉再现，不仅反映了现存社会的主导性价值观和等级制度，更通过催眠式说服力巩固了社会的霸权结构。城市景观主要通过闲适、消费、娱乐服务来展示其催眠式的魅力。它又通过隐藏日常生活普通甚至阴暗的一面，只展示其光鲜亮丽的部分现实，事实上操控了读者对城市的幻想，诱使观众被动接受。因此，景观的意识形态拥有一种催眠式的说服力和刺激力量。

　　由于景观只要求观众被动地接受，拒绝他们的质疑，因此视觉意象对大众具有了很强的催眠作用。在观看者眼中，舒适享受和娱乐的戏剧化展示暗示着什么是社会肯定和赞许的行为，也即，"美好"和"恰当"的生活典范。这种标准化或曰规范化的视觉其实已经变成了一种具有同化力量的经验模式。城市景观再现正是通过这种催眠力量加强了社会等级制度，景观作为一种典范的意识也因此成为资本主义意识形态再生产的重要工具。资产阶级在休闲、消费、欲望和日常生活中通过视觉图像和符号不断加强控制，景观式的城市不仅展现了资本主义主导价值观，更重要的是，它维护并促使这个价值观的形成。这种运行模式不仅依靠商品、奢华享受的消费来实现，"凝视"景观所引发的意识、观念（idea）的流向对都市

---

① "分离"（separation）是德波在《景观社会》中提出的概念，指资本主义社会现实生活中工人与产品分离、生产者之间直接交往分离、非劳动时间分离等现象。德波认为分离是景观发生的现实基础，也是景观的全部。详见德波. 景观社会. 王昭风，译. 南京：南京大学出版社，2006：7-10.

价值观的形成也至关重要。对于资本主义社会制度的视觉再现,德波的观点是:景观是通过视觉的展示来建构的。景观展示的逻辑是"呈现的东西都是好的,好的东西才呈现出来"①,旁观者在凝视景观的过程中,便不由自主地认同了所展示的景观意识形态,而景观也将旁观者的欲望牢牢锁定在资本主义城市权力体系中。从词源学来看,观念(idea)这个词是从希腊动词"看"转化过来的②,可以说明"idea"这个概念跟形象、图像和影像有紧密关系,这不仅强调了观念来自视觉,更说明"idea"就是视觉。当你凝视着魅力无穷、代表闲适和消费的都市景观时,你不可避免地会意识到自身的"匮乏"——无法拥有或拥有太少,在观看的过程中你就会不断地强化自己加入到景观中去的欲望。因此,在凝视的过程中,你会不由自主地被景观催眠式的力量说服,内化景观所展示的"观念",从而被纳入都市等级体系之中。

《人间天堂》中艾默里对纽约的幻想,便是在凝视都市景观的催眠式过程中不知不觉产生的。同样,他对大学校园等级制度的理解也是通过对校园景观的凝视而形成的。普林斯顿大学内由学生组成的社会也是通过校园景观来进行霸权式的视觉展示的。一入学,艾默里就在商店橱窗上见到了一张橄榄球队队长艾伦比的大幅照片,并对此留下了深刻的印象。不久后的一个夜晚,籍籍无名的大一新生艾默里便在月光下看到以队长艾伦比为首的一队白衣人参加完舞会回来的场景,他们"手挽着手,昂首阔步,……踏着有节奏的步伐"走在大学路上。艾默里被这个情景迷住了,心中产生了"瑰丽的和谐幻景":

> 他心中充满渴望地叹了一口气。在这一群白衣队伍最前面走着的是橄榄球队的队长艾伦比,瘦长个子,目空一切,那神情让人见了仿佛学校今年的希望都落在了他的身上,人们期待他的一百六十磅的身躯左躲右闪,突破深蓝与深红的界限,赢得胜利。艾默里被这情景迷住了,他注视着这并排前进的队伍,每一排人手挽手,穿着马球衬衫,他们的脸看不清,歌声和谐地分成凯旋的四音节音步——然后这一队人穿过幽暗的凯

---

① 德波. 景观社会. 王昭风,译. 南京:南京大学出版社,2006:5.

② 参见《新牛津英汉双解大词典》编辑出版委员会. 新牛津英汉双解大词典. 上海:上海外语教育出版社,2007.

普贝尔拱道,在校园里向东面而去,歌声也渐渐地消逝。①

　　菲茨杰拉德非常善于用视觉场景来表达隐藏于内心的难以言喻的情感,而艾默里对这一场景的凝视分明展现了他作为一名旁观者的羡慕和对处于舞台中心的"可视性"的渴望。这队白衣人属于普林斯顿的校园精英团体——"大师兄"的社交体系,而他们领头的队长也自然成了艾默里欲望投射的对象。

　　如果说艾默里在凝视这一场景时尚未意识到这个景观背后的校园等级体系和秩序,那么他在后文中很快就感受到了。艾默里入学后迅速爱上了普林斯顿——"它那倦怠的美,它那让人一知半解的意义,联欢会上的月夜狂欢,英俊、幸运、寻找危险的大目标的人群"②;也敏锐地嗅到了校园里弥漫的"争斗气氛",尤其是在推选名校高中毕业生成为学校社会、组织的负责人时出现的紧张气氛。尽管没有人明确地命名和认可,但是大家都觉察到了"那令人喘不过气来的使人恐惧和困惑的'大师兄'社交体系,对'大师兄'的顶礼膜拜"③。大家都心知肚明,只有毕业于名校的"大师兄"们才能占据社团的顶层,而艾默里来自不知名的圣雷吉士学校,他唯有旁观这一群体的组合和扩大:

　　　　圣保罗学校、希尔学校、庞弗雷特学校,他们都在公共食堂不言而喻
　　地预留的餐桌上用餐,在健身房都有他们专用的更衣的地方,无意中在
　　他们周围筑起了一道又不很重要但是社交上却颇有野心的人组成的屏
　　障,来保护他们自己,排斥友好而颇感到困惑的其他高中同学。④

　　名校高中毕业生不仅垄断了普林斯顿学生组织的高层职位,他们在公共空间占据的特权地位更是让艾默里意识到普林斯顿"触目惊心的等级制度"⑤。这些社交上颇有野心的人在无形之中组成的"社交屏障"⑥让艾默里分外失落,深深意识到了自身的"匮乏",感到自己"失去了在圣雷吉士学校赢得的地位",即享有"人

①　菲茨杰拉德.人间天堂.金绍禹,译.上海:上海译文出版社,2010:58.
②　菲茨杰拉德.人间天堂.金绍禹,译.上海:上海译文出版社,2010:59.
③　菲茨杰拉德.人间天堂.金绍禹,译.上海:上海译文出版社,2010:59.
④　菲茨杰拉德.人间天堂.金绍禹,译.上海:上海译文出版社,2010:59.
⑤　菲茨杰拉德.人间天堂.金绍禹,译.上海:上海译文出版社,2010:62.
⑥　菲茨杰拉德.人间天堂.金绍禹,译.上海:上海译文出版社,2010:59.

人知晓、人人钦佩的声望"①。那些"大师兄社交体系"的成员拥有着"成群结队的愉快和安全",而艾默里他们却"形单影只""来去匆匆"②。艾默里将这一切都归咎于自己和被边缘化的同学们都属于"倒霉的中产阶级"③,并相信对于"一个善于思考的人来说,普林斯顿始终会给予他一个社会意识",那就是"这个世界的势利风气"④。大学校园这个小天地无疑是校园外大社会的缩影,大学校园的"势利风气"恰恰反映了那个时代的"社会意识",而校园的等级体系同样也是当时社会财富等级在校园内的延伸。艾默里对校园景观的凝视使他迅速明确了自己在大学的目标:"做《普林斯顿人报》的编委主席,三角俱乐部的主席。我要做一个受人仰慕的人。"⑤成为《普林斯顿人报》编委主席意味着他的文字能够见报,而成为颇有影响力的三角俱乐部主席则能参加各大城市巡演,这都意味着他能在校园这小社会内取得"可视性"和"名望",而这就是年少的他对"成功"的定义。

可见,景观为人们提供了"主导性的生活模式"⑥,也成为对旁观者进行控制和施加影响的工具和维持现存秩序的绝佳手段。然而,旁观者们在被资本主义意识形态的景观所吞噬的同时,往往没有意识到或是根本不理解这个过程是如何产生的,视觉机制又是如何对意识形态施加影响的。正如德波所说的:"景观是意识形态的顶点,因为它充分曝光和证明了全部意识形态体系的本质:真实生活的否定、奴役和贫乏。"⑦

菲茨杰拉德笔下的城市景观和校园景观勾勒出了城市虚幻意象的形成,也反映了城市如何通过选择性的视觉展示来实现对个人的幻想的操控,而这一点与戏剧性生产(theatrical production)原则颇为吻合。根据著名戏剧理论家约赛特·费拉尔(Josette Féral)的理论,戏剧性生产与空间概念有关。空间对戏剧性生产的影响可以从不同的空间之间的关系来解释:戏剧空间与观众空间的关系,以及现实空间与幻觉空间的关系。表演所再现的世界与真实世界之间的偏差和"他

① 菲茨杰拉德. 人间天堂. 金绍禹,译. 上海:上海译文出版社,2010:61.
② 菲茨杰拉德. 人间天堂. 金绍禹,译. 上海:上海译文出版社,2010:62.
③ 菲茨杰拉德. 人间天堂. 金绍禹,译. 上海:上海译文出版社,2010:62.
④ 菲茨杰拉德. 人间天堂. 金绍禹,译. 上海:上海译文出版社,2010:112.
⑤ 菲茨杰拉德. 人间天堂. 金绍禹,译. 上海:上海译文出版社,2010:65.
⑥ 德波. 景观社会. 王昭风,译. 南京:南京大学出版社,2006:3-4.
⑦ 德波. 景观社会. 王昭风,译. 南京:南京大学出版社,2006:99.

者"关系,即"真实的不真实性",与"戏剧性"的生产是密不可分的。费拉尔提出:当人们通过某一框架观看某一场景(戏剧场景,或是日常生活中的场景),戏剧空间与观众空间之间的分离便产生了,观众的想象力得以参与其中,从而产生戏剧性(他者空间);这是"虚构和再现在'他者'空间的层叠作用"①。由于戏剧性是观众和被观看的人与物之间的动态结构不断相互作用的结果,要使戏剧性产生,"观众必须通过虚构的框架看到'真实'的空间"②,这就导致了"分离"和排他现象产生,而"分离"现象恰恰就是城市景观的中心概念。在小说中,城市景观就是费拉尔笔下的戏剧世界,它并非现实世界的真实反映。当城市居民通过橱窗、城市街道、媒体等城市景观的视觉模式来体验城市和解读周边世界时,两个世界之间的差异和分离使城市居民的想象力得以积极发挥,创造出一个"真实"的"他者"空间,或是"被框定的戏剧性空间"(framed theatrical space),从而产生他们对城市的虚幻的解读。简单、日常的事件就这样通过这个框架被转换成城市景观了。

《人间天堂》中的艾默里们的城市生活视野是受限的,他们能看到都市世界,却不能真正进入那个世界。这种受局限的视野就成了"戏剧框架"(frame),将人与现实隔离开来,成为使人产生想象和幻梦的"他者"空间。框架一旦形成,人们就只能通过这个虚拟的"视窗"进行观看,"视窗"外的日常行为和事件便被架构了,转化为表演和景观,人们所获得的体验也转变成了亮闪闪的影像和符号。当城市人被置于一个将普通事件转换为景观,而不是展现城市生活现实的"被限定的戏剧性空间"之后,个人便再也无法真正看清城市生活的核心,而离现实越来越远了。

第二节 青年文化中的表演性

菲茨杰拉德的小说真实地再现了城市生活如何被戏剧化,从而转变为景观的过程,也阐述了小说人物如何通过视觉模式获得对城市的感知。正是这种感知加深了他们与城市现实生活的隔阂和疏离,换句话说,这种视觉模式创造了人与外在世界的"他者"关系。然而,在现代城市社会,高度发达的景观已经融入了资本

---

① Féral,J. Theatricality:The Specificity of Theatrical Language. *Substance*,2002(2&3):105.
② Féral,J. Theatricality:The Specificity of Theatrical Language. *Substance*,2002(2&3):97.

主义意识形态日常生活中的方方面面。都市景观通过对视觉影像展示的操控,也即展示城市生活中什么是"可视的"和"好"的,什么是"不可视"因而是"坏"的,操纵了个人的欲望,影响了个人意识,迫使个人接受城市社会的逻辑体系。因此,在菲茨杰拉德的城市社会中,个人不仅仅是旁观者,他们往往也是都市空间的共同表演者。从这个意义上来说,"个人"这个概念必须在城市世界的戏剧性语境内重新进行定义。本小节所要探讨的是艾默里作为"爵士时代"青年人中的一员,在都市景观和校园景观的视觉诱惑下产生了要融入主流社交体系的幻想,并在校园和都市舞台进行的不同形式的表演。本小节将根据艾默里在《人间天堂》中不同时期的表现,将他的表演分为校园舞台的"个性景观"和都市舞台的"挥霍青春的公演"这两个部分来进行分析。

一、个性景观:艾默里的"亮发族哲学"

关于"个人"与"戏剧性"的关系,西方文明中早有阐述,如莎士比亚在《皆大欢喜》中的名言"全世界是一个舞台,所有男男女女不过是一些演员"已流传至今。埃里克·本特利(Eric Bentley)也表达过类似的观点:"一个人不可能不演戏,他所能选择的只是扮演这个或那个角色。"[①]莱昂内尔·特里林(Lionel Trilling)在《诚与真》(*Sincerity and Authenticity*)中这样表述"个人"与"戏剧性"的关系:

> 我们近来都在说"角色","我的职场角色","我的父亲角色、母亲角色",甚至"我的男性角色或女性角色",但我们并没有考虑过它最初的戏剧意义。不管我们注意到没有,它那古老的戏剧意义一直存在着,它含有这样一种观念,在所有这些角色之下的某个地方有一个我,那是可怜的、最终的、真实的我,当所有角色扮演结束时,他会喃喃说道:"脱下来,脱下来,你们这些身外之物!"然后他与自己原来的真实的自我安然相处下来。[②]

---

① Bentley,E. Theatre and Therapy. *New American Review*. 1970(viii):133-134.
② 特里林.诚与真.刘佳林,译.南京:江苏教育出版社,2006:11.

特里林认为"自我"概念的产生与"戏剧"的发展是分不开的："自我的观念，认识并展示自我之艰难的观念，开始在戏剧突然昌盛的时代兴起并困扰人类，这绝非偶然。"①这里的"戏剧突然昌盛的时代"特指 16 世纪，是"欧洲封建制度开始解体、教会权威逐渐衰落、社会流动性的增强、城市化进程的加快等一系列社会变革发生的时期"②。在这一系列社会变革的影响下，"社会"与"个体"这一组对应的概念开始形成。特里林写道："欧洲文化史学家基本上一致认为，在 16 世纪晚期、17 世纪早期，某种类似于人性变化的东西发生了。"③正是这种"人性变化"促使了现代欧洲人和美洲人的"新型人格"的形成，这种"新型人格"也就是我们现在所说的"个体"。与此同时形成还有"社会"的观念。在"社会"这个抽象的观念形成之前，它是"一个看得见、听得到的事物"④，比如 16 世纪末多达上千人的剧院观众就是"社会"实体的表现。"社会"虽然是单个人的集合，但"它具有更多非人的特性"⑤，这种"非人的特性"审视、规范并且塑造"个体"。因此，"社会"和"个体"是在互相作用下形成的。"自我"概念出现的一个表征便是那个时期的艺术家和知识分子有写作自传和画自画像的行为，原因就在于人们开始"认识到他的个性是独特的，有趣的，他有揭示自我的冲动，他要证明自我有值得崇敬、信赖的东西"，他渴望真实地"展示自己"⑥。特里林总结道：这种展示自我的行为，是"个体面对新近出现的观众意识的一种反应，是他面对社会所创造的大众时的一种反应"⑦。简而言之，"自我"是伴随着"观众"意识而出现的，是"个体"在"观众"面前表演出来的"自我"形象，而"观众"则代表的是一种"社会"的规定性。

用戏剧性的理论来分析"自我"并非特里林的独创，事实上"表演性"这一术语在奥斯汀的语言学理论中被提出后，影响便延伸到了文化研究和批评理论领域。德国学者艾利卡·费舍尔-李希特说："当'表演性'这个术语已经在它原来

① 特里林.诚与真.刘佳林,译.南京:江苏教育出版社,2006:11.
② 特里林.诚与真.刘佳林,译.南京:江苏教育出版社,2006:11.
③ 特里林.诚与真.刘佳林,译.南京:江苏教育出版社,2006:16.
④ 特里林.诚与真.刘佳林,译.南京:江苏教育出版社,2006:21.
⑤ 特里林.诚与真.刘佳林,译.南京:江苏教育出版社,2006:9.
⑥ 特里林.诚与真.刘佳林,译.南京:江苏教育出版社,2006:25.
⑦ 特里林.诚与真.刘佳林,译.南京:江苏教育出版社,2006:25.

的语言哲学学科失去影响的时候——言语行为理论曾经宣扬这个观念'言说就是行为'——它在20世纪90年代的文化研究和批评理论中迎来了全盛期。"①著名社会学家欧文·戈夫曼在《日常生活中的自我呈现》一书中用戏剧性概念来讨论日常生活中的个人表现,也将"表演出来的自我"看作某种通常可信的"意象","一种戏剧性的效果"②。纽约大学表演性研究(Performance Study)著名学者理查德·谢克纳在《表演研究》一书中对表演的定义也非常宽泛,不仅包括"仪式、戏剧、体育、大众娱乐、表演艺术,也包括社会、职业、性别、种族和阶级角色的扮演,甚至包括医学治疗、媒体和网络等"③。他指出,表演可以指任何"架构(framed)、表现、强调和展示"的行为,这无疑与表演性研究的概念非常接近。

"自我"是"表演出来的形象"这一思想在"爵士时代"的年轻人身上表现得分外明显,而这一现象最早在都市中被发现和记录。《人间天堂》中也写道:"……纽约和芝加哥之间的城市成了青年人欢闹(juvenile intrigue)的世界。"④(译文有改动)城市本身就是个舞台,阶级对立、个体与群体之间的对立也表现得更为突出,更关键的是,"景观与观众的关系"在城市的视觉文化下更为明显。

菲茨杰拉德在小说中阐明了城市环境提升视觉的重要性,而人的自我意识,也即特里林笔下的"观众"意识,也增强了。费拉尔认为戏剧性是"永远的观看和被看的动态过程"⑤的结果,在戏剧性中,他或她都既是观众又是潜在的演员。在都市场景里,都市人之间的交流通常是与视觉体验紧密联系在一起的,也是一种看与被看的关系。《人间天堂》小说最开始,艾默里被塑造成去百老汇看剧的观众。当帷幕最后一次落下的时候,他发出一声长长的叹息,"坐在前排的人都扭过头来看他,并且说话声音很大,他听见'长得多好看的男孩!'听到这句话,他连这个音乐剧也忘了,他心想,在纽约人眼里他是否真的那么漂亮"⑥。当意识到别的观众的目光投向自己,他的"观众意识"或是"自我意识"迅速被激发出来,他接下

① Fischer-Lichte,E. *The Transformative Power of Performance: A New Aesthetics*. New York: Routledge, 2008: 26.

② 戈夫曼. 日常生活中的自我呈现. 冯钢,译. 北京:北京大学出版社,2008:215.

③ Schechner,R. *Performance Studies: An Introduction*. London and New York: Routledge, 2002: 2.

④ 菲茨杰拉德. 人间天堂. 金绍禹,译. 上海:上海译文出版社,2010:80.

⑤ Féral,J. Theatricality: The Specificity of Theatrical Language. *Substance*, 2002(2&3): 105.

⑥ 菲茨杰拉德. 人间天堂. 金绍禹,译. 上海:上海译文出版社,2010:42.

来的表演自然也就顺理成章了。小说第二次写到艾默里去专业剧团看剧的经历时，这样描写他看完后沿着汉涅坪和尼克列大道漫步回家时的失落情绪：

> 艾默里心中不明白，人们怎么会注意不到他是一个将来要出人头地的男孩子，而在人群里的人一个个别过头来朝他看的时候，在人们说不清是什么样意味的目光投向他的时候，他就会流露出最浪漫的表情，仿佛双脚是踩在沥青路上铺的气垫上的。①

当艾默里走在街头而无法吸引他人的关注和凝视时，他感受到一种无法言喻的失落，似乎他已消失在人群中，成为无名人群的一部分，而这种"无名"状态是对他主体性的一种强烈否定。他希望凭借自己英俊的容貌和浪漫的神情让人们意识到他是与众不同的人物。只有在人群中"可见"，他才能成为表演的"主体"，成为这个都市景观的一部分；否则就会湮没在面目模糊的芸芸众生中，成为背景和"客体"。艾默里进入大学之后，也同样具有强烈的"观众意识"。当他第一次走在大学路上，走在那些态度机敏、信步走来的青年学生中间时，他"感到没来由的不自然和局促不安"，总觉得人们回过头来用"异样的眼光看着他，隐约之间觉得他的穿着是否有不当之处"。这种"观众意识"，即对被"凝视"的状态的清醒意识和焦虑，使他迅速地从城市里的观众转变成了舞台上的演员。他于是调整自己，"走路也有了一个新的姿势，见有人迎面走来他就目不斜视"②。

一旦意识到被凝视，这种凝视就会迅速变成无所不在，并被主体所内化。而当个体通过他人的眼睛所看到的景象来认识自我时，就放大了他的渺小感。斯图尔特·伊文（Stuart Ewen）所著的《淹没一切之形象：现代文明中的风格政治》（*All Consuming Images: The Politics of Style in Contemporary Culture*）一书也探讨了现代人通过他人目光来认识自我主体性的强烈意识。在城市语境中，人们会产生一种心理上的分裂感，看到自己是别人眼中的景象，"社会生活本身会从被习俗所已知的、限定的事物转变成越来越不被人所知……生活成为不断重复、不断遭遇未知的体验。当人们穿行在陌生人群中，人们很快会意识到那些数不尽的他人的眼睛，自己也会变成'陌生人'。匿名不仅是他人的特征，也是主体的一

---

① 菲茨杰拉德. 人间天堂. 金绍禹, 译. 上海：上海译文出版社, 2010：23.
② 菲茨杰拉德. 人间天堂. 金绍禹, 译. 上海：上海译文出版社, 2010：51.

个组成部分,认识自我的一种方式。在陌生的新世界中生存下来的一种能力就是要基于视觉信息迅速做出判断"①。站在人群前面,观众也成为人群的一部分,因此也成为一个陌生人。这就是主体通过被看或是观看来获得认可的过程。因此,当大街上的人们看到他本人走在路上,艾默里就迅速萎缩到与其他衣着光鲜的城市人不同的意识中去,成为一个无名者。也就是说,从他人将他作为客体进行审查和判断的凝视中,艾默里看到了自己视觉再现所匮乏的一切。为了摆脱"无名状态"和"匮乏",他必须争取视觉环境下的"可视性",也就是他的独特"个性"。

也正因此,紧接着在下面一节"自负少年的行为准则"中,艾默里已经有了极大的变化:

> 他虽然外表腼腆,内心却踌躇满志,第一次穿起西装长裤,配上紫色折叠式领带,一个两边非常服帖的"培尔蒙"衣领,紫色的袜子,镶紫边的手绢在他上衣胸口口袋里露出一角。但是他远非只是外表变化而已,他已经建立了自己第一个哲学思想,一个要遵循的行为准则,这个准则,尽可能地说得贴切一点,即是一种势利的自高自大。②

这种对外表的强烈关注不能不说是艾默里将他人凝视内化后所做出的反应。这种对外貌、服饰一丝不苟的倾向到他中学毕业前已经发展成了一套"亮发族哲学"(the philosophy of the slicker)③。这套哲学并非艾默里首创,而是对当时校园流行价值观的观察与总结。所谓的"亮发族"便是校园里那些根据时尚流行潮流,用发油或发水把头发朝后梳得光光的男同学。他们长相英俊又注重修饰、衣冠楚楚、多戴玳瑁眼镜;很有交际头脑、眼光敏锐,又非常懂得如何"博取人心、赢得赞美",因此手下总有一些叫得动的人。他们是典型的成功分子,与预备学校传统优等生"大师兄"有本质上的区别:

---

① Ewen, S. *All Consuming Images: The Politics of Style in Contemporary Culture.* New York: Basic Books, 1988: 72.

② 菲茨杰拉德. 人间天堂. 金绍禹,译. 上海:上海译文出版社,2010:24.

③ 原文为"slicker",《人间天堂》的金绍禹版用上海方言将其翻译为"老门槛",陈雷教授在《青年文化与青年人的声音》中将其翻译为"亮发族",抓住了其外貌特点,生动形象,故本书采用"亮发族"这一译法。详见虞建华. 美国文学的第二次繁荣. 上海:上海外语教育出版社,2004:181.

"亮发族"	"大师兄"
1. 有聪明的社交价值观念。	1. 偏向愚笨,无社交价值意识。
2. 衣着讲究。假装衣着只是外表	2. 认为衣着是外表,因此往往不很在意衣着。 ——但是心里知道衣着并非外表而已。
3. 凡是能表现自己的活动必定参加。	3. 凡事尽心尽职,任劳任怨。
4. 考入大学,因此名利上非常成功。	4. 考入大学,但是前景如何仍有疑问。因周围少了原来那人而感到失落,因此总是说中学时代毕竟最快活。回到母校,做报告大谈圣雷吉士学校的学生时代的意义。
5. 头发梳得光亮。	5. 头发不梳光。①

这两类人的区别清晰地体现了年轻人中对身份"表演性"的重视和推崇。"大师兄"代表的是清教主义传统下崇尚自我克制、勤勉、体面、虔诚等价值观的青年学生,"亮发族"却是"成功分子",而成功在视觉文化下意味获得"可视性"。他们对外貌衣着一丝不苟,竭力争取社交场合露面的机会,以求赢得名望。然而他们又不愿意付出努力,艾默里就对同学凯里坦承:"我讨厌靠苦干来达到目的。我要显露特点,你也知道。"②他要显露的这个"特点",显而易见就是时尚的衣着、出众的外貌、社交场合使人着迷的精明举止,也包括一反"清教徒"沉闷压抑的新鲜风趣个人风格,简而言之就是他所想要确立的与众不同"个性"。"亮发族哲学"是校园流行文化的一个部分,而校园这个小天地又是"爵士时代"整个社会大环境,尤其是纽约、芝加哥等大都市城市的奢华风气的一个缩影。可以说,校园生活中的价值取向是对校园外大社会的崇尚的"成功"价值观的模仿。事实上,艾默里的"亮发族哲学"就是美国当时的"新富阶层"(New Money)通过个人奋斗赢得名利财富的人生哲学的少年版本。这种"亮发族哲学"在中产阶层的少年中广为流传,也将随着他们的成长而逐渐转化为成人化、主流化的生活态度③。

艾默里对他的"亮发族哲学"身体力行。在圣雷吉士中学他就非常注重参加引人瞩目的橄榄球赛,以赢得广泛的知名度。到了普林斯顿后,他敏锐地感

---

① 菲茨杰拉德.人间天堂.金绍禹,译.上海:上海译文出版社,2010:49.
② 菲茨杰拉德.人间天堂.金绍禹,译.上海:上海译文出版社,2010:63.
③ 陈雷.青年文化与青年人的声音//虞建华.美国文学的第二次繁荣.上海:上海外语教育出版社,2004:181.

受到了校园里的势利氛围,于是仔细观察校园里"大师兄"们的言谈举止,对其中的规则和禁忌熟谙于心,又很快确立了目标:参加最具影响力的学生组织——三角俱乐部的演出,并成为大学校报的编委。他的计划一度运作良好,他顺利地成为《哈—哈奥尔唐斯!》一剧的演员在全国进行巡回演出,又出任了《普林斯顿人报》编委,屡有文字见报,更与"飞女郎"伊莎贝尔开始了一场轰轰烈烈的戏剧性恋情,终于摆脱了"出力气的小市民"①状态,在校园里名气日盛。他也雄心勃勃,试图通过他成功的表演,努力跻身校园精英"大师兄"社交圈,并开始筹备竞选《普林斯顿人报》的主编职位,乘势向学生会进军。不仅如此,他还用他的"亮发族哲学"成功地说服了好友汤姆,使其从一位"大师兄"型学生转型为"身穿布鲁克斯名牌上衣,脚穿弗兰克斯名牌皮鞋"②的"亮发族"成员。然而,由于艾默里过多地参与社团活动,讨厌沉闷枯燥的课程,又拒绝"苦干",因而荒废了学业。最终他没能通过一门重要课程的补考,《普林斯顿人报》主编职位和进军学生会的梦想也随之泡汤了。与此同时,他与伊莎贝尔的爱情也受挫破灭。艾默里花了两年时间努力表演的一切,就如同肥皂泡一般迅速地消失了。

　　艾默里的自我表演与奥斯卡·王尔德(Oscar Wilde)唯美主义也有着千丝万缕的联系。他是在好友汤姆的隆重推荐之下开始接触王尔德的,其经典作品《道林·格雷的画像》迅速成为他最爱看的小说。在唯美主义的影响下,他甚至开始用王尔德的"餍足眼光来观察普林斯顿"③。王尔德生活在19世纪末消费主义以及随之到来的视觉景观大肆盛行的英国,他终其一生都在追寻一种适应当时社会现实的自我实现方式。他在《自深深处》中写道:"我的心性在寻找一个新的自我认识的方式。这是我唯一关心的。"④在19世纪末英国的视觉霸权影响下,王尔德也发展了古希腊罗马文化中的"面具"概念,强调用"形象"塑造来取代浪漫主义时期的真诚的自我与真实感的概念,并以此来展示他们对维多利亚时期价值观的叛逆。王尔德非常强调唯美服装的重要性。特里·伊格尔顿(Terry Eagleton)在话剧《圣奥斯卡》(1989)中塑造的王尔德有这样一句著名的台词,"脱去我的衣服我

① 菲茨杰拉德.人间天堂.金绍禹,译.上海:上海译文出版社,2010:63.
② 菲茨杰拉德.人间天堂.金绍禹,译.上海:上海译文出版社,2010:111.
③ 菲茨杰拉德.人间天堂.金绍禹,译.上海:上海译文出版社,2010:71.
④ 王尔德.自深深处.朱纯深,译.//王尔德作品集.北京:人民文学出版社.2000:670.

的灵魂也就跟着走了"①，这句话可谓是王尔德服装观念最好的总结。然而，王尔德的这种"形象"塑造"强调事物的表层，却否定深层；强调'生活的外在形式'，而否定内容"②。他有一句名言："只有浅薄的人才不根据外表作判断。世界的真正奥秘存在于可见之处，而非不可视之处。"③他所谓的"面具观"和对服装的强调本质上就是对视觉文化下的"可视性"的追求。王尔德对这一点直言不讳，他声称，"我和戈蒂耶一样，只为可视的世界而存在"④。唯美主义这种将"自我"归结于"可视性"的观念事实上也否定了"个性"内在的实体特征，从而变成纯粹对表象的追求。

历史学家沃伦·萨斯曼（Warren Susman）将艾默里这些青年违背传统，注重个人风格塑造而非品格修养的做法，归结为美国 20 世纪初出现的"性格文化"（culture of character）向"个性文化"（culture of personality）的转变。萨斯曼提出，随着 19 世纪末美国逐渐从"生产型国家转变为消费型国家，积累型经济转向挥霍型经济"，美国的"自我观念"也开始转变，"清教注重个人勤奋和节俭的工作伦理转变为崇尚凡勃伦笔下的'炫耀性消费'的伦理"⑤。而他所谓的"性格文化"，指的是美国传统的清教工作伦理基础上建立起来的，强调以自我控制力量为重的性格培养的文化。"性格"，用萨斯曼的话来说，通常意味着要通过"为了伦理道德法则、责任、荣誉和正直而牺牲"来实现⑥。这种"性格文化"从英国首批殖民者定居美国开始一直延续到 19 世纪末。然而，随着 20 世纪初消费文化的盛行，美国逐渐出现了"个性文化"，"自我牺牲的观念逐渐让位于自我实现感"，人们开

---

① Eagleton, T. *Saint Oscar*. Dublin: Field Day. 1989: 29.

② 周小仪. 唯美主义与消费文化. 北京: 北京大学出版社, 2002: 141.

③ Wilde, O. *Complete Works of Oscar Wilde*. In Holland, V. (ed.). London: Collins, 1996: 32.

④ Wilde, O. *Complete Works of Oscar Wilde*. In Holland, V. (ed.). London: Collins, 1996: 995.

⑤ Susman, W. "Personality" and the Making of Twentieth-Century Culture. In Higham, J. & Cokin, K. P. (eds.). *New Directions in American Intellectual History*. Baltimore: Johns Hopkins University Press, 1979: 216.

⑥ Susman, W. "Personality" and the Making of Twentieth-Century Culture. In Higham, J. & Cokin, K. P. (eds.). *New Directions in American Intellectual History*. Baltimore: Johns Hopkins University Press, 1979: 220.

始越来越重视"个性、独特风格和个人的需要及兴趣"①。《人间天堂》中的艾默里身上这种"自我实现感"便表现得非常明显。这种"个性文化"表现在人们迫切地渴望在社会上留下个人印记，从城市人群中脱颖而出，并追求自我满足。这些追求个性的年轻人往往会使用他们的财富和个性化的表演来向世界展示他们独特的自我。萨斯曼总结道，"社会角色要求所有处于'个性文化'的人成为表演者"②，他们必须以具有磁性的个性来使人迷恋、吸引观众并且操控观众。最先引领"个性文化"潮流的就是纽约华尔街从事金融的"新富阶层"，这种风尚也迅速辐射到了周边的小城市。前文提到的"爵士时代"年轻人的"矫揉造作"首先出现在纽约街头，以及纽约、芝加哥之间的城市成为"青年人欢闹"的世界也就很好理解了。

这种"个性文化"本质上就是德波的景观社会中的"存在本身的表象化"在自我形塑上的反映。德波认为，在资本主义社会，人的生存方式已经从存在堕落为占有，而景观社会则进一步把占有转变为外观。景观社会中，生活的每一个细节都被异化成景观的形式："所有活生生的东西都仅仅成了表征"③。原先实际的"占有"在当今社会生活中都必须"来自其直接名望和表象的最终功能"④。换句话说，在景观社会，原先经济社会生活中现实存在的关系已转化为"名望"这种表象式的存在。"只有在个人现实不再存在时，个体才被允许显现自身"⑤。而个人的现实如果不能被幻化为一种非真实的景观式"名望"，个人事实上一无所有，无名因此也无利。德波更进一步指出，由于景观是一种更深层次的无形控制，它消解了主体的反抗和批评的能力。在对景观的凝视中，个人只能单向度地默认这一

---

① Susman, W. "Personality" and the Making of Twentieth-Century Culture. In Higham, J. & Cokin, K. P. (eds.). *New Directions in American Intellectual History*. Baltimore: Johns Hopkins University Press, 1979: 217.

② Susman, W. "Personality" and the Making of Twentieth-Century Culture. In Higham, J. & Cokin, K. P. (eds.). *New Directions in American Intellectual History*. Baltimore: Johns Hopkins University Press, 1979: 217.

③ 德波. 景观社会. 王昭风，译. 南京：南京大学出版社，2006：6.

④ 德波. 景观社会. 王昭风，译. 南京：南京大学出版社，2006：6.

⑤ 德波. 景观社会. 王昭风，译. 南京：南京大学出版社，2006：6.

体制。从这个意义上说，"生活的表象化和景观化是本体论的"①。表象成为资本主义新的存在方式，波德里亚称之为一种"赋予内容的表现以优先权"的唯心主义②，因此现代社会个人要求展示的"个性"不可避免地成了一种表现和景观，也即"个性景观"（the spectacle of personality）。然而，艾默里的"个性"表演不管取得了多大的成功，都只是表象，不曾给他留下任何实质性的改变，消失起来自然就如同幻梦的破灭一般迅速而不留痕迹。

二、艾默里"挥霍青春的公演"

艾默里对校园"可视性"的追求不可避免地失败了。他曾经雄心勃勃地要超越"大师兄"所代表的道貌岸然的价值观念，与学校传统"所具有的虚伪性"③彻底决裂，然而却一次次地碰壁而归。校园正统的清教思想并不容许他们离经叛道的"形象"塑造，艾默里的"亮发族哲学"也不可避免地败给了"大师兄"的价值观。那些出身新英格兰高中名校的"大师兄"背后不仅有"中西部的财富"④为他们铺平了道路，更有这些老牌名校"年复一年的努力打造的坚实、传统、令人叹为观止的模式"⑤。"精明""美貌""浪漫"最终无法取代深厚的社会根基与金钱地位。

在艾默里失落、迷惘、哀叹自己"在自高自大的道路上"被摧毁的经历，以及"个性丢失了一大半的"的痛苦时，他一直以来的人生导师达西大人向他讲述了关于"人格"（personality）与"人品"（personage）的观点：

> 你丢失了大量的虚荣，仅此而已。……有个性的人就是你过去认为你所表现的人……个性几乎完全是一个物理问题；而人品却是累积的。人们对他的看法绝不会脱离他的所作所为。人品就是万千事物赖以挂靠的横杆——这些事物中有些是熠熠生辉的宝贵财富，就像我们拥有的

---

① 张一兵.代译序：德波和他的《景观社会》//德波.景观社会.王昭风，译.南京：南京大学出版社，2006：14.

② 鲍德里亚.生产之镜.仰海峰，译.北京：中央编译出版社，2005：116.

③ 菲茨杰拉德.人间天堂.金绍禹，译.上海：上海译文出版社，2010：49.

④ 菲茨杰拉德.人间天堂.金绍禹，译.上海：上海译文出版社，2010：31.

⑤ 菲茨杰拉德.人间天堂.金绍禹，译.上海：上海译文出版社，2010：31.

财富一样；但是他在使用这些东西的时候，却有着冷静的心态作为依靠。①

达西大人所说的这种"个性"就是"亮发族"企图拥有和展示的一面。艾默里所用来塑造个性的"声望和才能"不过是些"熠熠生辉的宝贵财富"，是"有形之物"，可以展示，也可能失去，然而这些都无法使人在精神上得以成长。"人品"却是可以依赖的"冷静的心态"，也就是思想上的明净，对达西大人而言，是虔诚的宗教信仰。达西大人认为，"人品"，或是精神的成长，才是艾默里应该追求的有别于"亮发族"的品质。因此，他建议艾默里扔掉名望之类"不实用的摆设"，"向前看，采集新东西"②，培养坚实的才能和锻炼心智。艾默里深有所感，终于认识到"人品"优于"个性"，开始逐渐抛弃他的"亮发族哲学"，寻求精神上的成长。

如果说《人间天堂》的前半部刻画的是艾默里的"个性景观"，那么后半部的艾默里已经在达西大人的指点之下走出了这一迷途，然而他后期的叛逆表现依然可以归入"矫饰"的"形象"展示之列，只不过他展示的不再是"个性"，而是酗酒、放纵、打架闹事等年轻人的"挥霍青春的公演"（the spectacle of wasted youth）。

这要归因于艾默里在战后遇到的新挫折：战争的经历、父母双亡、家道中落、事业无成、一无所有，达西大人也突然去世，更让他难以接受的是，他与"飞女郎"罗莎琳戏剧性的浪漫爱情也不堪一击，败在一位庸俗而富有的道森先生面前。"爵士时代"喧闹富足的盛宴并没有给艾默里这样一无所有的年轻人留下一席之地，连达西大人所推崇的基于宗教传统的"人品"培养也并不适用于充满失落、迷茫的"爵士时代"的年轻人。《人间天堂》中这样描写那一代的年轻人：

> 他们是新的一代，在漫长的白昼和黑夜的沉思里，叫喊旧的口号，学习旧的信条；最后都注定要走出去，投入污秽昏暗的骚乱中，去追逐爱与自尊；那是对贫困的恐惧和对成功的崇拜比上一代更加耿耿于怀的一代；等到他们成长的时候，他们却发现所有的神都消逝了，所有的仗都打完了，对人类的所有信念都动摇了……③

---

① 菲茨杰拉德. 人间天堂. 金绍禹，译. 上海：上海译文出版社，2010：136-138. 译文有改动。
② 菲茨杰拉德. 人间天堂. 金绍禹，译. 上海：上海译文出版社，2010：138.
③ 菲茨杰拉德. 人间天堂. 金绍禹，译. 上海：上海译文出版社，2010：371.

　　这是描述"爵士时代"年轻人非常著名的文字，写出了他们的迷惘、忿恨和对旧传统的失望：他们在旧的传统中生长，却遭遇了新的社会变革；在视觉文化和消费社会的各种诱惑下更加渴望成功，渴望展现新的身份和自我，却找不到任何值得依赖的信仰。艾默里的梦想彻底幻灭，曾经充满了"奢侈享乐的愉悦气氛"和"晶莹闪烁的浪漫色彩"的纽约在他面前变得面目可憎，他也开始憎恨都市里底层劳动人民所过的拮据生活、憎恨"贫穷"（详见本篇第一节的相关分析）。

　　他的这种情绪恰恰反映了城市景观通过玻璃橱窗般展示、激发幻梦外的另一面。殷企平教授在他的《在"进步"的车轮之下——重读〈玛丽·巴顿〉》一文中对此有精彩的评论："约翰看橱窗一幕是商品社会中异化现象的缩影：作为客体的商品隔着橱窗嘲弄了作为主体的约翰。如果我们结合上下文进一步加以审视，就会发现客体不仅嘲弄了主体，而且还伤害了主体——橱窗里的商品跟他们的生产者发生了离异，成了不劳而获者的消费对象，而这种消费往往以伤害生产者为前提。"[①]都市的旁观者们虽然并不一定是商品的生产者，但在他们或凝视或观看橱窗，感受到里面代表着富足和美好的一切近在咫尺、触手可得，但又被看似无形却实实在在存在的玻璃阻挡时，可视的客体对作为观看者的主体而言就是强烈的嘲弄和贬损。艾默里对贫穷的憎恶本质上也就源于都市景观对其通过"个性"表演而形成的主体性和存在感的冷酷否定。

　　艾默里迷茫、困惑、愤世嫉俗，陷入了彻底的放纵。菲茨杰拉德在《爵士时代的回声》中写道，"但愿人人都能在1922年有资本可供展览"[②]。尽管"爵士时代"叛逆的年轻人大多一无所有，没有财富和名望这些资本，但他们有幸拥有最为稀缺的资本——青春。唯美主义者如佩特、王尔德等人经常使用"青春"一词，作为享乐主义者某种瞬间的自我实现方式。然而，艾默里在纽约的种种放纵行径已经不再是浪漫的"瞬间自我实现"了，而是查尔斯·阿克兰（Charles Acland）笔下一种"挥霍青春的公演"。

　　柯克·科纳特在《青年文化与浪费景观——〈人间天堂〉与〈美丽与毁灭〉》中介绍了关于一些青年人行为的社会学观点。他引用迪克·赫布吉的观点指出，一无所有的青年一代拥有的"唯一能够使用的权力"，就是"捣乱"，而"捣乱"不仅是

---

①　殷企平. 在"进步"的车轮之下——重读《玛丽·巴顿》. 外国文学评论, 2005(1): 98.

②　菲茨杰拉德. 崩溃. 黄昱宁, 包慧怡, 译. 上海: 上海译文出版社, 2011: 25.

权力也是"威胁"。青年人往往通过"越界、抵制习俗、奇装异服、举止怪异、破坏规则、摔瓶子、砸玻璃、打架斗殴、象征性地挑战法律"等表演来表达他们对社会的不满。通过这些行为,青年一代表达了"用炫耀来威胁,在理想破灭前拒不接受好公民的责任和生产的要求"①。在此基础上,查尔斯·阿克兰提出"爵士时代"年轻人的行为事实上是在上演一场"挥霍青春的公演",他们在都市这个"象征性的舞台"上,出演着自己"迷惘"的角色,鼓励"成人们聚集起来,推推搡搡地围观这偶然一见的当代青年……这场惨剧"②。艾默里所做的一切正是在"上演自己的迷惘角色":他放任自己"出了酒吧又进酒吧",度过"三个星期毫无节制的狂饮"③,直到"禁酒令"下达,他无法公开酗酒为止。不仅如此,他还在酒桌上公开宣布要自杀,在酒吧闹事,还因此挨了一顿打,他旷工,并毫无征兆地突然提出辞职,上演了种种荒唐、不计后果、令人费解又一无是处的闹剧。这些举动除了展示他的迷茫、困惑,更是一种对视觉霸权及其背后的财富基础上的社会等级制度及其价值观念的对抗和叛逆姿态。一无所有的青年们唯有通过夸张的表演,才能吸引主流社会的关注,宣泄他们的不满,寻求自我存在感。

柯克·科纳特进一步指出,阿克兰所谓的"挥霍青春的公演"也属于一种广义的消费态度。斯图尔特·伊文(Stuart Ewen)将其形容为"浪费的景观"(spectacle of waste)——一种"活在当下的意识形态……(它)避免了未来的问题,除非未来是指新的、进步的东西"④,体验新的、令人期盼的快乐。在一个将浪费看作是富足的特权的文化中,青年人挥霍青春有了不同的含义:挥霍青春成为青年文化展示的精髓,因为只有通过消费这唯一属于自己的资本,年轻人才能获得这个时代所"承诺"的主要回报——消费的快感。除此以外,他们将无法享受这种快感,从而

① Curnutt, K. Youth Culture and the Spectacle of Waste. In Bryer, J., Pigozy, R., Stern, M. (eds.). *F. Scott Fitzgerald in the Twenty-First Century*. Tuscaloosa and London: University of Alabama Press, 2003: 86-87.

② Curnutt, K. Youth Culture and the Spectacle of Waste. In Bryer, J., Pigozy, R., Stern, M. (eds.). *F. Scott Fitzgerald in the Twenty-First Century*. Tuscaloosa and London: University of Alabama Press, 2003: 86-87.

③ 菲茨杰拉德. 人间天堂. 金绍禹, 译. 上海: 上海译文出版社, 2010: 274.

④ Curnutt, K. Youth Culture and the Spectacle of Waste. In Bryer, J., Pigozy, R., Stern, M. (eds.). *F. Scott Fitzgerald in the Twenty-First Century*. Tuscaloosa and London: University of Alabama Press, 2003: 86-87.

与这个时代疏离。

　　然而，随着时间的消逝，青春逐渐蜕变为"一堆瞬息变化、杂乱无章的场景"①（译文有改动），挥霍青春并没有给他带来存在感，艾默里终于挣扎着领悟到：成熟意味着失去和悔恨；青春"不是格式化、成就希望的一个阶段"②，青春经历未必就能带来道德上的成长和事业上的成就。他终于放弃了幻想，放弃了对"美"，尤其是"女人的美"的追求，甚至意识到他的初恋罗莎琳也只不过是"拙劣的替代品而已"③。小说结尾，艾默里又回到了普林斯顿校园，仰望着曾经激发了他奋斗梦想的"塔尖"：

　　　　他也说不清为什么奋斗是值得的，为什么他下定决心要竭力利用他自身以及他已经超越的重要人物留下的传统……

　　　　他朝着晶莹闪亮的天空伸展双臂。

　　　　"我了解我自己，"他大声道，"但是仅此而已。"④

　　"个性"的表象破灭，青春流逝之后，城市经历留给艾默里的只有自我认知："省悟的河水在他心灵上留下的沉积，那是责任与对生活的热爱。"⑤尽管不知道要"为什么奋斗是值得的"，但是他依然选择奋斗。小说的结尾不同于传统的"成长小说"，艾默里又变回了那个暗暗发誓要"奋斗"的少年，小说却没有暗示艾默里的将来究竟能否成功，似乎是转了一圈又回到原点。但是在一切"神"和"信仰"都消失之后，他能从虚幻的追求中走出来，透过幻象而认清自己，这应该是视觉时代尤为难能可贵的成就。从这个意义上说，艾默里的确已经"超越了重要人物留下的传统"，获得了新生。

　　本篇主要探讨了《人间天堂》的主人公艾默里身上体现出的"个性景观"和"挥霍青春的公演"两种青年表演性的特征。尽管艾默里在小说最后表达了他的幻灭和顿悟，但这种对"表演性"的信仰却并没有消失，类似的模式在"飞女郎"和盖茨比式的自我实现者身上不断重现。身份的视觉展示模式已经成了现代人、现代性

①　菲茨杰拉德. 人间天堂. 金绍禹，译. 上海：上海译文出版社，2010：309.
②　菲茨杰拉德. 人间天堂. 金绍禹，译. 上海：上海译文出版社，2010：90.
③　菲茨杰拉德. 人间天堂. 金绍禹，译. 上海：上海译文出版社，2010：372.
④　菲茨杰拉德. 人间天堂. 金绍禹，译. 上海：上海译文出版社，2010：372.
⑤　菲茨杰拉德. 人间天堂. 金绍禹，译. 上海：上海译文出版社，2010：371.

的重要标签,也是菲茨杰拉德笔下的都市人无法摆脱的自我形塑模式。《人间天堂》中也有大量关于"飞女郎"的种种表演性的描写,然而由于性别差异,"飞女郎"的表演性与艾默里所代表的青年男性的表演性又有所不同,因此关于本书中"飞女郎"的分析将一并放入下一篇对"飞女郎"的表演性的探讨中。

中篇 《美丽与毁灭》:都市景观与
"飞女郎"的表演性

　　视觉范式下身份的表演性在菲茨杰拉德所塑造的"飞女郎"人物形象上体现得尤为明显。菲茨杰拉德是公认的美国 20 世纪 20 年代的"编年史家"和"桂冠诗人"，他的作品使"飞女郎"这一美国新女性形象广为流传。《人间天堂》(*This Side of Paradise*,1920)、《飞女郎与哲学家》(*Flappers and Philosophers*,1920)、《美丽与毁灭》(*The Beautiful and Damned*,1922)等一系列菲茨杰拉德经典"飞女郎"作品，为我们理解"飞女郎"的表演性提供了很好的样本。这些小说以美国 20 世纪 20 年代这个"文化沸腾"①时期为历史背景，反映了美国社会在现代化、城市化过程中逐渐转变为以工业、消费主义和视觉为主导的文化，细致入微地再现了大都市人群，尤其是"飞女郎"这一时期特有的新女性形象。大都市这种以视觉为主导的文化不仅影响到了人们的生活方式，也影响了个人对自我和外部世界的理解，使女性的自我意识和自我表征模式也发生了显著的改变。著名文学评论家马尔科姆·布莱德伯里(Malcolm Bradbury)描述那个时期的人们"在现代历史加快的流速中，急切地对一切进行探索：新的行为举止、新的服装式样、新的品味和对人身份的新的认识"②，这些探索在"飞女郎"形象上都得到充分的展现。

　　1920 年 3 月出版的《人间天堂》是菲茨杰拉德的第一部长篇小说，是"一部献

---

①　Bradbury,M. Preface. In Bradbury,M.,Palmer,D.（eds.）. *The American Novel and the Nineteen Twenties*. London:Edward Arnold,1971:vi.

②　Bradbury,M. Style of Life, Style of Art and the American Novelist in the Nineteen Twenties. In Bradbury,M.,Palmer,D.（eds.）. *The American Novel and the Nineteen Twenties*. London:Edward Arnold,1971:12.

给哲学家们的描写飞女郎(Flapper)的书"①,从而使"飞女郎"一词广为流传,成为人们常挂嘴边的时髦用语。紧接着他在1920年9月出版的短篇小说集《飞女郎与哲学家》更是聚焦"飞女郎"这一女性形象,刻画了她们生活的各个侧面,使这一形象更为丰满。1922年出版的《美丽与毁灭》继续了这一主题,通过女主人公葛罗丽亚的人物塑造对"飞女郎"这一女性形象进行了进一步探索。Flapper一词的本意是指"刚学飞或刚会飞的小禽"②,在19世纪初期,该词有了"雏妓"之意。到了20世纪初,该词的已经被用来指行为、衣着不受传统拘束的少女。20世纪20年代,女孩子们把菲茨杰拉德畅销一时的"飞女郎"小说——《人间天堂》当作教科书来读,在菲茨杰拉德小说的影响下,该词的含义发生了根本的变化,成为小说中所描写的那些衣着新潮、反抗传统、行为举止轻浮叛逆的"爵士时代"新女性的代名词。"飞女郎"这个词现在已经成为韦伯斯特字典上的一个专有名词:"飞女郎,美国20世纪20年代行为不受传统约束的年轻女郎。"③

"飞女郎"是20世纪初美国都市舞台上出现的具有鲜明特征的女性群体。美国20年代画家小约翰·赫尔德曾用连环画的形式在《纽约人》杂志上描绘了"飞女郎"形象:她们通常穿着短而不打褶的裙子,头发剪短,身体瘦削,脸上搽着胭脂,嘴里叼着香烟④。马尔科姆·考利(Malcolm Cowley)也在《流放者归来——二十年代的文学流浪生涯》这样描写那个时期的"飞女郎"们:她们都"把头发剪短,头发长了再剪短;她们经历了在舞会上把紧身胸衣寄存在衣帽间的时期和不穿紧身胸衣的时期。当她们谈到找个情人的时候,并不感到很拘束,她们一面从恋情结交谈到节育,一面在两道菜之间吸烟"⑤。这些历史性的描述都说明了"飞女郎"是那个时期美国都市切实存在的都市新女性,而她们的行为举止、服饰装束都沾染了鲜明的视觉表演特征。

如果说上篇中艾默里所代表的青年文化中的表演是主动的追求和展示,那么"飞女郎"的标新立异、崇尚自我的表现,却在视觉文化、消费文化的蛊惑和"可视

---

① Meyers, J. F. *Scott Fitzgerald: A Biography*. New York: Harper Collins, 1994: 56.

② 陆谷孙. 英汉大词典. 上海: 上海译文出版社, 1993: 656.

③ The Merriam Webster Dictionary. New Edition. Springfield: Merriam-Webster, 1994.

④ 班纳. 现代美国妇女. 侯文蕙, 译. 上海: 东方出版社, 1987: 144.

⑤ 考利. 流放者归来——二十年代的文学流浪生涯. 张承谟, 译. 上海: 上海外语教育出版社, 1986: 57.

与不可视"的霸权话语之下,体现出了强烈的被动意味。本篇将集中分析都市视觉文化语境下"飞女郎"的"表演性"身份中的被动性。第一节考察都市语境对"视觉可见性"的突出女性必须通过表演来获取存在感的规定性;第二节则主要探讨这种"表演性"在男性"凝视"的规训之下形成的动态机制,进而分析"飞女郎"的"表演性"对 20 世纪 20 年代新女性复杂的现代性的重要影响。本篇的文本分析以小说《美丽与毁灭》为主,但由于"飞女郎"形象分散在菲茨杰拉德的小说中,本篇对《人间天堂》《了不起的盖茨比》等其他小说中的"飞女郎"形象也将一并进行探讨。

第一节　景观化表演:"飞女郎"的都市存在

一、"飞女郎"与"表演性"

菲茨杰拉德笔下"飞女郎"的种种标新立异、挑战传统的行为举止和服饰衣着都展现出了一种景观化的表演性。菲茨杰拉德在《爵士时代的回声》(Echos of the Jazz Age)一文中明确指出了"飞女郎"的戏剧性:"在这一代,女孩子将自己代入戏剧,成为'飞女郎'。"①《人间天堂》将"飞女郎"伊莎贝尔的表演性展现得淋漓精致:小说中她的首次出场就被描写成了一次声势浩大的演出,就像是"跳板上的跳水运动员,首场演出之夜的女主角,全国大学年度橄榄球开赛那一天的魁梧、强壮的橄榄球队队员"②,她心情激动地期待着伴着鼓声、音乐旋律下楼,下楼前还不忘对镜子看最后一眼。作者更是明确指出她的行为举止"表现出社交和艺术气质的奇怪的混合,这两种性格特点往往在两类人身上可以找到,一类是出入社交场合的女人,一类是女演员"③。她精心设计与别人的谈话,控制着谈话的技巧、方式,展示着自己的诱人微笑,"黑褐色大眼睛秋波频频递送,调情之意透过她的

①　菲茨杰拉德.崩溃.黄昱宁,包慧怡,译.上海:上海译文出版社,2011:24.
②　菲茨杰拉德.人间天堂.金绍禹,译.上海:上海译文出版社,2010:83.
③　菲茨杰拉德.人间天堂.金绍禹,译.上海:上海译文出版社,2010:86.

体态容貌的强大吸引力让人一览无余"①。这种机敏老练、老于世故的演出技巧正是她在多次操练之后,"从被她的喜怒哀乐所左右的男孩身上汲取的"②。她像一个女演员般做好了一切上台准备,要演出一场新的"风流韵事"③。这位倾倒众生、当之无愧的"舞会女王"哪怕是"在自己自觉的魅力充分表现的时候",也不忘上下打量那个"值得别人重视的对手"④——浪漫帅气的男主人公艾默里,而他此时也正在"默默旁观",注视着她。

其实,不光是小说中的"飞女郎"举止行为充满了表演性,艾默里这位"自我实现者"也是如此。两人的"爱情"一开始就是一场演出,彼此都对此心知肚明。"他要对她倾心",而她呢,暗暗拿定主意,"假如有必要,她就硬逼着自己去喜欢他"。两人都戴着面具,这初次见面分明就是一场漂亮的外貌和容易激动的性格引发的游戏,而游戏的情节都是从"唾手可得的通俗小说和从略微老一点的小说选集里收集来的化妆间对话造成的结果"⑤。他在"故作姿态",而她则是"已经经过训练"了。两人"就这样着手进行游戏,手法极其狡诈"⑥。整个社交舞会被描绘得像是一场社交魅力的竞争,类似的舞会场景在《美丽与毁灭》《飞女郎与哲学家》中也屡屡出现。

对于"爵士时代""飞女郎"的这种表演性,不少评论家已有颇多评论。在菲茨杰拉德笔下的"飞女郎"夸张的服饰和故作姿态的言行中,安吉拉·拉萨姆(Angela Latham)却看到了深层次的含义:"这种'飞女郎'式的装扮远不仅仅意味着她们不够庄重,或是追求时髦和有服装品位,而是一种姿态,一个立场,一种精心设计的举止,也即,一种表演。"⑦美国著名菲茨杰拉德评论家科克·科纳特(Kirk Curnutt)在《剑桥版菲茨杰拉德导引》中认为菲茨杰拉德"赞美了表演性身

---

① 菲茨杰拉德. 人间天堂. 金绍禹,译. 上海:上海译文出版社,2010:86.
② 菲茨杰拉德. 人间天堂. 金绍禹,译. 上海:上海译文出版社,2010:86.
③ 菲茨杰拉德. 人间天堂. 金绍禹,译. 上海:上海译文出版社,2010:86.
④ 菲茨杰拉德. 人间天堂. 金绍禹,译. 上海:上海译文出版社,2010:85.
⑤ 菲茨杰拉德. 人间天堂. 金绍禹,译. 上海:上海译文出版社,2010:89.
⑥ 菲茨杰拉德. 人间天堂. 金绍禹,译. 上海:上海译文出版社,2010:89.
⑦ Curnutt,K. *Cambridge Introduction to F. Scott Fitzgerald*. Cambridge:Cambridge University Press,2007:32.

份"①；"飞女郎"的这种表演是"对女性性属毫不遮掩的公开拥抱"②，是女性身份认同中一种健康的表现。蕾娜·桑德森（Rena Sanderson）在《菲茨杰拉德小说中的女性》一文中也认为女性气质是"一种自我塑形的产物"，但她进一步指出这种"表演性"的复杂特性：这是一种"具有诱惑力而又有欺骗性的戏剧性姿态"，而菲茨杰拉德对这一点"非常着迷"③。

上述这些批评家对于"飞女郎"的表演性的评论隐含着这样一个共识，即现代女性气质是一种可以习得的自我形塑，并且是公开展示的一场"表演"，这与巴特勒著名的性别表演论不谋而合。巴特勒认为表演性是主体建构的重要途径，纯粹天然的女性身体并不存在。在《性别麻烦》（*Gender Trouble*）中，她写道：

> 性别不应该被解释为一个稳定的身份……性别宁可被看作是在时间中缓慢构成的身份，是通过一系列风格化的、重复的行为于外在空间里生成的。性别的效果是通过身体的风格化产生的，因而必须被理解为身体的姿势、动作和各种风格以平常的方式构成了一个持久的、性别化的自我的幻觉。④

既然性别是"姿势、动作和各种风格"所构成的"性别化的自我幻觉"，我们所谓的 20 世纪 20 年代的女性气质，自然也是"飞女郎"们时髦的衣着和开放、叛逆举止的不断重复"引用"或"表演"的结果。事实上，菲茨杰拉德在《伯尼斯剪掉了头发》一文中不仅突出了"飞女郎"的表演性，甚至点明了维多利亚式的传统女性气质也同样是一种"矫揉造作"的表演。当伯尼斯指责典型的"飞女郎"马乔里"身上没有一点女性的美德"时，马乔里绝望地喊道："你们把那些可怖的无能称之为女性的美德。当一个充满想象力的男子娶了个他以为的理想中的美丽女子，而结

---

① Curnutt，K. *Cambridge Introduction to F. Scott Fitzgerald*. Cambridge：Cambridge University Press，2007：33.

② Curnutt，K. *Cambridge Introduction to F. Scott Fitzgerald*. Cambridge：Cambridge University Press，2007：32.

③ Sanderson，R. Women in Fitzgerald's Fiction. In Prigozy，R.（ed.）. *The Cambridge Companion to F. Scott Fitzgerald*. Cambridge：Cambridge University Press，2002：147.

④ Butler，J. *Gender Trouble：Feminism and the Subversion of Identity*. New York：Routledge，1999：179.

果却发现她只是个虚弱胆怯、牢骚满腹、矫揉造作的人,那会是多大的打击呀!"①来自中西部小城的伯尼斯所固守的所谓传统女性美德,在"飞女郎"马乔里眼中,恰恰是一种"矫揉造作"的伪装,与《人间天堂》的"飞女郎"伊莎贝尔的"机敏老练、老于世故的演出"并无本质差别。而经常出入美国东岸大城市舞会的"飞女郎"马乔里正是基于这一认识,才成功地指导伯尼斯通过改变言行举止来重建她的女性气质,从而使她顺利地转型为现代都市的"飞女郎"。可以说,菲茨杰拉德笔下的"飞女郎"早在 20 世纪 20 年代就已经意识到了女性气质是开放的、不稳定的、可自我建构的表演性身份,并将通过表演而建构身份当作一件值得孜孜以求的事业。《人间天堂》里的罗莎琳甚至将这比作她的"工作",称她经营的美貌和声誉为"罗莎琳无限公司","声誉,信誉,一样一样统统加在一起,每年 25000 元"②。

巴特勒的性别表演并非随意的表演,就像"一个人早晨醒来,仔细翻找衣柜或某个更敞开的空间,选择一个性属,穿上这个性属,并在晚上将这件外衣放回原处"③。事实上,"飞女郎"的女性气质是当时的社会规范在社会强制下反复书写和表演自己的结果。正如维多利亚时期的传统美德是那个时期的清教主义自我克制、节俭等社会规范的结果,"飞女郎"的种种特性也有其相适应的社会准则。对此,桑德森在《菲茨杰拉德小说中的女性》一文中对"飞女郎"特性出现的社会环境进行深入分析,列举了以下几点因素:

首先是"爵士时代"女性主义新潮流,这是"飞女郎"出现的大环境。在父权制文化中,男性是在经济、政治、文化生活中占据统治地位的"中心"和"主体",而女性则是处于附属地位的"他者",是"家里的天使"。维多利亚时期的生活被划分为由男性主导的经济和公共领域,和由女性支配的家庭内的、私人的领域。然而随着社会经济文化的发展,女性已不再满足于处理家庭内部事务,而是越来越多地参与到社会公共事务中去,从而引起了美国教育、公共健康、社会服务行业、艺术、种族关系、家庭关系和女性角色的整体变革。简而言之,从 19 世纪90 年代到 20 世纪 20 年代,女性公众权利的兴起使"美国文化出现了一种女性化

---

① 菲茨杰拉德.爵士时代的故事.裘因,萧甘,等译.上海:上海译文出版社,2010:165.
② 菲茨杰拉德.人间天堂.金绍禹,译.上海:上海译文出版社,2010:230.
③ 巴特勒.身体之重:论"性别的话语界限".李钧鹏,译.上海:上海三联书店,2011:2-3.

倾向"(a feminization of American culture)①。这些改变使女性打破了传统的道德文化观念的束缚，不再满足于担任贤妻良母的角色，而是积极争取男女平等、个性解放、自我的实现。

其次是弗洛伊德的性解放思想。菲茨杰拉德笔下的"飞女郎"们都努力打破维多利亚时期道德观念的束缚，认为女性也具有性欲或性活力，而自由表现女性魅力、满足自己的性本能，是有益于女性的身体及精神健康的。据布鲁克林（Bruccolli）和布莱亚（Bryer）在《他自己的时代》(In His Own Time)中考证，20世纪初，弗洛伊德思想的广泛流传让"那些富裕的年轻女性"相信"她们都是被压抑的欲望的受害者"，都应该"摆脱约束"②，释放自己。

最后是美国中西部新富阶层的兴起。这些人"没有背景，没有传统，也没有礼仪"③。对于这些毫无根基的新富人群而言，外表展示自然是最为便捷的身份形塑途径。

而以上所有的一切又都与我们现在称之为"现代性"的东西交织在一起。随着经济的发展，大规模生产的商品，以及电影、电话等新科技的出现，史无前例的阶级流动性、城市化、消费主义、广告和大众文化等融合在一起，对美国社会的价值观的变革产生巨大的影响。同时，在大众传媒广告、电影和选美比赛的影响下，"大规模生产的衣物和化妆品盛销不衰，这也促使了一种新的、表面上更为自由的理想女性的出现"④，从而形成了一种信奉个人自我创造的价值观。而这其实是现代性在美国新女性身上的体现。在这一基础上，桑德森指出20世纪20年代的"女性主义"出现了新的潮流："各种大众文化话语与女性主义结合在一起，使

---

① Sanderson, R. Women in Fitzgerald's Fiction. In Prigozy, R. (ed.). *The Cambridge Companion to F. Scott Fitzgerald*. Cambridge: Cambridge University Press, 2002: 145.

② Quoted from Sanderson, R. Women in Fitzgerald's Fiction. In Prigozy, R. (ed.). *The Cambridge Companion to F. Scott Fitzgerald*. Cambridge: Cambridge University Press, 2002: 146.

③ Sanderson, R. Women in Fitzgerald's Fiction. In Prigozy, R. (ed.). *The Cambridge Companion to F. Scott Fitzgerald*. Cambridge: Cambridge University Press, 2002: 146.

④ Sanderson, R. Women in Fitzgerald's Fiction. In Prigozy, R. (ed.). *The Cambridge Companion to F. Scott Fitzgerald*. Cambridge: Cambridge University Press, 2002: 146.

得激进女性主义(activist feminism)转向表现在生活方式上的女性主义(lifestyle feminism)"①。

尽管桑德森等学者从社会思潮和大众文化兴起等方面对"飞女郎"做了深入的分析,却没有将飞女郎的"表演性"倾向的产生置于都市视觉文化兴起的大背景之下,考察视觉文化对飞女郎的"表演性"的影响。下文的分析将试图证明大都市对可视性的重视也是"飞女郎"表演性身份出现的一大推动因素。

二、都市景观的等级体系

德国社会学家齐奥尔格·齐美尔在他的论文《感觉社会学:视觉互动》("Sociology of the Senses:Visual Interaction")中,分析了视觉在都市社会生活中的重要性,认为与乡村生活对听觉的依赖不同,视觉在都市社会交流中占据了主导性地位。他指出,随着现代城市居民的增多、生活领域的扩大,以及汽车、地铁等交通工具的大量使用,人们通过聊天进行直接交流的机会大大减少,因此"相对听觉来说,大城市人与人之间关系对于视觉的依赖显著提高"②。齐美尔更进一步指出,大都市的生活和心理状态便是由大量视觉影像所决定的,"不断改变的影像的增多、一瞥所能得到信息的不连贯性,和连续不断的印象的不可预知性:这些都是都市造成的心理状态"③。在都市生活中,个人不得不置身于大量陌生人群中,只能通过外表获得对陌生人的印象。而纷繁、忙碌的都市生活使近距离、面对面的直接沟通变得越来越困难,视觉因此成为认知或理解城市里无名陌生人的主要媒介,而"纯粹的视觉印象"的功能就被无限放大了。

菲茨杰拉德与齐美尔一样,把视觉交流看作城市体验的重要因素,非常注重在小说中描写城市视觉体验。菲茨杰拉德的小说不仅展示了景观化都市对城市

---

① Sanderson, R. Women in Fitzgerald's Fiction. In Prigozy, R. (ed.). *The Cambridge Companion to F. Scott Fitzgerald*. Cambridge:Cambridge University Press,2002:146.

② Simmel,G. Sociology of the Senses:Visual Interaction. In Park, R. E., Burgess, E. W. (ed,.). *Introduction to the Science of Sociology*. Chicago:University of Chicago Press, 1921:361.

③ Simmel,G. The Metropolis and Mental Life. In Frisby,D.,Featherstone,M. (eds.). *Simmel On Culture*. London:Sage Publications,1997:175.

居民的感知产生的巨大影响，也反映了以视觉模式为主导的社会交流已成为都市生活的重要特点。在菲茨杰拉德的几部长篇小说中，通过对纽约这座国际大都市的大街、酒吧、剧场、舞会的描写来再现城市生活是作者常用的手法。在《美丽与毁灭》中，作者曾多次描写纽约大街，从繁华的第五大道、百老汇、时代广场，到安东尼最初在纽约居住的上东区 52 街，直至后期经济窘困之后搬到偏远的克莱尔蒙特街，一个经常出现的场景就是安东尼透过窗户俯视大街，或是在街头穿越熙熙攘攘的都市人群。小说的第一卷第一章，作者用题为"夜晚"的整整一小节文字描写了夜晚百老汇剧场"入场的盛况"、时代广场"拥挤的群众、疾驰的马车和上千的行人"，以及徐徐开过的出租车，还有远处的城市高架铁路和地下隆隆驶过的地铁，喧闹、拥挤、杂乱、又令人无名兴奋的纽约夜生活在作者笔下有了一个全景式的展现。大都市的人群尽管在社会关系上毫无相交之处，情感上也并无共通之处，但却被一并抛掷到同一个都市空间。作者只能在这人流中零零散散捕捉到一些视觉碎片：各色的斗篷、数不清的饰品、各式男子女子的发型，还有鞋子、帽子，聚合而成"发亮的洪流"。安东尼独自走在时代广场，人流在他身边匆匆而过，女孩们的面庞在"面前旋转，犹如万花筒"。当他从人流中终于脱得身来，他感觉"松了一口气"，感觉到纽约是一个令人"寂寞"的城市。如此纷繁嘈杂的人群却让主人公得出这样的结论，都市文化这种表面上的亲近感和现实中的疏离感之间的巨大反差跃然纸上。路易斯·威尔斯（Louis Wirth）在他的文章《作为生活方式的城市生活》（"Urbanism as a Way of Life"）中指出，都市是"由不同的异质个体组成的一个相对大的、相对密集的、相对长久的居住地"[①]。都市人作为"不同的异质个体"，互不相识又不断地出入共同都市空间并构成了都市景象的一部分，形成了影像密度极高的现代都市景观。尽管城市人同处一个空间，彼此之间却并无多少了解，因为"城市是由二级接触而非一级接触为主的场所。城市接触可能是面对面的，但这种接触是非个人的、表面的、转瞬即逝的，而且是分裂的"[②]。纽约街头这种人与人的关系就完全属于二级接触，街头这些完全不相干的个人之间缄默不语，对彼此之间的信息也所知甚少，人群之中所获得的视觉碎片，以及分裂的、

①　Wirth, L. Urbanism as a Way of Life. In LeGates, T. R., Stout, F. (eds.). *The City Reader*. London and New York：Routledge, 1996：98.

②　Wirth-Nesher, H. *City Codes：Reading the Modern Urban Novel*. Cambridge：Cambridge University Press, 1996：20.

短暂的印象使人们根本无法建立起真正亲密的关系,"孤独"感于是成了都市生活带来的必然结果。而个人要在无名的城市人群中凸显自我的在场和身份,视觉展示就变得尤其重要了。

对菲茨杰拉德来说,由于都市中的这种"社交远距离"和"物理上的近距离"的悖论存在,个人的景观化视觉再现便成为个人在场的重要方式。在菲茨杰拉德笔下,拥有吸引他人视线的能力,即"可视性"成了在都市语境中彰显个人存在的关键。就如上文提到的女孩子面庞组成的"万花筒"中,安东尼的视线突然被"一个皮肤黝黑的年轻美女吸引",并迅速向这位美女聚焦,给了她一个大特写:"幽微的光线下,她的眼瞳令人联想到夜色和紫罗兰"[①],在这些视觉碎片中显得如此生动具体。作者这一描写让人联想到庞德著名的短诗:

在地铁车站

一张张面庞的幻影在人群中浮现,

湿漉漉黑枝上点点残英。

In A Station of the Metro

The apparition of these faces in the crowd,

Petals on a wet, black bough.

都市的匿名人群就如同这诗中的黑色背景或底色,只有那些能够攫取视线的鲜艳面庞,才能够在旁观者眼中留下视觉印象,因此而拥有了短暂的存在感。

"可视"与"不可视"的博弈事实上是都市景观霸权体系在视觉上的体现。菲茨杰拉德笔下的都市景观都是具有强烈等级体系的。事实上,小说中那些默默无闻、匆匆而过的无名都市人,尤其是劳动阶层,都只能充当都市的底色。根据列斐伏尔的《空间的生产》(*Production of Space*),20世纪资本主义发展的特征在于资本主义工业化进程对都市空间的不断重构,以生产出都市的"差异空间"[②]。劳罗雷·奥马拉(Lauraleigh O'Meara)在《失落的城市——菲茨杰拉德笔下的纽约》

---

① 菲茨杰拉德.美丽与毁灭.吴文娟,译.北京:文化艺术出版社,2010:22.

② 迈克·迪尔.后现代血统:从列斐伏尔到詹姆斯.季桂保,译.//现代性与空间的生产.上海:上海教育出版社,2002:97-98.

一书中也写道："菲茨杰拉德对城市环境的研究包含了对城市文化的分析，告诉我们很多关于现代都市这个景观的复杂含义。"①《美丽与毁灭》中对都市街道的描写将这种"差异空间"以及都市景观的"复杂含义"非常清晰地展现在读者面前：男女主人公早期经常出入的繁华的第五大道两旁宏伟、坚固、让人望而生畏的宏大建筑，是洛克菲勒、摩根斯坦利等控制美国金融命脉的各大财阀所在地，是"仅靠金钱堆积而成"②的，代表着 20 世纪初纽约的"上流社会"。当安东尼和葛罗丽亚路过这繁华的闹市区，见到左侧百万富翁用巨大花岗岩打造的豪宅，他们感觉到这些豪宅仿佛会反复"低声呢喃着主人杂乱无章的心声……'我工作，我存钱，我比任何人都机灵，所以我才会在这里'"③。行人可以读懂这些建筑隐含的权力话语，它不仅是对勃勃权力欲望的公然展示，更是资本主义的傲慢自夸。作者更进一步写道，第五、第六大道"有如一座巨大阶梯，从华盛顿广场延伸到中央公园"④，中央公园东侧就是安东尼最初居住的纽约上东区 52 街。这座"巨大阶梯"并不仅仅是对纽约地形的描写，也是对建筑构成的财力和权力阶梯的形象化比喻，上东区这个纽约上流阶层的住宅区就是这座财富阶梯的顶端。小说开始时，安东尼有幸跻身上东区，住在 52 号大街的高档公寓。这座建于 19 世纪 80 年代的公寓尽管有着各种奢华的家具摆设，采用的却是已经过时的"暗色建材"，而且是后期改建而成的独立小公寓，代表的是中产阶级上层人士的财力，与百万富翁们的花岗岩豪宅不能相提并论。但这已经是安东尼在这座阶梯达到的最高点，此后随着财力的下降，他和葛罗丽亚一直在更换住所，如同顺着这个"巨大阶梯"般走下坡路。后期经济窘困之后，他们被迫搬到偏远的克莱尔蒙特街，混迹于中产阶层下层和劳动阶层的住所。作者特意将他们的公寓置于暮色之中，用"漆黑房间"来描写这两位主人公在城市舞台几乎不可视的事实。菲茨杰拉德对建筑的描述体现了都市不同的"差异空间"，而安东尼在不同的都市空间迁移的经历则为读者划出一条清晰的堕落轨迹。

事实上，不仅是不同城市空间的建筑，甚至是同一幢建筑的不同楼层也一样隐含着等级体系。在安东尼 52 街的高寓中，作为千万家产继承人的他住在最抢

---

① O'Meara, L. *Lost City: Fitzgerald's New York*. New York: Routledge, 2002: 34.
② 菲茨杰拉德. 美丽与毁灭. 吴文娟，译. 北京: 文化艺术出版社, 2010: 4.
③ 菲茨杰拉德. 美丽与毁灭. 吴文娟，译. 北京: 文化艺术出版社, 2010: 110.
④ 菲茨杰拉德. 美丽与毁灭. 吴文娟，译. 北京: 文化艺术出版社, 2010: 8.

手的二楼,"公寓第三层的住户多半来自城市的'裙摆',……而邻近楼层的居民则来自城市的'鞋子'"①,那里有犹太女孩、爱尔兰女孩,期盼能通过婚姻进入更高的社会阶层。当然还有那些劳动阶层的妇女:"穷困且外表也不出色",作者甚至略过了对她们住所的描写。在这个城市舞台中她们只占据了"在工厂包装肥皂,或在大型商店做服饰的展示和销售"的位置,但依然"幻想在今年冬天这种特异的兴奋氛围中,能找到自己梦寐以求的男性——就好像一个效率不高的扒手会认为,置身在混乱拥挤的狂欢人群中比较可能增加他的机会一样"②。

都市空间是一种具有潜在说服力的话语,或是强有力的、层次繁复的能指符号。安东尼作为一名都市男性,在丧失继承权而失去背后的财力支撑后,便逐渐被放逐到都市边缘空间,落魄到熟人都"视而不见"③的匿名状态中。对于都市女性来说,葛罗丽亚的堕落曲线背后却是从22岁到29岁女性的青春与美貌的逐渐衰退。在两人财务破产、青春消逝之后,"安东尼和葛罗丽亚就像是失去戏服的演员,缺乏继续在悲剧舞台表演下去的骄傲"。以至于某天晚上,曾经与他们相熟的来自他们家乡的两母女在广场与他们相遇,"装作视而不见",这让他们很是受挫。葛罗丽亚也不得不当掉她那件时尚的灰鼠大衣,于是每次走在第五大道上,她总会异常清醒地"自觉到身上这件陈旧半长短的豹皮大衣,已经绝望地退出流行了"④。从某种意义上说,城市是一个身份斗争或是冲突的战场,都市霸权体系突出了通过视觉再现进行的自我生产。都市空间的霸权式存在加深了安东尼和葛罗丽亚的自卑感和被排斥感,他们最初那种认为自己卓尔不群的感觉迅速被自己不再是其中一员的感觉所挫败。当他们被"看到",但并没有被看成是"平等"的一员时,他们痛苦地感受到被排斥和放逐的感觉。的确,都市空间里没有完全平等的人,所有人都被区分成受到关注(包括在内的)和不受关注(排除在外的)两类,而对自己归属的痛苦意识和不满就会激发出要超越自身匮乏的欲望。

在这样的都市霸权空间中展示自我的外观和个性,并持续地吸引他人的关注并引起正面的反应的欲望,也是女性在都市景观中获得自我存在感的关键。菲茨杰拉德常常将都市舞会、都市生活明确比作"舞台"。《人间天堂》里伊莎贝尔下楼

---

① 菲茨杰拉德. 美丽与毁灭. 吴文娟,译. 北京:文化艺术出版社,2010:27.
② 菲茨杰拉德. 美丽与毁灭. 吴文娟,译. 北京:文化艺术出版社,2010:27.
③ 菲茨杰拉德. 美丽与毁灭. 吴文娟,译. 北京:文化艺术出版社,2010:354.
④ 菲茨杰拉德. 美丽与毁灭. 吴文娟,译. 北京:文化艺术出版社,2010:342.

去舞厅的场景被描写得如同女演员登台；《伯尼斯剪掉了头发》中的阳台围绕的乡村俱乐部舞厅更是被明明白白地称作"舞台"①，阳台、走廊是兼具观众加评论家身份的中年妇女的聚集地，占据了舞台中心"主角"自然是贝茜、马乔里这些风靡一时、广受欢迎的"飞女郎"，甚至还有"包厢、乐池、主角和合唱团"，合唱团自然是那些充当背景的不受欢迎的男女舞客。整个舞厅成了青年男女自我展示的表演场，无法吸引大家的关注让伯尼斯"心里第一百次地自问为何她一旦背井离乡就会失去原有的光彩"②。《美丽与毁灭》中的安东尼也将街道比作"舞台"："我喜欢这些街道，我总觉得它是为我一人而设的舞台表演。"③刘易斯·芒福德(Lewis Mumford)曾经说："现今，城市的伟大功能是允许，其实是鼓励并刺激在所有人、阶级与群体之间的最大可能数字的聚会、邂逅与挑战，它可以说是提供了一个舞台，作为观众的演员以及作为演员的观众可以在台上来上演社会生活的戏剧。"④

　　作者对城市街道、舞会的再现很值得关注，因为这是一个都市人进入景观并参与视觉展示的空间。在这个空间里，看与被看已经不再有区别，事实上在城市街道中没有人只作为被动的观众存在。小说中的人物也意识到了城市人群中看与被看的动态系统，街头、舞会上的每一位过客都穿着最新潮的衣物，在观看他人时也尽力展示自我。他们与陌生人一同观看都市景观，同时也通过他人凝视来认识自我。城市街道和舞会因此转变成了一个自我展示的场所，不仅人的身份可以通过外观、时尚、风格等视觉影像来确立，而且人们也可以通过在百老汇、第五大街闲逛来将自己展示给他人，引起路人的关注，并在路人的目光中确立起自我的身份。

　　在自我展示的舞台上，能够吸引大家关注的人才具有存在感。菲茨杰拉德用"磁力"(magnetism)来比喻人物在景观化都市空间的吸引力，小说中的人物很多都被描述成具有磁力，可以吸引他人的关注并点燃他人的欲望。比如，作者两次用"magnetism"来描绘伊莎贝尔的吸引力：她"体态容貌的强大吸引力

---

① 菲茨杰拉德. 爵士时代的故事. 裘因，萧甘，等译. 上海：上海译文出版社，2010：151.

② 菲茨杰拉德. 爵士时代的故事. 裘因，萧甘，等译. 上海：上海译文出版社，2010：157.

③ 菲茨杰拉德. 美丽与毁灭. 吴文娟，译. 北京：文化艺术出版社，2010：252.

④ Quoted from Junks，P. *A Shout in the Street：An Excursion into the Modern City*. Berkeley：University of California Press，1990：67.

(magnetism)让人一览无余"①,以及她"如一个女演员……自觉魅力(magnetism)充分表现"②。小说中"吸引力""印象""捕获""磁力"等词语是描述人物之间的互动的关键词。《美丽与毁灭》中描写葛罗丽亚的魅力时,"attract"及其派生词使用了 10 余次。小说中人物的吸引力大都是基于她们的衣服和物质附属品的视觉展示来实现的。她们的"优雅""品味""风格"等都成为外在特征的主要部分,而她们的吸引力成为个人自我认知来源,也是我们定义她们"个性"的重要依据。菲茨杰拉德的叙述将她们的社会关系与她们的视觉表象或是景观化外表的"磁性"密切联系在一起。

　　女性景观体系与都市景观权力体系是对应存在的,社会等级体系也同样存在于女性的景观式展示之中,而吸引力则是女性在这个体系里的主要资本。比如作者描写女主人公葛罗丽亚出现在房间中时,每个人的目光都一致转向她,陪伴她出现的慕瑞儿和拉凯尔那两位女伴"立刻退入阴暗的背景,再也没有人察觉她们的存在,也不会想起她们"③,她们仅仅是衬托葛罗丽亚的背景。当安东尼思念葛罗丽亚时,他脑海中浮现的场景是,不管她出现在哪里,总会有那么多女孩"像弄臣一样围绕在她身边",她们的衣衫的柔美的淡彩"与她的脸颊相呼应"④;当她出现在第五大道,人群看到她"会自动让出一条通道,会有无数男性的目光集中在她身上",她的"容貌在人群中显得耀眼突出,她的同伴在身边快乐得像只驯服的小狗"⑤。女性的"磁力",即拥有吸引观众目光的能力,使她具备了对男人的影响力,而吸引男性的"磁力"的强弱事实上也决定了女性在都市舞台上的权力结构。葛罗丽亚非凡的魅力使她占据了权利金字塔的顶端位置。

　　由于"磁力"的强弱成了衡量城市社会女性的权力结构的重要指征,"飞女郎"之间出现了极严酷的魅力比拼来维持这样的等级体系,甚至冲淡了"飞女郎"们之间本应拥有的姐妹友情。《人间天堂》中的罗莎琳是没有女性朋友的,《伯尼斯剪掉了头发》中的马乔里更是"根本就没有一个闺中密友——她觉得别的女孩子都

① 菲茨杰拉德.人间天堂.金绍禹,译.上海:上海译文出版社,2010:86.
② 菲茨杰拉德.人间天堂.金绍禹,译.上海:上海译文出版社,2010:87.
③ 菲茨杰拉德.美丽与毁灭.吴文娟,译.北京:文化艺术出版社,2010:74.
④ 菲茨杰拉德.美丽与毁灭.吴文娟,译.北京:文化艺术出版社,2010:93.
⑤ 菲茨杰拉德.美丽与毁灭.吴文娟,译.北京:文化艺术出版社,2010:94.

很傻"①。《美丽与毁灭》中的葛罗丽亚也如出一辙，明确表示"很不喜欢"她的女伴们，因为她们都"得来全不费力气"，而且每个都不持久，仅仅是"因为男孩子的缘故……聚在一起"②。

可以说，对于女性来说，城市体验是一种展示的竞争。城市舞台凸显了"飞女郎"之间彼此的对比，成了差异、自我展示和自我形象操控的战场。人人都努力地通过表现得与众不同来吸引他人的眼光，显示自己的在场。在这种竞争中，能够成为景观，能吸引旁人的关注，完成一场夺人眼球的景观化展示已经成了"飞女郎"个人成功和力量的显示。

三、"飞女郎"的"自我景观化"表演

菲茨杰拉德小说中所表现出的"飞女郎"的戏剧性与城市语境是分不开的。从某种意义上说，都市空间里成功的意义就是被关注和被看见的斗争，对于女性来说就是要拥有吸引不断扩大的观众群的关注，并使他们对自己的在场着迷或是感到兴奋的能力。因此，在这样的社会模式里，仅仅拥有财富和美貌本身是不够的；对自我进行宏大展示，成为吸引大家关注的景观，才是现代社会至关重要的能力。在《人间天堂》中，尽管艾默里可以继承日内瓦的房产，但他在罗莎琳妈妈的眼中依然是个穷光蛋，因为他们与维多利亚时期的英国人不一样，看重的是"人们花钱花得多而不是拥有财产，正是这种心理很大程度上标志着'欣欣向荣'的20年代特色"③。

与此同时，《伯尼斯剪掉了头发》中也清晰地表明，拥有美貌而谨守传统道德常规的伯尼斯依然无法确保能受到众人的关注，只有当她学会"用某种方法来娱乐来满足、来震惊别人"④，也即学会不留痕迹地"表演自我"时，才能获得"可视性"，成为舞会的焦点。使自己"用某种方法来娱乐来满足来震惊别人"是王尔德的名言，也是飞女郎"自我景观化"的最好定义。本雅明在《机械复制时代的艺术作品》一文中提出，现代视觉模式已经由"韵味的静观让位于震惊的直接性和即时

① 菲茨杰拉德.爵士时代的故事.裘因,萧甘,等译.上海：上海译文出版社,2010:157.
② 菲茨杰拉德.美丽与毁灭.吴文娟,译.北京：文化艺术出版社,2010:120.
③ 菲茨杰拉德.飞女郎与哲学家.姜向明,蔡慧,译.上海：上海译文出版社,2010:170.
④ 菲茨杰拉德.飞女郎与哲学家.姜向明,蔡慧,译.上海：上海译文出版社,2010:170.

性"，形象须"变成一枚射出的子弹"去"击中观赏者"①。在充满竞争的女性舞台上，仅仅"呈现""展示"还不够，美貌也并不能说明所有问题，要吸引这些艾默里式的叛逆年轻人的眼光，就必须以出人意料的言行举止来打破维多利亚式沉闷、拘谨的氛围，使他们感到"震惊"，方能进入他们的视野。

因此，在城市语境中，重要的不是"占有"财富和美貌，而是"展示"自己，成为能够吸引大家关注的景观，在他人眼中清晰地展示出来。"身份"在菲茨杰拉德的城市里不仅意味着个人的"可视性"以及自我展示和表演，更为重要的是，它把个人的经历和身份转化成能吸引大家关注的"景观"，也即自我的"景观化"。景观化的表演也已经成为"飞女郎"在都市语境中的存在方式。伯尼斯如此，她的表姐马乔里也是通过令人震惊的表演——"在纽黑文上一季的轻舞鞋舞会上一连翻了五个侧身筋斗"②——名正言顺地进入了名人之列。作者对人物的描述其实将人物性格与吸引人关注的富有磁性的魅力或是景观式的印象等同起来了。作者重视个人视觉再现，而不再看重内在品质这一点说明，现代人的个性或是性格（personality）主要体现在个人能够吸引"他者"关注的能力上，而这种品质是无法独立于他人而存在的。把人的身份和社会功能完全表演化并成为大众普遍接受的流行文化，是 20 世纪都市文化影响下的一个新现象。

在都市这个大舞台上，身份因此拥有了"表演性"的维度。正如莎曼莎·芭芭斯（Samantha Barbas）所说："19 世纪有性格的人重视培养包括'诚实、真实、高尚和真诚'这些内在的品性。但现代社会已经完全不同了……有个性的人主要关注的是展示自己的艺术……他不再以性格力量，而是以外表、风格、幽默和魅力给人留下印象。"③个人所展示的特性（traits），取代了人的性格（character），成为身份的主要标志。身份已不再由你的品性和家庭背景决定，而成了你所展现的自我。你，就是你展现的。菲茨杰拉德本人也对这一信条深信不疑。在 19 岁的作者写给他 15 岁的妹妹的家信中，他列举了"常规的交谈话题""姿势、仪态、舞蹈、表达"和"服装和个性"等各方面的详细建议，其中一条便是"你可以按自己的意愿隐藏

① 周宪. 视觉文化的转向. 北京：北京大学出版社，2008：55.

② 菲茨杰拉德. 爵士时代的故事. 裴因，萧甘，等译. 上海：上海译文出版社，2010：153.

③ Barbas，S. *Movie Crazy：Fans，Stars，and the Cult of Celebrity*. London：Palgrave Macmillan，2001：42.

真实的情感，但必须要表现得极其坦诚"①。这句话与王尔德在《道林·格雷的画像》中所说的"表现自然只是一种姿态"有异曲同工之妙②。在作者塑造的"飞女郎"中，伊莎贝尔是表演痕迹最明显的一位。作者对伊莎贝尔的描写完全符合她"表演性"身份的特点：

> 威瑟比太太热情地出门迎接，很有礼貌地躲在角落里的好几个表妹也给叫出来见面。伊莎贝尔非常机敏地与她们一个个都交好——大一点的姑娘和几个女人除外。她给人的全部印象都是有意装出来的。那天早晨她重新相见的六个姑娘都对她有很好的印象，一来是见到了她本人，二来是因为她名气很大。她的教育，说得确切一点，她的世故，是从被她的喜怒哀乐所左右的男孩身上汲取的；她的机敏老练是她的本能反应，她要上演风流韵事能力巨大，仅仅受到电话涉及的范围之内的有情人的多少的限制。她的褐色的大眼睛秋波频频递送，调情之意透过她的体态容貌的强大吸引力让人一览无余。③

可见，作者对于伊莎贝尔的描写将她的表演性与她对外表的展示和外在印象的操控和谐地结合起来，清晰地展现了她个性的虚构性。伊莎贝尔非常小心地伪装自己以给旁观者留下深刻印象，"她给人的全部印象都是有意装出来的"④。在这个剧场里，她就是一位特别出色的"伪装者"，小心翼翼地调整自己的外表、发挥自己的社交魅力，深谙如何恰当地与人打招呼并保持适当的社交距离的一切技巧。菲茨杰拉德的描述不断地模糊人的个性和角色扮演的界限。伊莎贝尔让人印象深刻的是她精心伪装的优雅姿态。她能根据城市景观体系中影像呈现机制的要求，恰到好处地表现自己，使自己既能得到旁人的关注和肯定，又能激起旁人的嫉妒和竞争感。当人的个性越来越依赖在他人眼中塑造的外表和印象时，表演性或是戏剧性便成为无法忽视的因素了。事实上，作者对人物的"磁性"和"催眠性"的描述就标志着人已被转化成了表演者，并最终成了景观。作者非常注重凸

---

①　Fitzgerald，F. S. *A Life in Letters*. New York：Simon，1994：15.

②　Sanderson，R. Women in Fitzgerald's Fiction. In Prigozy，R.（ed.）. *The Cambridge Companion to F. Scott Fitzgerald*. Cambridge：Cambridge University Press，2002：149.

③　菲茨杰拉德. 人间天堂. 金绍禹，译. 上海：上海译文出版社，2010：85-86.

④　菲茨杰拉德. 人间天堂. 金绍禹，译. 上海：上海译文出版社，2010：85.

显人物的表演性与其个性的虚构性,而这一切只能通过他人眼中的外在表演、展示、和炫耀来生效。个人的自我展示必须对观众产生吸引力和欲望才是成功的,这也证明了城市中个人存在的戏剧性。

然而,有趣的是,即使葛罗丽亚这样表现自然的"飞女郎",也并不意味着她不在表演。《美丽与毁灭》中写到葛罗丽亚来到一个叫作"马拉松"的低俗夜总会,里面聚集了"最有钱的人和最穷的人,最时髦的人和最黑暗的罪犯"①,充斥着漫画里通常被"画成'消费者'或'群众'"的人,这个鱼龙混杂的狂欢场景与《了不起的盖茨比》的晚会有着几分相似之处。那些所谓的"好女人""以拙劣的手法和机械复制的品味","表现极度做作,从姿态、言谈,甚至连细微而难以察觉的眼神,都显示她自以为属于一个高于她原来的阶层,这个真实的阶层是她现在必须掩饰的几分钟前她还隶属于它"②。在这样的背景衬托之下,安东尼突然觉得葛罗丽亚的"外表和举止皆真实而与众不同……在一群廉价的交际花中格外显得一枝独秀"③。然而葛罗丽亚的反应却很让安东尼困惑不解,她越来越陶醉其中,说道:"我属于这里……我跟这些人很像"④。安东尼无法理解她的话语中的"矛盾"和"讽刺"⑤,因为在他眼中,葛罗丽亚是一位真正的上流女性,优雅、高贵、卓尔不群,丝毫没有做作和假装的痕迹。然而,他不明白,这恰恰可能是葛罗丽亚对自我的清醒认识——事实上,她与这些矫揉造作的女孩本质上并没有什么不同;她所有的自然,其实也不过是一种炉火纯青的表演。葛罗丽亚说道:"这些人会欣赏我,接受我原来的样子"⑥。"原来的样子"一词,便点明了她所展示的自我其实是一种表演出来的现实。

菲茨杰拉德小说中表现出来的"飞女郎"的表演性与都市语境是分不开的。城市的"戏剧性"在20世纪20年代似乎是公认的现实。菲茨杰拉德也通过安东尼之口评价纽约这座城市:"我认为这个城市是个半吊子。总是试图营造一种惊人而令人景仰的都市风格。……不过它的景观是一眼就可以看穿的,是由公关体

---

① 菲茨杰拉德.美丽与毁灭.吴文娟,译.北京:文化艺术出版社,2010:60-61.
② 菲茨杰拉德.美丽与毁灭.吴文娟,译.北京:文化艺术出版社,2010:62.
③ 菲茨杰拉德.美丽与毁灭.吴文娟,译.北京:文化艺术出版社,2010:62-63.
④ 菲茨杰拉德.美丽与毁灭.吴文娟,译.北京:文化艺术出版社,2010:63.
⑤ 菲茨杰拉德.美丽与毁灭.吴文娟,译.北京:文化艺术出版社,2010:63.
⑥ 菲茨杰拉德.美丽与毁灭.吴文娟,译.北京:文化艺术出版社,2010:64.

系的明星所运作，由华而不实的舞台设计所堆砌的，如果告诉我在这里曾经举行过临时演员的大游行，我也不会感到惊讶。"①1923 年，埃德蒙·威尔逊（Edmond Wilson）在观看齐格菲尔德（Florenz Ziegfeld）的讽刺剧时也写道，这些讽刺剧"就像是从纽约的灵魂中直接升起的闪闪发光的意象。滑稽剧就是这样一种幻想，这恰是繁忙的纽约人能将生活转化的滑稽表演"②。威尔逊眼中纽约的"灵魂"就是"戏剧性"的。他写道：讽刺剧中一位红头发的妓女很好地阐释了这个"戏剧性"的灵魂，当她一上台，"你会觉得你看到了纽约庸俗不堪的化身。"③1924 年亨利·门肯（Henry Mencken）也曾写道，纽约就像"一个拍卖场和妓院"④，而纽约生活是一场前所未有的"狂欢"；纽约"规模巨大"，可以称得上为一个"超凡的"景观⑤。米歇尔·德索托（Michel Desoto）也曾提到："在混凝土、钢筋和玻璃组成的舞台上，纽约所演出的是一幕以过度花费和生产为主题的荒诞剧。"⑥以上三位都不约而同地强调纽约这座国际大都市充满了"戏剧性"，是依靠公众的表演和虚构而形成的一个概念。正如劳拉蕾·奥马拉（Lauraleigh O'Meara）所指出的，"菲兹杰拉德的纽约不仅是个用钢筋、玻璃和石头造就的真实实体，也是人们的想象所构建的流动和主动性的观念"⑦。纽约的实在景观是建筑实体，其理想景观则是观念化的产物。与此同时，实在景观是由意识形态塑造而成的，而意识形态又反过来被实在景观塑造：二者的关系是相辅相成的，其结果乃是自然与文化、实践与哲学、理性想象、真实与象征之间整合而成的辩证景观。

社会对都市舞台上的一切表演都已习以为常，"狂欢""荒诞""庸俗"成了纽约戏剧性的关键词。而事实上，"飞女郎"正是用其"景观化的表演"——"使人震惊的"言行、叛逆、夸张、时尚的外表等——来融入都市的"戏剧性"，成为纽约这个戏剧化都市的重要组成部分。

综上所述，在都市视觉文化语境下，都市景观的权力话语使"飞女郎"的存在

---

① 转引自菲茨杰拉德.美丽与毁灭.吴文娟，译.北京：文化艺术出版社，2010：122.

② 转引自 O'Meara，L. *Lost City：Fitzgerald's New York*. New York：Routledge，2002：47.

③ 转引自 O'Meara，L. *Lost City：Fitzgerald's New York*. New York：Routledge，2002：47.

④ 转引自 O'Meara，L. *Lost City：Fitzgerald's New York*. New York：Routledge，2002：47.

⑤ O'Meara，L. *Lost City：Fitzgerald's New York*. New York：Routledge，2002：47.

⑥ 孙绍谊.想象的城市：文学、电影和视觉上海.上海：复旦大学出版社，2009：13.

⑦ O'Meara，L. *Lost City：Fitzgerald's New York*. New York：Routledge，2002：47.

意味着必须视觉上可见。要凸显自我就必须展示其吸引力、魅力，或是值得被观看的方面，美貌和财富并不是最重要的，更重要的是展示的能力，而这种能力更多是通过表演才能获得的。与都市空间的等级体系相对应的是女性的"魅力"指数不同所引起的受欢迎程度差异，而通过表演让自己成为都市景观的一部分是"飞女郎"证明自己在场的必要条件，因此景观化的表演已经成了女性在都市生活的存在方式。而"飞女郎"种种叛逆、开放的行为举止归根结底也是表演的一部分，是对他者凝视的反射。

第二节 "自由"的表演："飞女郎"的无用性

菲茨杰拉德将城市描绘成自我塑形的剧场，"飞女郎"个人的自我表达在景观的视觉结构中就被转化成一系列幻梦式的影像。"飞女郎"的自我不仅具有虚幻性，更常常因其"无用性"而饱受诟病。菲茨杰拉德在 1922 年的采访中就提到，"我们的美国女性是水蛭。她们是只会利用她们曾祖母成就的一无用处的第四代女性"①。在小说中，他通过《美丽与毁灭》中的葛罗丽亚、《了不起的盖茨比》中的黛西，以及《夜色温柔》中的妮可等形象，不断地展现美国新女性"无用"的特点。尤其是葛罗丽亚，一位典型的"飞女郎"，漂亮、开放、叛逆，是被宠坏了的富家女，认定"一个女人应该有能力给男人一个美丽而浪漫的吻，纯粹到没有掺杂任何想要成为人妻或情人的欲望"②。她厌恶母亲平淡、乏味而又令人耻辱的婚姻生活，拒绝传统的谦逊、无私的母亲角色。她信奉自己的婚姻必须是"一场表演，生动的、美好的、迷人的表演"，并且"拒绝把生命用在繁衍下一代"③上。用詹姆士·塔特尔顿(James Tuttleton)的话说，她就是"不是为了女性解放或是事业抱负，而是纯粹为了戏剧化的享乐主义(theatrical hedonism)而拒绝家庭生活的"年轻的

①　Sanderson，R. Women in Fitzgerald's Fiction. In Prigozy，R. (ed.). *The Cambridge Companion to F. Scott Fitzgerald*. Cambridge：Cambridge University Press，2002：153.

②　菲茨杰拉德. 美丽与毁灭. 吴文娟，译. 北京：文化艺术出版社，2010：100.

③　菲茨杰拉德. 美丽与毁灭. 吴文娟，译. 北京：文化艺术出版社，2010：131.

"美国荡妇"①。

　　"飞女郎"身上的确表现出了复杂的两面性：既有其自由、开放、和反叛的一面，又有其"无用性"的一面。但塔特尔顿将"飞女郎"贬低为纯粹追求"戏剧化的享乐主义的美国荡妇"的评价有失公允。本节将从"飞女郎"戏剧性的表演这一视角着手，试着指出"飞女郎"的自由、开放和反叛性并不完全是追求享乐，也是女性在男性凝视下的表演，是社会规训的结果。不仅如此，"飞女郎"在对于菲茨杰拉德和他作品中的男主人公而言，仅是一种象征性的存在，她们实质的主体性并没有受到重视。"飞女郎"在"爵士时代"唯一的解放便是对表演性身份的追求，而这必然导致她们的存在是"无用"的。

一、男性凝视下的"表演性"

　　《诺顿美国文学选读》（*The Norton Anthology of American Literature*）中这样描写战后 20 世纪 20 年代的复杂的文化矛盾：

　　　　传统型的美国人相信一个人应当勤奋工作、顺从规范、承担义务、行为体面，他们试图以白人清教徒所崇奉的小城镇式道德理想来塑造美国社会；与之截然对立的则是一些日益清晰洪亮的声音：他们来自移民、少数民族、青年和妇女……他们力图创造出一种新的更加多样化的生活方式。②

　　陈雷教授在此基础上进行了补充："事实上，在后一个新兴的阵营中……妇女则由于历史积累下的偏见以及其他主客观因素至多只充当了次要的角色。真正站在斗争前沿的是青年这一社会群体，他们我行我素，竭力声张自己那异端色彩强烈的价值观念，向传统的'清教主义'道德观以及恪守这套理想的老一辈发出挑

75

---

① Quoted from Sanderson, R. Women in Fitzgerald's Fiction. In Prigozy, R.（ed.）. *The Cambridge Companion to F. Scott Fitzgerald*. Cambridge：Cambridge University Press，2002：153.

② 陈雷.青年文化与青年人的声音//虞建华.美国文学的第二次繁荣.上海：上海外语教育出版社，2004：163-164.

战。"①的确，与上篇中探讨的青年男性相比，青年女性并没有那么激进与反叛，"女性"不仅是这个反抗清教传统阵营中的"次要角色"，甚至还可能是落后分子，菲茨杰拉德笔下的男青年们对那些传统女性也多有不满。本部分试图证明，"飞女郎"的种种叛逆表演是在与男性观众们的互动关系中逐渐形成的，也即，男性凝视是"飞女郎"形塑的规训力量，在"飞女郎"反叛表演过程中起到了至关重要的作用。

朱迪斯·巴特勒在她的《性别麻烦：女性主义与身份的颠覆》中借鉴言语行为、戏剧表演等理论，阐明了自己的性别观念，即性别不是内在固有的，而是在社会规训的压力下，通过身体和话语行为的表演构建的；这种压力规范着我们的表演，我们必须按照社会认为适合某种性别的方式来行事。巴特勒同时指出，在主体认知过程中权力运作并不仅仅通过压抑欲望而实现，而是"强制身体将那些抑制性的法则作为他们行为的本质、风格和必然存在而加以接受和表现"②。因此，"性别的效果是通过身体的风格化产生的，必须被理解为身体的姿势、动作和各种风格以平常的方式构成了一个持久的、性别化的自我的幻觉"③。巴特勒的性别表演政治事实上揭示了身份认同的普遍表演性。巴特勒尤其强调性别身份是在规范下形成这一观点的。她在《批判性怪异》（"Critically Queer"）一文中是这样阐述的：表演性重述人们赖以形成的规范，它不是社会性别化的自我的一个激进组装，而是规范的强制性重复，我们无法自由地摆脱这些先于我们的规范，它们建构、激活和控制性别化的主体。④ 而在《消解性别》（Undoing Gender）一书中，巴特勒进一步指出性别表演不是孤立的，而是在群体中共同完成的。"我们从来不是单独'执行'我们的性别，而总是与他人一起共同'执行'，尽管也许这个他者仅仅是虚构的。"⑤

① 陈雷.青年文化与青年人的声音//虞建华.美国文学的第二次繁荣.上海：上海外语教育出版社，2004：162-204.
② Butler, J. *Gender Trouble: Feminism and the Subversion of Identity*. New York: Routledge, 1999：171.
③ Butler, J. *Gender Trouble: Feminism and the Subversion of Identity*. New York: Routledge, 1999：179.
④ Butler, J. *Bodies That Matter: On the Discursive Limits of "Sex"*. New York: Routledge, 1993：225.
⑤ Butler, J. *Undoing Gender*. New York and London: Routledge, 2004：1.

　　对于菲茨杰拉德笔下的"飞女郎"们来说，她们由维多利亚式的自我克制、崇尚贞洁转向叛逆、性感、开放的性别表演也是在社会群体中共同完成的，而这个共同"执行"的他者便是男性，事实上，社会规训主要是通过"男性凝视"来实现的。在菲茨杰拉德"约瑟芬系列小说"中的最后一篇《情感破产》中，开篇就有关于"男性凝视"的对话。约瑟芬看到对面街道有一位衣着体面的男士在用望远镜观察她们。同伴莉莲说道"多可怕的男人"，而约瑟芬的回答却颇有深意："他们都是一样的。我敢打赌，我们认识的每一个男人要是有个望远镜，又在下午无事可做，都会这么干的。"①望远镜不过是"男性凝视"的具体外化，而约瑟芬的淡然则说明了两点：一是，作为一位资深"飞女郎"，她早已明白"男性凝视"无处不在；二是，"飞女郎"本就该将自己处于无形的"男性凝视"之中，时时处处关注自己的形象，可以说她们早已将"男性凝视"内化于日常行为举止中。换而言之，"男性凝视"是对"飞女郎"言行举止的社会规训，是性别"表演"必须遵守的准则，也是社会对她们的期待。

　　《伯尼斯剪掉了头发》这一短篇小说更是向读者清晰地展示了传统女孩是如何在男性凝视下转型成为"飞女郎"的过程。在这篇小说中，伯尼斯是一位来自美国中西部小镇、在维多利亚式教养下成长起来的女孩。初到东部城市的舞会，尽管她长得"很漂亮，乌发褐肤"②，家境富裕，却谨遵清教教条、谨言慎行、举止端庄。她作为传统女性的这种言行举止在过去可能会给她带来好名声，但是在"爵士时代"的年轻男子眼中，她实在是"没劲的人"③。伯尼斯在"飞女郎"盛行的东部城市黯然失色，在舞会上的境遇简直可谓"悲惨"——如果没有表姐马乔里的请求，恐怕没有一位男性愿意主动邀请她跳舞。"男性凝视"的缺失使她"第一百次自问为何她一旦背井离乡就会失去了原有的光彩"④。然而在马乔里言传身教"飞女郎"的表演真谛后，她迅速转变为舞会的中心，就连之前对她颇不以为然的富家子弟沃伦也对她刮目相看。书中有整整一段沃伦凝视、赞叹伯尼斯美貌的详细描写。然而，当伯尼斯被迫剪去长发、风采顿失之后，伯尼斯无比清晰地看到沃

---

①　Fitzgerald, F. S. Emotional Bankrutcy. In Bryer, J., Kuehl, J. (eds.). *The Basil and Josephine Stories*. New York: Scribner, 1997: 309.

②　菲茨杰拉德. 爵士时代的故事. 裴因, 萧甘, 等译. 上海: 上海译文出版社, 2010: 153.

③　菲茨杰拉德. 爵士时代的故事. 裴因, 萧甘, 等译. 上海: 上海译文出版社, 2010: 153.

④　菲茨杰拉德. 爵士时代的故事. 裴因, 萧甘, 等译. 上海: 上海译文出版社, 2010: 157.

伦的目光"突然冷了下去"①,他的视线"在伯尼斯身上冰冷地稍作停留,随即转向了马乔里"②。以沃伦为代表的男性凝视是对女性魅力的权威性评价,因此成了衡量伯尼斯转型成功与否的标杆。

芭芭拉·弗里曼(Babara Freeman)在她的《凝视的表演:后现代主义、精神分析和莎士比亚喜剧》一书中,试图从"凝视"的视角来解释戏剧性。她指出,当演员充分意识到自己被观众注视这一情况时,他们就会反过来凝视观众③。这种反凝视,对她来说,是戏剧性形成的关键。她这一关于目光的交换和流通的理论主要是在哲学家萨特和心理学家拉康的"凝视"概念上建构起来的。

拉康在1953—1954年做了关于"弗洛伊德的技术性著作"的研讨班,期间分析了萨特在《存在与虚无》中对"凝视"的论述:

> 作者的整个论证都围绕着他称作"凝视"的基本现象进行。在我的经验领域中,人类对象原本就与众不同,不能因为成为正在看我的对象而将其同化到其他任何知觉对象中。在这一点上,萨特作了十分细微的区分。我们不可把所论的凝视与——例如——看见他的眼睛这一事实相混淆。我在某人的凝视下觉察到自己的存在,而我甚至都没有看到也无法分辨那人的眼睛。完全可能的一点就是向我指示某个东西,即那里有他人存在。这扇窗户,如果它比较暗,如果我有理由认为它的背后有人,那它直接就是一种凝视。从这个凝视存在的那一刻起,我已经是某个他人,因为我觉察到自己正在成为他人凝视的对象。但是,在这个位置——它是相互的——他人也知道我是一个知道自己将被观看的对象。④

萨特的上述论述有以下几个要点值得我们关注。首先,萨特的凝视并不是指我对他人的凝视,而是指他人对我的凝视,它揭示了他人的存在对于"自我"形成具有的结构性作用;其次,萨特强调,凝视不是指别人的目光,不是指看见别人的

---

① 菲茨杰拉德. 爵士时代的故事. 裘因,萧甘,等译. 上海:上海译文出版社,2010:181.

② 菲茨杰拉德. 爵士时代的故事. 裘因,萧甘,等译. 上海:上海译文出版社,2010:182.

③ Freedman, B. *Staging the Gaze*:*Postmodernism, Psychoanalysis, and Shakespearean Comedy*. Ithaca:Cornell University Press,1991:1.

④ 转引自吴琼. 他者的凝视——拉康的"凝视"理论. 文艺研究. 2010(4):34.

目光在盯着我，而是说我感觉到他人对我的凝视。这里他人的凝视并不一定是一种实际存在的观看行为，而是主体对于他人凝视的意识，这与特里林在《诚与真》中对于自我的出现与"观众意识"的论述具有异曲同工之妙。这种对他人凝视的意识其实也正是社会对自我的规定性起作用的方式；再次，凝视表明我是一个为他的存在，也即，我在他人的凝视中发现了自己，我即是他人，是为他人而存在的。这三点与拉康对主体间关系的论述是一致的，而这也成了拉康"凝视"理论的基本观点。

拉康后期又借助弗洛伊德的驱力理论，进一步发展了"凝视"理论。1915年，弗洛伊德写作了《驱力及其转化》一文，其中对驱力的构成、功能及其转化等问题进行了详细的论述。他将驱力功能实现方式分为主动与被动、主体与对象、快感与不快感三组对立的形式，而驱力的转化指的就是这三组功能的共同作用机制。他还提出了驱力转化的三个阶段：以别人为对象（此时的主体为施虐狂、窥视癖）、以自己为对象（主体从主动转向被动）、新主体的出现（受虐狂、裸露癖），并借用语法学的概念分别称这三个阶段为三种"语态"：施动的、反身的和受动的①。

拉康对弗洛伊德的"驱力"概念高度重视。在1964年"关于精神分析的四个概念"研讨班上，拉康把"驱力"概念列为精神分析学的四个基本概念之一，并对它进行了改写。他认为，在前两个时刻（施动的和反身的），还没有出现所谓的新主体，比如在施动语态中是主体在看（他人或他物），在反身语态中是主体在看自己的某处，在此，看的主体没有变，只是看的对象变了；只有到第三个时刻（受动语态），当驱力完成其循环时，才有一个新的主体出现，因为这时是主体让自己的某处被看，这个使自己被看的主体就是一个新主体，他把自己变成了看的对象。并且，第三个时刻看似被动，但驱力本质上总是主动的，因此第三个时刻不是"被看"，而是"使自己被看"。这一驱力循环就是拉康所讲的"视界驱力"的基本结构，即驱力在视界领域或视界秩序中的呈现，而构成这一结构的基本对立形式就是"看"与（使自己）"被看"②。

弗里曼在拉康的"视界驱力"基本结构的框架内，指出戏剧性意味着这个事件发生是在"当一个人意识到她被人关注后，对此做出反应，因此使我们的目光发生

---

① 转引自吴琼.他者的凝视——拉康的"凝视"理论.文艺研究.2010(4):36.

② 吴琼.他者的凝视——拉康的"凝视"理论.文艺研究.2010(4):36-37.

了转向……戏剧性产生了一种诡异的感觉,使被看者拥有了既给我们观众的身份的权威,又拥有了替代我们的力量"①。也就是说戏剧性是一个清醒地意识到自身被看的状态下,达到了驱力完成其循环的第三阶段(受动语态),不仅是"被看"的对象,而且也成了主动地"使自己被看"新的主体,也即主动表演的主体。

当伯尼斯意识到自己也是被看的对象时,她的自我就由凝视这种动态结构塑形了,也即,是由他人的欲望而不是自我的欲望决定了。她一改以往的拘谨,变得举止大胆、有趣、叛逆,引起大家的关注,成为公认的值得结交的女孩时,她产生的那种光芒并非来自自身的高贵出身,也不是来自她的美丽——她的美貌是公认的,而是他人对她的兴趣的"反射"。而这种周边人对她的兴趣也成为她自我认知的重要部分,让她迅速增强自信心。费拉尔也指出:"戏剧性似乎是一个过程,这个过程与'凝视'有关,而正是这种'凝视'假定和创造的一种属于他者的独特的、虚拟的空间,虚构便是在这种虚拟空间里产生的。"②因此,"戏剧性必须是因为某人而产生的。也就是说,是为他者而产生的"③。当沃伦注意到伯尼斯突然在舞会上变得广受欢迎——她在"五分钟内交换了好几次舞伴",并且那位交换完舞伴的男人"一点也没有因为得以脱身而兴高采烈"④,他突然也开始关注这位曾经让他感到乏味的姑娘。同样,在《人间天堂》中,当艾默里得知伊莎贝尔在巴尔的摩交往的男孩子"有几个运动上小有名气,这让他对她刮目相看"⑤。伊莎贝尔对其他男生的吸引力瞬间提升了她在艾默里眼中的分量,他人对伊莎贝尔的欲望更激起他对伊莎贝尔的欲望。这能帮我们理解为什么当萨莉告诉伊莎贝尔艾默里知道"有人亲吻过你"⑥时,伊莎贝尔会觉得这是一个"有利的名声",她因此成了一粒"兴奋剂"⑦。伊莎贝尔清醒地意识到,她的个性并不内在于她自身,而是一种用视觉来展示她个性的表演,只是这种表演必须在他人的目光和她对他人的凝视

---

① Freedman, B. *Staging the Gaze: Postmodernism, Psychoanalysis, and Shakespearean Comedy*. Ithaca: Cornell University Press, 1991: 1.

② Féral, J. Theatricality: The Specificity of Theatrical Language. *Substance*, 2002(2 & 3): 97.

③ Féral, J. Performance and Theatricality: The Subject Demystified. *Modern Drama*, 1982 (25): 178.

④ 菲茨杰拉德. 爵士时代的故事. 裘因,萧甘,等译. 上海:上海译文出版社,2010:171.

⑤ 菲茨杰拉德. 人间天堂. 金绍禹,译. 上海:上海译文出版社,2010:91.

⑥ 菲茨杰拉德. 人间天堂. 金绍禹,译. 上海:上海译文出版社,2010:84.

⑦ 菲茨杰拉德. 人间天堂. 金绍禹,译. 上海:上海译文出版社,2010:89.

的反射中显现出来。她明白，对其他男生的吸引力越强、引起的关注度越高，她就越能激发他人的兴趣。她将自己置身于男性凝视中，成为反向的男性凝视的客体，通过男性对她的欲望的大小来衡量自身的价值。不仅如此，她也内化了男性的凝视，并据此调适自身的表演，成为主动表演的主体，以在都市空间这场盛大的演出中胜出。

"飞女郎"对男性凝视的内化的例子不胜枚举，葛罗丽亚的身份便取决于她对男人的性魅力。葛罗丽亚担心自己怀孕时说："我珍视自己的身体是因为你认为它是美丽的，而我这样的身体——也是你的，却要让它变得丑陋、曲线全无吗？我完全无法忍受，噢，安东尼，我真的不是因为怕痛。"[①]可见，葛罗丽亚拒绝母亲身份并非完全是出于享乐主义的原因，而是当她意识到"美丽的身体"是女性在男性凝视中的核心价值时，她以内化了的男性标准来衡量自身。葛罗丽亚去电影公司面试的经历则正好是一个反证。电影公司的摄像机就是一个放大了的、具体化的男性凝视。葛罗丽亚主动使自己暴露在赤裸裸的男性凝视之下，来衡量自身"美丽的身体"在都市视觉体系中是否还具有商业价值。当他们给出了一个否定的答复时，葛罗丽亚所有的骄傲、尊严和自信便瞬间垮台："她虚脱地跪坐在地，今天是她29岁的生日，而世界就在她眼前逐渐消失。……噢，失去了美丽的脸，我也不想活了！……然后她整个人滑向镜子，就像试镜时一样，整个人脸朝下趴在地上——一动不动地啜泣。"[②]对于女性来说，葛罗丽亚魅力资本的枯竭，与安东尼的财务破产具有同等重要的意义，两人同时陷入精神崩溃的境地。难以想象，就在几天之前，她面对镜子，还欣欣然认为镜子"对于她的美貌，依然给予跟过去一样的评论"[③]。仅仅几天过后，试镜失败的她在镜中看到的却是"双颊从来没有这么清瘦，眼角也生出了细纹，她的眼睛已经跟以前不同了"[④]。从男性的凝视中，葛罗丽亚看到的是自我的匮乏，失去青春和美貌之后的女性在舞台上就如同"剥光了戏服的演员"，已经没有了存在的意义。

不仅如此，小说中也多次提到伊莎贝尔、罗莎琳以及葛罗丽亚照镜子的场景，罗莎琳的小小卧室中甚至有三面镜子，方便她随时随地观察自己。事实上，她们

---

① 菲茨杰拉德.美丽与毁灭.吴文娟,译.北京:文化艺术出版社,2010:182.

② 菲茨杰拉德.美丽与毁灭.吴文娟,译.北京:文化艺术出版社,2010:353.

③ 菲茨杰拉德.美丽与毁灭.吴文娟,译.北京:文化艺术出版社,2010:347.

④ 菲茨杰拉德.美丽与毁灭.吴文娟,译.北京:文化艺术出版社,2010:353.

在镜子中所看到的不仅仅是自身的反映,而是在用内化的他者的"凝视"来审视自身。不仅如此,作者在描述剧院、百老汇大街、第五大道以及饭店和舞会时,也充满了对这些都市建筑的反射面、窗户和街道两旁橱窗玻璃的描写。这些反射面不仅有增强展示效果和激发欲望的作用,也同时起了自我形塑的作用。斯图亚特·伊文(Stuart Ewen)在《欲望渠道》(*Channels of Desire*)一书中指出:"它(现代都市)变成了玻璃和镜面的聚集,让人无法避免时不时地将自己看作视觉景象。"①的确,都市无处不在的玻璃窗和镜子,使自我观照成为城市视觉体验普遍存在的现象。城市空间里镜子和玻璃使自我的映像成为环境不可分割的一部分,供公众解读和欣赏,这使得人们随时随地都能清醒地意识到自己的主体性、身份、阶级以及希望在他人面前表演的社会角色。更重要的是,当镜子和玻璃在城市空间制造了观看自己作为城市景观一部分的机会时,城市人其实已经通过这个空洞的、鬼魅的再现与真实的自我疏离,从而把自我意识变成了一种异己的存在。因此,可以说光彩照人的城市加强了将自己作为陌生人的意识:也就是,对他人凝视的意识。女性行走在大街上不可避免地时时刻刻处于想象中男性凝视中心的状态,我们可以称之为"被关注的焦虑"。这种焦虑如影随形,贯穿了以葛罗丽亚为例的"飞女郎"的每一个阶段,使她对自我形象的每一个细节:不入时的衣着、眼角的细纹等产生强烈的自我意识。

因此"飞女郎"种种表演其实是"他者"凝视,也即男性欲望的内化。男性通过欲望的"凝视"参与了"飞女郎"身体外观的"生产",体现了复杂的权力关系、社会规范与性别政治关系。这种权力关系的真相在《伯尼斯剪掉了头发》中通过马乔里之口无比直白地吐露出来:"无论一个姑娘的姿容有多美丽,神情有多高贵,如果没人愿意不时地切进来交换一下舞伴的话,那么她在舞会上的处境就注定悲惨"②,这是因为"飞女郎"们无比清楚——"舞会的主角永远是男人"③。一个女孩必须要在男性的凝视中得到肯定,方能拥有她的存在感。菲茨杰拉德本人便经常说:"这是男人的世界。所有聪明的女人都要服从男人的领导"④。

① Ewen,S. *Channel of Desire*:*Mass Images and the Shaping of American Consciousness*. New York:McGraw-Hill,1982:141.
② 菲茨杰拉德. 爵士时代的故事. 裴因,萧甘,等译. 上海:上海译文出版社,2010:155.
③ 菲茨杰拉德. 爵士时代的故事. 裴因,萧甘,等译. 上海:上海译文出版社,2010:167.
④ Turnbull,A. *Scott Fitzgerald*. New York:Scribner's,1994:261.

　　这种“男性凝视”对女性的规训在 1915 年菲茨杰拉德写给 15 岁妹妹的信中表现得更为清晰。他的信真可谓是“飞女郎”的“培训手册”，里面详细列举了“常规的交谈话题”“姿势、仪态、舞蹈、表达”和“服装和个性”等各方面的建议，包括如何微笑、如何行走、如何使用时髦话语、哪些话题可以引起男孩子的兴趣、哪些话题需要避免、如何打理头发、如何选择衣着等等，细致入微，不厌其烦，甚至有“你应该每日早晚都像我所教导的那样刷眉或修眉。眉毛必须保持一丝不乱”这样具体的要求。信中关于“模仿”“假装”“造成这样的印象”这类词语反复出现，其中一条忠告更是直白地点明“永远表现得很自由开放(liberal)——男孩子们痛恨一本正经的女孩——告诉他们你不反对女孩抽烟，只是你自己并不喜欢香烟”①。这一条堪称是“飞女郎”迎合“爵士时代”既激进又保守的青年男性的“表演”秘诀——“不反对女孩抽烟”，迎合了男性追求新潮和开放的心理，而“自己不喜欢香烟”，又取悦了男性激进外表下隐藏的保守教养②——凸显了“飞女郎”们的叛逆和开放都只是一场表演的事实。在菲茨杰拉德长达 3 页的信纸中，出现次数最多的词是“训练”(9 次)。努力学习，研究自己的仪态举止，修习如何掌控自己的仪表，随时能摆出“讨人喜欢”的姿态，其原因仅仅是只有通过这样的严格训练，“当你处境尴尬时你不会出现尴尬的表情；男孩子们讨厌看到一个女孩子处于尴尬境地”③。这一长长的单子让人不由联想到《了不起的盖茨比》中常被人引用的盖茨比少年时期自我修养所列的“时间表”和“决心单”。不同的是，盖茨比对自我的塑造着重学习、运动，甚至包括每周阅读杂志，而“飞女郎”的“培训手册”中的关键词却是“努力”和“伪装”，更重要的是这一切都必须以男孩子的喜好为准则。菲茨杰拉德给妹妹的信中通篇没有关于妹妹的性格、道德情操培养的建议，有的只是外在的展示和表演，告诫她要“随时随地刻意演练直到这变得自然”④，只有这样，“跟你在一起的男人、男孩、女人……或是我，都会为我们所保荐的女孩至少在外

83

---

① Fitzgerald, F. S. *A Life in Letters*. New York：Simon，1994：7.

② 关于“爵士时代”青年知识分子的两面性，虞建华教授指出：“他们(年轻一代)站到了传统的对立面，标新立异，思想、言论、行为都十分激进。其实他们的激进仅表现在文化反叛方面。只认定美学价值取向而不追求政治目标，决定了这一代青年知识分子本质上必定是保守的。”详见虞建华. 美国文学的第二次繁荣. 上海：上海外语教育出版社，2004：12-13.

③ Fitzgerald, F. S. *A Life in Letters*. New York：Simon，1994：9.

④ Fitzgerald, F. S. *A Life in Letters*. New York：Simon，1994：10.

表上看来能为我们增光添彩而感到欣慰"①。事实上,这封信正是上篇中所提到的反叛传统的"亮发族"们用他们的审美眼光来引导清教思想束缚下的青年女性如何改变自身,从而赢得男性的欢心。菲茨杰拉德所写的关于"飞女郎"的一系列畅销书,塑造了能引起青年男性兴趣的新潮女性的典范,并使得全美女孩积极效仿,从而使"飞女郎"这一形象风靡全美。从这个意义上说,这些以男性视角出发、针对女性读者而创作的畅销书,本身也就是一种社会规训。事实上,不仅菲茨杰拉德的小说是一种社会规训,很多学者甚至认为"反映主流社会价值"的大众媒体,包括《时代》等新闻报道在内的关于"飞女郎"的媒体形象也"都是规范性而不是描述性的"②。

由此可见,"飞女郎"所谓的自由(liberal)和时尚事实上是一种社会规训和期待,是女性进入公众视野必须遵循的准则。露丝·普利格兹在《菲茨杰拉德的飞女郎和爵士时代的飞女郎电影》一文中也指出"飞女郎"的行为已经不再是年轻女性的叛逆性表达,恰恰相反,这已经成为社会"对年轻女性的期待"③。归根结底,女性这种"表演"性的事业是以吸引男性,以与富有男性签订婚约为最终目的的。正如《人间天堂》中埃莉诺所抱怨的:

> 堕落,堕落的旧世界,而最可怜的人是我——啊,为什么我是一个女孩子?……你(艾默里)可以到处乱跑,厌烦了就换一个地方再到处跑,你可以玩弄女孩子而不用担心卷入感情纠纷,你做什么事都是正确的——可是我呢,有什么都能做的聪明才智,却要困在未来婚姻的沉船上。要是我生在一百年前,那也就罢了,可是现在我面前有什么——我只好嫁人,那是毋庸置疑的。嫁谁?对大多数男人来说我都太聪明了,可是我只好迁就他们的水平,为了要得到他们的关爱,让他们来管束我的聪明才智。年复一年过去我若不出嫁,想嫁一个优秀男人的机会就越来越小。充其量我可以在一两个城市里挑选,当然我非得嫁一个殷实

---

① Fitzgerald, F. S. *A Life in Letters*. New York: Simon, 1994: 10.

② 基什. 杂志封面女郎//周宪. 视觉文化读本. 南京: 南京大学出版社, 2013: 473.

③ Prigozy, R. Fitzgerald's Flappers and Flapper Films of the Jazz Age. In Curnutt, K. (ed.). *A Historical Guide to F. Scott Fitzgerald*. Oxford: Oxford University Press, 2004: 136.

人家。①

埃莉诺的这段话可谓"飞女郎"们的心声，不管外表多么叛逆开放，她们最终都得接受被绑在"婚姻的沉船"上的宿命，以嫁个"殷实人家"为首要任务，并为了迎合男性而接受他们对自己"聪明才智"的管束。露丝·普利格兹《菲茨杰拉德的飞女郎和爵士时代的飞女郎电影》中对这种矛盾性有深刻的评论："飞女郎"经常在她们的需要和严格的社会束缚之间挣扎。因为在那个时代，"旧的束缚已经破除，但女性主义尚未为她们追求（除妻子、母亲外）社会角色扫清障碍，自由的选择要等她们的孙女儿们才能享受了。"②

二、"飞女郎"的"个性"表演

菲茨杰拉德给妹妹的信写于 1915 年，然而 23 年后他在给女儿的信中却对"飞女郎"进行了反思，提出了完全不同的概念。1938 年菲茨杰拉德给女儿的信中用无比怨愤的口吻批判了他当年曾大力推崇的"飞女郎"的"无用性"："像罗莎琳和你妈妈这样的人必须依赖别人而活，她们的病让她们一无所用。"③这里的"病"并非身体的疾病，而是"飞女郎"的原型菲茨杰拉德的太太泽尔达身上表现出来的"无所事事"。"有时候我觉得无所事事者是这个世界上一个特殊的阶层；你无法让她们计划做任何事……她们对家庭的唯一贡献只是温暖餐桌旁的一张椅子。"④作者接下来更是严厉地指责了女儿两年来的无所事事——"没有对自己的身心提高做出任何努力"——这是他无法容忍的。

的确，菲茨杰拉德小说中的"飞女郎"都是富裕家庭出身的女性，没有一位来自劳动阶层，她们拒绝工作，像葛罗丽亚这样的"飞女郎"甚至拒绝承担母亲的职责。然而，把"飞女郎""无所事事"的道德原因完全归结于女性却有失公允，事实上，她们的"无用性"倾向是有社会原因的。我们先来比较一下 20 世纪初期英美

①　菲茨杰拉德. 人间天堂. 金绍禹，译. 上海：上海译文出版社，2010：315.

②　Prigozy, R. Fitzgerald's Flappers and Flapper Films of the Jazz Age. In Curnutt, K. (ed.). *A Historical Guide to F. Scott Fitzgerald*. Oxford：Oxford University Press，2004：141.

③　Fitzgerald, F. S. *A Life in Letters*. New York：Simon，1994：363.

④　Fitzgerald, F. S. *A Life in Letters*. New York：Simon，1994：363.

两国女权主义发展的不同倾向性,便可以对此有一个清晰的了解。20 世纪初英国的女权主义者表现最为激进,她们直接将女权运动推到了一种女性革命主义的方向。1913 年,她们宣扬着"主动出击"的口号,采取极端的方式来反抗社会消费主义倾向:用锤子砸坏了伦敦西区的商店橱窗玻璃,用酸性物质腐蚀高尔夫球场,切断电报电话线,甚至采用自杀式手段,得到英国媒体和民众声势浩大的支持①。与英国的女权主义运动不同的是,美国的女权主义者虽然也组织了大规模的游行示威和写信活动,但她们的游行并未获得广大民众的支持:"警察拒绝提供保护,游行的人群甚至遭到耻笑。"②美国女性的解放更多地体现在拥抱新的技术和商品展现自我的自我陶醉中,在思想上并没有体现出强烈的政治性和革命性。露丝·普利格兹在《菲茨杰拉德的飞女郎和爵士时代的飞女郎电影》中也指出,"(菲茨杰拉德)注意到这个作为女性和社会解放的运动已经变成了个性和风格的一种表象的展示"③。正因此,有学者甚至指出,美国的选举权运动和女权主义第一次浪潮是失败的,"两场运动都未能真正改变女性的社会和经济地位……与'新女性'相联系的一切政治承诺最终烟消云散,只有这个概念还保留在通俗文化中"④。可以说,英美两国的女权运动代表了当时的两种截然相反的倾向:英国的"革命性"女权主义和美国的"表象式"女权运动。这种追求"个性和风格"的表象展示倾向甚至被称为"美国化"。让-米歇尔·拉巴泰在《1913:现代主义的摇篮》一书中写道,"一战"以前欧洲游客看到美国女孩会大感震惊:他们"唐突、激动、浑身不安"、过分武断、顽固,经常一帮同龄人聚在一起吃饭,总之要寻找自我享受"⑤。尽管这只是一种"风格"的展示,依然有激进的美国记者弗洛伊德·戴尔(Floyd Dell)对这种自由气息大加赞赏。他对为创造一种更生动、更愉悦、更人性化的风气而努力的"年轻的休闲阶级女性"表示认同;即便她们有"将地狱搬上来的倾向",但却从乏味无趣的中产阶级道德中得到了一种必要的解放⑥。

---

① 拉巴泰.1913:现代主义的摇篮.杨成虎,等译.上海:上海外语教育出版社,2014:69.
② 拉巴泰.1913:现代主义的摇篮.杨成虎,等译.上海:上海外语教育出版社,2014:69.
③ Prigozy,R. Fitzgerald's Flappers and Flapper Films of the Jazz Age. In Curnutt,K. (ed.). *A Historical Guide to F. Scott Fitzgerald*. Oxford:Oxford University Press,2004:136.
④ 基什.杂志封面女郎//周宪.视觉文化读本.南京:南京大学出版社,2013:485.
⑤ 拉巴泰.1913:现代主义的摇篮.杨成虎,等译.上海:上海外语教育出版社,2014:68.
⑥ 拉巴泰.1913:现代主义的摇篮.杨成虎,等译.上海:上海外语教育出版社,2014:68.

　　不可否认的是,美国女权解放运动转向"表象展示"与美国相对保守的社会氛围是分不开的。马尔科姆·布莱德伯里指出:"20年代是个充满矛盾的年代,矛盾之一是这个可以说是美国历史上最保守的以物质和产业发展为标志的10年。"[①]而言辞激进的年轻一代的反叛也只是表现在文化层面,他们"几乎都非常传统。他(们)反叛的外表并不能改变他(们)斯文的中产阶级教养……他(们)面对真正带有颠覆性的思想是显得束手无策"。而他们所受到的中、高等教育"其实是强化了,而不是改变了青年人的这种特点"[②]。不仅如此,菲茨杰拉德在《爵士时代的回声》中明确表示:年轻人"对政治的漠不关心,是爵士时代的典型特征"[③]。正如虞建华教授在《美国文学的第二次繁荣》中所总结的:"只认定美学价值取向而不追求政治目标,决定了这一代青年知识分子本质上必定是保守的。"[④]这种保守的倾向在《美丽与毁灭》中安东尼对"工作"的态度清晰地表现出来:葛罗丽亚在安东尼继承祖父的遗产无望、几近破产之时,曾多次要求去影视公司试镜,却被安东尼一再阻止。这说明,"爵士时代"的美国社会保守的风气并没有给女性真正自由的发展空间。事实上,上流社会少女唯一一项被社会认可的"工作"或"事业"就是为自己"赢得一位令人满意的丈夫"。对她们而言,财富与地位的影响力直接关系到她们将来的生活,而"她们的上一代女性也无法提供这个社会阶层的女性可以追随的行为榜样"[⑤]。

　　可以说,正是这种保守的社会风气导致"爵士时代"女性对过度关注时尚和风格的展示。齐美尔在《时尚的哲学》中写道,时尚是为女性增强社会力量,使之更强有力的一个手段。相对而言,男性并没有女性那样依赖时尚影响力:"有力量的个人会从容地顺从包括时尚在内的各种普遍形式,因为他(她)有足够的自信自己独一无二

① Bradbury, M. Preface. In Bradbury, M., Palmer, D. (eds.). *The American Novel and the Nineteen Twenties*. London: Edward Arnold, 1971:11.

② Horton, R., Edwards, H. *Backgrounds of American Literary Thought*. New York: Appleton Century Crofts Inc., 1952:313.

③ 菲茨杰拉德. 崩溃. 黄昱宁, 包慧怡, 译. 上海:上海译文出版社,2011:23.

④ 虞建华. 美国文学的第二次繁荣. 上海:上海外语教育出版社,2004:12.

⑤ West III, J. The Question of Vocation in *This Side of Paradise* and *The Beautiful and Damned*. In Prigozy, R. (ed.). *The Cambridge Companion to F. Scott Fitzgerald*. Cambridge: Cambridge University Press, 2002:51.

的价值不会被同化、淹没。"①然而女性由于处于社会弱势地位,当她们表现自我、追求个性的需求在其他领域无法实现时,时尚便成为一个非常重要的可行通道。"女性强烈地寻求一切相关的个性化与可能的非凡性,时尚为她们最大限度地提供了这二者的兼顾。"②当女性表现自我、追求个性的需求在别的领域无法实现时,时尚好像是阀门,为女性找到了实现这种需求的出口。齐美尔还以 14、15 世纪发生在德国的社会现象来证明这一事实:"在 14、15 世纪,个性在德国社会中获得了充分发展。个人自由大大地打破了中世纪的集体约束。但这种个人主义的发展并没有给女性带来更大的生存空间与个人行为的自由,她们的自我提升也得不到支持。出于补偿,她们在穿着上表现出过度的、夸张的时尚。"③美国"爵士时代"上流社会也是如此,他们可以容许女性过度关注穿着打扮,却仍不能容许她们有其他领域的追求,女性的自我实现因此不可避免地被牢牢地限制在"表象的展示"上。

然而,通过时尚来展示的"个性"和自我实现终究是虚幻的。用时尚来控制自我形象,"实际上自我控制的并不是事物本身,而只是事物虚幻的影像"。但无论如何,由此而来的自我控制的权力感,不仅缺乏基础,更由于其迅速性而显露其虚幻本性,就像时尚的表现那样稍纵即逝。齐美尔把这种"通过追求地位和时尚的符号或个人怪癖的标记"培养起来的"个性"称为"虚假的个人主义"④。

如果说保守的上流社会是女性转向"表象展示"的一个原因,那么视觉文化是自我身份分裂倾向的另一个重要原因。《淹没一切之形象:现代文明中的风格政治》中提到了视觉文化影响下一个非常有趣的现象。20 世纪 20 年代,越来越多的销售人员的个人行为、与人交往的所有细节,都要受到无比细致的审视,甚至被制定成必须遵守的行为准则。查尔斯·米尔斯(Charles Mears)在他的《新时代的推销术》中便鼓励推销人员将自我身份分裂成几个组成部分,以别人的眼光对此进行仔细审查:"推销员是要展示的。关于他的任何细节都很重要;……推销员必须有意识地一遍遍仔细审查自己。"⑤"这种把自我当作他者,看作一种可以用

① 齐美尔.时尚的哲学.费勇,等译.北京:文化艺术出版社,2001:81.
② 齐美尔.时尚的哲学.费勇,等译.北京:文化艺术出版社,2001:82.
③ 齐美尔.时尚的哲学.费勇,等译.北京:文化艺术出版社,2001:81-82.
④ 齐美尔.时尚的哲学.费勇,等译.北京:文化艺术出版社,2001:39.
⑤ Quoted from Ewen, S. *All Consuming Images*: *The Politics of Style in Contemporary Culture*. New York: Basic Books, 1988: 83.

来塑形和操控的概念"，已经成为推销员必备的任职条件。他辩解道："任何关于人的内在自我都有可能会阻碍推销员达到一个既定的目标（完成销售任务），因此必须培养一个外在自我，时时用它来避免推销员无意识地对工作职责的拒绝。"①因此，"曾经被看作是组成每个人性格的个人特征，现在却被大规模生产出来当作促进推销的工具，用来遮挡那些可能会阻碍销售的性格特征的面具"②。为了迎合视觉文化和消费文化的需要，将自我分裂为"内在自我"和"外在自我"，通过将自我客体化，以操纵和展示"外在自我"似乎成为现代必要生存条件。

　　而"飞女郎"唯一被社会认可的事业——为自己赢得一位合适的丈夫——使她们事实上成为婚姻市场的推销员：她们的工作就是说服他人购买产品，只不过这个产品是她们自身。《美丽与毁灭》在描绘百老汇的"马拉松"酒吧里那些女郎时也写道：在这个充满竞争的婚姻市场上，"飞女郎"们在"进行的是不合常理的自我促销计划，虚构一个通往天国的幸福冰淇淋甜筒"③。就如菲茨杰拉德在信中谆谆教导妹妹要"世俗"一些："女人十之八九都想嫁个富人，而男人十之八九都是傻瓜。"④"飞女郎"们的最终使命便是像推销员一般，用内化的男性凝视严格审查自己的言行举止，通过艰苦训练为自己编织"优雅""反叛""独立"组成的"外在自我"的面具，剔除或遮挡有损自己在婚姻市场前景的那些内在自我特征。这便是一场"飞女郎"表演秀，胜出者便是那些熟能生巧、能将面具运用自如的女郎。

　　对于"飞女郎"来说，时尚是她们编织"外在自我"或面具的不二选择。逐渐扩大的商品市场为她们提供了伊文所说的"风格物品"，被当作商品销售的"奢侈、富足和身份区分影像和象征，充满了对特权和专享的丰富含义"⑤。通过从这些商品中不断地挑选，公众建立起一种个人风格意识，让他们能够包装自我身份。但是由于它们是由大规模生产的商品组成的，时尚带来的个性往往难以真正确立其

———————

①　Quoted from Ewen, S. *All Consuming Images*：*The Politics of Style in Contemporary Culture*. New York：Basic Books，1988：83.

②　Quoted from Ewen, S. *All Consuming Images*：*The Politics of Style in Contemporary Culture*. New York：Basic Books，1988：83.

③　菲茨杰拉德. 美丽与毁灭. 吴文娟，译. 北京：文化艺术出版社，2010：62.

④　Bruccoli，M. *Correspondence of F. Scott Fitzgerald*. New York：Random House. 1980：16.

⑤　Ewen，S. *All Consuming Images*：*The Politics of Style in Contemporary Culture*. New York：Basic Books，1988：77.

独特性。然而人们依然愿意信仰消费文化所承诺的自我塑造的可能性,对此,伊文解释道:风格的主要吸引力是它展现了对阶级和背景的"虚幻超越"能力。当财富和权力造成的社会等级体系和不平等以各种方式不停激化时,自由和开放的时尚市场提供了一个象征性自我命名的能力,使自己成为"先生"或"女士"。尽管商品是大众化生产的,但是风格看上去总是具有超越远古的垄断能力①。时尚的"虚幻超越"能力的确是"飞女郎"们关注的焦点,尤其在财力并不充裕时反而更受到她们的重视。《美丽与毁灭》中百老汇"马拉松"酒吧里的那位女孩"几乎是用尽全力在打扮自己——帽子是去年流行的款式,上面缀满了紫罗兰,既使这些花看起来多么矫饰而造作,也还比不上她整体给人的感觉"②。"去年流行的款式"一语道破了"时尚"的奥秘:很显然这个女孩家境并不富裕,拼尽全力也只能购买一顶过时的帽子,但是"时尚"的"虚幻超越"能力仍然让她确信它能让她显得"高于她原来的阶层",并不时地发散出"降尊纡贵"的讯息。葛罗丽亚也是一样,在安东尼接近破产时,她却不可遏制地想到身上的"陈旧半长短豹皮大衣,已经绝望地退出流行"③,手上的小金表也该换了,没有了这些她就是"失去了戏服的演员,缺乏继续在悲剧舞台表演下去的骄傲"④。可见,她向往的"灰鼠皮大衣"和新款小金表,就是她的"戏服",能帮助她继续在第五大道演出她的高贵身份,失去了这些,她也丧失了最后自我认同感。

当然,这种对时尚的追求也是女性身体生产的一种方式,它与视觉文化也有密不可分的关系。视觉文化并不依赖图像本身,而是依赖将存在加以图像化或视觉化的现代发展趋向。"这种视觉化在整个现代时期是显而易见的,而它现在几乎已经变成强迫性的了。"⑤身体作为人的外观符号呈现出复杂多样的视觉文化意义,它不仅是个体的私人拥有,同时还是一个交往的社会符号。

正如齐美尔把"飞女郎"展示的"个性"称为"虚假的个人主义"一样,"飞女郎"们通过时尚、身体展示的"自由"和"解放"也同样是虚幻的。让·波德里亚(Jean

---

① Ewen,S. *All Consuming Images:The Politics of Style in Contemporary Culture.* New York:Basic Books,1988:77.

② 菲茨杰拉德.美丽与毁灭.吴文娟,译.北京:文化艺术出版社,2010:62.

③ 菲茨杰拉德.美丽与毁灭.吴文娟,译.北京:文化艺术出版社,2010:342.

④ 菲茨杰拉德.美丽与毁灭.吴文娟,译.北京:文化艺术出版社,2010:354.

⑤ 周宪.视觉文化的转向.北京:北京大学出版社,2008:20.

Baudrillard)在《消费社会》中指出，女性解放往往跟她的身体的解放混同在一起："正是随着她的一步步解放，女性越来越被混同于自己的身体。……表面上解放了的女性被混同于表面上解放了的身体。可以说，一切名义上被解放的东西——性自由、色情、游戏等等——都是建立在'监护'价值体系之上的。"①尽管"女人"和"身体"在被奴役、被遗忘了几千年之后，"实际上构成了最具革命性的可能，并因而构成了对任何一种既成秩序的最根本威胁"，然而这些概念却被一体化、回收成为"解放的神话"。波德里亚将这种"把本属于女性的提供给女人们消费、把本属于青年的提供给年轻人消费"称之为"自恋式解放"，认为正是这种"自恋式的解放"成功地抹杀了"他们真正的解放"②。周宪在《视觉文化的转向》一书中的分析更加切中要害："仔细分析起来，这不过是一种男性中心主义作祟的幻象而已。在这种对个性和时尚的追逐中，女性落入了他者（男性）越来越追逐和控制的欲望眼光的陷阱之中，越是时尚也许就越是处于一种不平等的被审视地位"③。

　　菲茨杰拉德小说中"飞女郎"形象的确证明了上述观点。沉迷于对"个性"和"时尚"的表象追求并没能让女性建立起自由、独立的主体。《美丽与毁灭》中安东尼和慕瑞儿对什么是贵族有一番讨论。慕瑞儿认为并不是只要有钱就可以成为贵族。贵族需要的"勇气、荣誉、美丽"等好的特质，在慕瑞儿眼中正是葛罗丽亚所欠缺的④。如奥马拉指出的，尽管"葛罗丽亚的美超凡脱群，但包含着这些美好特质内在美却是另一回事了"⑤。这也说明了葛罗丽亚这样的"飞女郎"的"外在自我"哪怕塑造得再精美，依然无法建立起独立的自我。

　　事实上，葛罗丽亚并不能算是完全"无所事事"的女性，相反，她是菲茨杰拉德笔下唯一一位试图寻求真正意义上的工作的"飞女郎"。电影演员，应该也是那个时代最体面、最适合这些年轻貌美、以时尚与形象修饰为主业的"飞女郎"的职业

91

---

① Baudrillard, J. *The Consumer Society*：*Myths and Structures*. London：Sage Publications，1998：150-151.

② Baudrillard, J. *The Consumer Society*：*Myths and Structures*. London：Sage Publications，1998：151.

③ 周宪. 视觉文化的转向. 北京：北京大学出版社，2008：81.

④ 菲茨杰拉德. 美丽与毁灭. 吴文娟，译. 北京：文化艺术出版社，2010：356.

⑤ 菲茨杰拉德. 美丽与毁灭. 吴文娟，译. 北京：文化艺术出版社，2010：45.

了。然而,葛罗丽亚试镜却失败了。导演的理由是 29 岁的她青春已逝,不再适合出演年轻女性的角色。然而不可否认,除了年龄以外,葛罗丽亚的缺乏自我也是导致其失败的深层原因。我们来把她与德莱塞于 1900 出版的《嘉莉妹妹》中的主人公做一个比较。嘉莉妹妹是一位来自美国中西部的贫穷女工,来到城市寻求一个有待成形的自我,并成功地成为一位名噪一时的演员。对嘉莉妹妹而言,城市及其机械力量给了她活力,她从都市熙熙攘攘的人群中感受到那种力量的涌动,并意识到它"正在自己心中创造出更强大的自我感"①。嘉莉妹妹的自我从城市中汲取了力量,把城市的活力和戏剧性内化成为一种心灵状态,从而创造出了一个更为自由的自我。菲利普·费希尔(Philip Fisher)认为嘉莉的表演包含着自我的无限可能性:"德莱塞是把整个的自我感建立在一个活力社会所固有的戏剧性的可能性之上的第一位小说家……在某种程度上,《嘉莉妹妹》中的表演总是倾向于在表象之外保留一个自由的自我,它甚至无视其暂时应扮演和认同的'角色',正是在这样的层面上,这部小说记录了一个更高形态的可能的或未来的自我。"②然而,与嘉莉妹妹"在表象之外保留一个自由的自我"不同,葛罗丽亚在荧幕面前似乎仅仅只是一个表象。试镜时,葛罗丽亚的思绪一直被她在男性凝视下的外貌的担心所牵制着:她总感觉自己身上穿的衣着"不合适",不知道自己的脸上的妆容是否恰如其分,感觉自己的姿势是那么的"平凡、笨拙,缺乏美感和特色"。她没有办法把情感投入到角色中去,却总觉得自己演出的角色既"不合理又未经解释"。葛罗丽亚自己也明白"演技这一项是她最不满意的"③。上述两位女性的对比其实说明一个问题:葛罗丽亚缺乏内心的情感,与菲茨杰拉德笔下的很多主人公一样,他们的物质破产总是伴随着情感的枯竭。她并没有"有待实现的自我",也没有"自由的""能够突破现实制约的"自我,她有的只是与"时尚"息息相关的"青春"和美貌"的表象。

　　"飞女郎"不仅是一个缺乏"自由自我"的"表象",对于菲茨杰拉德小说中的男主人公而言,这些"飞女郎"更多地是以其象征意义存在的。"飞女郎"的第一个象征是"青春"和美。《人间天堂》里的艾默里所追寻的"美"便是"伟大艺术的美,

---

① 利罕.文学中的城市——知识与文化的历史.吴子枫,译.上海:上海人民出版社,2009:267.

② 利罕.文学中的城市——知识与文化的历史.吴子枫,译.上海:上海人民出版社,2009:267.

③ 菲茨杰拉德.美丽与毁灭.吴文娟,译.北京:文化艺术出版社,2010:350-351.

一切欢乐的美，尤其突出的是女人的美"，然而那个象征"美"的罗莎琳本人却在小说结尾变成了"拙劣的替代品"①。

"飞女郎"的第二个象征是"都市"。《我遗失的城市》中便提到"少女"是纽约的三个象征之一："船代表成功，少女代表浪漫"，而单身汉公寓则代表的是大都市精神②。而在《人间天堂》这部自传小说中，这三个象征也一一对应地出现了。艾默里第二次来到纽约观看完百老汇音乐剧后，"少女"便凝结成大都市的一个象征。他"注视着舞台上一个非常漂亮的黑发少女的舞姿，两只眼睛噙着泪水，坐在那里看得出了神……到了最后……少女在舞台上倒下，变成了一只折了翅膀的蝴蝶，这时全场爆发出一片掌声。啊，伴随着这样的一支旋律柔和、迷人的乐曲，在这样的气氛中恋爱，多么令人向往啊"③！美妙的音乐剧过后，少年艾默里已经心潮澎湃，满心都是对浪漫爱情的向往，他"渴望做一个屋顶花园的常客，去与一个姑娘见面，她应该长得像那个姑娘一样——最好就像那个姑娘；她的头发沐浴着金色的月光，而在他的身旁，一个不可理解的侍者在汩汩地倒着葡萄酒"④。美丽的女子，在作者和艾默里心中，成了那个理想化的梦中女郎。

女性作为城市的象征并非菲茨杰拉德的创举，而是都市文化中一个常见的意象。意大利小说家伊塔洛·卡尔维诺（Italo Calvino）在《看不见的城市》（*Invisible City*）中关于卓贝蒂（Zobeide）建城神话的叙述就提到了女性和城市之间的密切关系：

> 不同国家的男人都有一个相同的梦。他们看到暗夜中一个女人在无名的城市里奔跑。他们看到她长发裸体的背影，梦想自己能追上她。在曲折多弯的路上，所有男人都丢失了她的踪影。梦醒之后，他们动身去寻找梦境中的城市，但除了发现彼此都在寻找之外，他们一无所获。于是，他们决定按梦中的样子建造一座城市……这就是卓贝蒂城。⑤

---

① 菲茨杰拉德. 人间天堂. 金绍禹，译. 上海：上海译文出版社，2010：372.

② 菲茨杰拉德. 崩溃. 黄昱宁，包慧怡，译. 上海：上海译文出版社，2011：36-37.

③ 菲茨杰拉德. 人间天堂. 金绍禹，译. 上海：上海译文出版社，2010：41.

④ 菲茨杰拉德. 人间天堂. 金绍禹，译. 上海：上海译文出版社，2010：41.

⑤ Calvino，I. *Invisible City*. Delaware：Harcourt Brace Jovanovich，1972：45.

在这段话中,我们可以看到女性身体和都市奇观之间建立了互可置换的关系。首先,如梦境和建城神话所显示的,城市的兴起与人类无意识和弗洛伊德所称的、有性欲望支配的本我密切相关。其次,象征性地解读城市的"无名性",它未尝不可以被看成是父权女性观的附指:女性的"她性"是等待被"探寻"和"进入"的"暗黑的大陆"。再次,尽管城市不时被男性化,但它不过是男性无法找到(占有)的女性的替代品。从这个意义上说,城市即女人①。因此,"飞女郎"常常被看作是都市空间的象征,抽烟喝酒、浓妆艳抹、穿着暴露、出入于狂欢舞会——也就是纽约这个现代大都市的具象。菲茨杰拉德笔下的"飞女郎"很多都是以都市成功的象征出现在小说中的,她们作为景观化的存在,突出的是其吸引观众的表演和激发幻梦的展示,其传统女性的功用是被抹煞的,这其实是"飞女郎"的"无目的性""无用的"(useless)的根源。

"现代性意味着旧有秩序的崩溃和既成规范的僭越,其中包括对既有性别、性向等观念的重构"②。20世纪20年代的美国,维多利亚时期女性的传统道德习俗已无法吸引男性,他们期待新的女性形象来激发男性的想象和欲望,"飞女郎"便是在"男性凝视"中得以塑形的新女性群体。这一快速的都市化过程催生的新女性具有复杂的双重性,一面是较少受传统规范束缚、追求通过自我景观化展示,一面是依然无法摆脱对男性的传统性别期待的依赖。在重构的都市空间里,这一新女性群体使男性感受到极大的视觉诱惑力,他们突然发现过去束缚女性的传统权力已不复存在,那种对异性理所当然的确定性和控制感也开始崩塌。都市男性忽然变得犹疑困惑、焦虑不安、且时时感受到旧有权力的销蚀。但同时,他又厌倦这些女性对传统的背弃。他们不仅发现自己很难成为传统意义上的"男人",而且也很难建构某种现代意义的"理想男性"原型。这些女性也远非他们所向往的"梦想女郎",她们是激发梦想的幻象,又是令人失望的现实。这恰恰与都市在他们心目中的形象一致,成为绝妙的"都市"的象征。

综上所述,美国"爵士时代"的"飞女郎"似乎是现代独立女性蜕变期的一个颇为荒诞的阶段。女性在突破了维多利亚时期女性的道德束缚、进入城市公共空间之后,却在视觉文化、消费文化的蛊惑和"可视与不可视"的霸权话语之下,沉迷于

① 孙绍谊.想象的城市:文学、电影和视觉上海.上海:复旦大学出版社,2009:120.
② 孙绍谊.想象的城市:文学、电影和视觉上海.上海:复旦大学出版社,2009:91.

对其"个性"和"风格"的虚假表象的追逐，而将争取更多性别权力的革命无限期地延宕了。当她们执着于女性特征的表演，以吸引男性的诱惑力为衡量自我独立的标杆时，其作为真正独立自主话语的主体却失落于历史的视域之外。因为无法摆脱对男性的依赖，她们的性别表演只能是带着自由假面的舞蹈，必然随着青春、美貌的消失而堕入不可视的深渊。对这一女性群体，男性作为凝视主体所做出的反应是极其复杂的：既受其公开展示的女性特征的诱惑，为其表现出的女性独立性感到焦虑、困惑，同时又无比愤慨于她们在经济上的依赖和对传统"母亲"和"妻子"角色的拒绝，菲茨杰拉德作为男性作家在他的小说中充分反映了男性作家的种种复杂情绪。尽管"飞女郎"作为一种社会现象于 1929 年就退出了社会舞台，但美国女性这种对"个性"和"风格"的表象的热衷，已随着都市文化波及世界各地，成为我们在面对都市视觉文化时必须警醒的文化现象。

下篇 《了不起的盖茨比》:视觉
文化中表演性的"诚与真"

如果说前面两篇中讨论的艾默里和"飞女郎"们的表演只是试图改变自我的某些特征，展示出自由、叛逆和反抗的姿态，那么《了不起的盖茨比》中主人公的改变则更为彻底。盖茨比企图抹杀历史，重塑过去，彻彻底底重新建构一个依附于个人的档案。盖茨比的这种改变引发了我们对表演性身份之"诚与真"问题的进一步探讨。

1951 年，享有盛名的美国文学评论家特里林发表了他颇有影响力的论文——《F.司科特·菲茨杰拉德》。该论文开篇便从菲茨杰拉德的"英雄气质"入手，给予他极高的评价，称他为"文艺复兴以降最后一名声称忠实于个人追求与英雄主义、将生命风险弃置与自我理想之上的著名作家"[1]，甚至连他和他所创作的主人公的"缺乏审慎，也缺乏自我保护的知觉"，也成了"一种高尚的缺陷，甚至是英雄式的缺陷"[2]。该论文以《了不起的盖茨比》为例，将小说中对当时风尚的记录看作是"超越时代局限"的"道德事实"，而盖茨比则成了产生于"柏拉图式的理念"的"上帝之子"，蕴含着"代表美国本身"的重大意义。

1970 年，特里林在哈佛大学担任诺顿诗歌教授期间的演讲集被整理成《诚与真》一书出版，该书从自我的真实性角度入手，提出"英雄就是看上去像英雄的人，英雄是一个演员，他表演他自身的高贵性"[3]这一让人耳目一新的观点。很可惜，

---

① Trilling, L. *The Liberal Imagination: Essays on Literature and Society*. New York: Scribner's Press, 1978: 7.

② Trilling, L. *The Liberal Imagination: Essays on Literature and Society*. New York: Scribner's Press, 1978: 10.

③ 特里林. 诚与真. 刘佳林, 译. 南京: 江苏教育出版社, 2006: 11.

这本演讲集探讨的是历史中的自我之真诚和真实的问题,更侧重于欧洲16、17世纪至今的道德生活中自我的真诚状态或品质,因此,特里林在讨论时主要选取《黑暗的心》和《拉摩的侄儿》等经典的欧洲小说,却没有涉及美国小说中的人物。2013年《解放军外国语大学学报》第2期发表了林芸的文章:《诚与真——〈了不起的盖茨比〉中尼克的自我探寻》。文章以特里林的观点分析《了不起的盖茨比》,并得出了尼克是"分裂的意识",而盖茨比却是具有"诚挚的品性及完整人格"的自我的结论。那么,盖茨比是否是表演了"自身高贵性"的英雄?他究竟是"诚实的灵魂"还是"分裂的意识"?本篇将以特里林在《诚与真》中阐述的观点为指导,将《了不起的盖茨比》中的表演性身份放置在19世纪20年代的都市景观和拟像的视觉背景中,参与到关于《了不起的盖茨比》中自我真实性这一讨论中来,以发掘现代自我"真"和"诚"的新问题。

第一节　盖茨比"分裂的意识"
——"真实的不真实性"

一、"改变"的神话

特里林在《诚与真》中之所以没有选择美国作品进行点评,应该与他在"社会与真实"这一章中提到的英国和美国不同的"自我"有着密切的关系。特里林引用爱默生在《英国特性》中的观点,认为英国人有着"坚实、倔犟的自我","真诚"是英国人"性格中的鲜明特征",也是英国"国民道德风尚的基础"。这里的"真诚"是指英国人"与事情、与双方、与自身的专一关系"[①],而美国人却与他们不一样。但这不是说美国人不真诚,而是美国人遵循"不应从特定阶级或集团的标准出发,而应从公众的意见立场出发"的原则,因而美国人说话"更为抽象而不是具体……更为迂回而不是直接"[②]。这也说明了美国人所忠于的自我与英国人那种"个人的、坚

---

① 特里林.诚与真.刘佳林,译.南京:江苏教育出版社,2006:111.

② 特里林.诚与真.刘佳林,译.南京:江苏教育出版社,2006:111.

实的、倔犟的自我"是不一样的。特里林继续写道，如果把自我看作社会的缩影，"库柏、霍桑、亨利·詹姆斯都曾以这样或那样的方式说过，美国社会是'稀薄地组成起来的'（詹姆斯的说法），缺乏厚重、粗糙的质感"①。而英国社会则是厚重而难以渗透的，具有无可置疑的在场感，因此这个社会里的成员必须具有"初级的真诚"，也即，承认自己的存在"受到社会的约束，受到社会诸个性的限制"。

　　特里林显然赞同爱默生对英美两国人民不同自我的观点，他进而借用黑格尔在《精神现象学》中提到的"诚实的灵魂"及"分裂的意识"两个概念，以此为起点进一步阐明这种不同。"诚实的灵魂"指的是个体意识与外部社会权力的和谐统一状态，个体意识顺从地服务于外部社会权力，将外部社会要求的和平、秩序与美作为评估自身的标准；相反，"分裂的意识"则意味着自我的分裂与异化，表现了对外部社会权力的批判与反抗，不再存在统一的自我。但是"分裂的意识"从自身被强加的条件中挣脱出来，是自我走向自由的更高阶段的精神。针对上述的英美两国人民不同的自我，特里林根据黑格尔理论分析道："美国人已经进入了精神的另外一个历史阶段，产生了'分裂'或'异化'的意识"，也就是说，美国人希望"摆脱被强加的社会关系"②。而英国人则处于历史发展的早期阶段，表现为"诚实的灵魂"，与社会的关系是"顺从地服务"与"内在地尊敬"的关系，其本质就是"真诚"的。

　　特里林进一步指出，英国人的"真诚"可归因于英国社会机构，或者更确切地说是"英国的阶级结构"。一个英国人只要承认他的阶级状况是他生活的一个特定的、必然的环境，这个人就是"真诚的和真实的"。换句话说，一个真诚的英国人就是照他的阶级属性所规定的那个人，他的所有一切，他的生存意义、个人存在的意识等，都来自他的阶级情感。一旦这个人跳出了原先的阶级地位、野心勃勃地向上攀爬时，他的真实性就削弱了。这个削弱的标志就是"势利和庸俗"。然而，特里林对美国的社会特性和自我的真实性讨论却没有再继续。这就给我们留下了很多有待回答的问题：美国这一典型的民主社会是否依然是阶级社会？美国人的精神与英国人的精神有什么根本差异，从而成为"分裂的意识"？更重要的是，如何来评价《了不起的盖茨比》中的人物，如盖茨比、尼克、茉特尔、黛西等人自我的真实性？

①　特里林.诚与真.刘佳林，译.南京：江苏教育出版社，2006：111.
②　特里林.诚与真.刘佳林，译.南京：江苏教育出版社，2006：112.

　　首先我们要解决的是美国社会的阶级问题。尽管美国是一个民主社会，但是在民主的表象下，阶级分立一直是美国社会不可回避的事实。特里林在《F. 司科特·菲茨杰拉德》一文中就认为"对描写社会生活的一类作家来说，即使扫除阶级差别或许能营造出道德社会生命的一时假象，也不能忽略阶级差别的事实。既然现实主义小说在 18 世纪阶级结构剧烈变化的过程中崛起并获得了本质，小说家们就该紧靠阶级差别的意识创作，像菲茨杰拉德一样专注其中，也像菲茨杰拉德一样藐视它"[①]。特里林在这里将"阶级差别意识"归为小说的"本质"，菲茨杰拉德更是擅于剖析这一阶级意识的杰出小说家。因此，阶级的存在似乎是这个民主社会公认的现实，那么美国人为什么与英国人不同，试图反叛而不是忠于自己所属的阶级，从而成为"分裂的意识"呢？

　　事实上，尽管美国依然是一个阶级社会，但正如詹姆斯所言，美国社会是"稀薄地组织起来的"，这里的"稀薄"很大程度上意味美国人的阶级意识的"稀薄"。美国作为一个新兴的移民国家，并没有英国人那种根深蒂固的、经历了几个世纪建立起的深厚阶级观念和阶级情感。相反，美国社会一直具有极强的流动性。艾略克·劳齐维（Eric Rauchway）在《1900—1950 年的美国经济史》一文中根据 1890 年和 1920 年美国人口普查指出，1890 年以前美国的发展主要以开拓西部边疆为主，此后美国边疆开始闭合，人口向城市涌入，截至 1920 年，美国已有一半人口居住在城市[②]。除了开拓边疆和向城市移民这两大美国史上公认的人口流动潮流，劳齐维特别指出了另一股常常被人忽视的人流：外国移民。美国 20 世纪前 10 年的移民达到了美国人口增长的一半，而这些移民大多集中到了大城市。美国历史学家特纳（Frederick Turner）在《美国历史中的边疆》中认为，开拓边疆的运动使美国人成为"一种新型公民"[③]，而美国人口流向城市后，美国将改变其作为边疆民族的特性，越来越像他们的文化源泉欧洲人，"拥挤在一起而又因其不同

① Trilling，L. *The Liberal Imagination：Essays on Literature and Society*. New York：Scribner's Press，1978：6.

② Rauchway，E. An Economic History of the United States 1900—1950. In Matthews，T. J. (ed.). *A Companion to the Modern American Novel* 1900—1950. Oxford：Blackwell Publishing Ltd，2009：2-3.

③ Turner，F. *The Frontier in American History*. New York：Henry Holt and Company，1920：4.

的阶级而分裂"①。事实上，20世纪初的美国社会由于其边疆性、城市居民的流动性和外国移民潮等各种复杂因素的冲击，阶级观念不可能像英国人那样深厚，只能是"稀薄"的。

美国社会的流动性集中体现在"改变"成为美国人民族性形成过程中一个至关重要的理念。阿历克西·德·托克维尔（Alexis de Tocqueville）在他的《美国之旅》中阐述了"改变"在美国的重要性。"美国人从来不会固守于任何事物，他只习惯改变，因此把改变看作人的自然生存状态。说他需要改变，毋宁说他热爱改变，因为对他来说改变带来的不稳定感并不是灾难，而是会带来奇迹的重生"②。美国人从东部迁徙到西部，从乡村漂流到城市，更多的移民从世界各地来到美国，组成了一个热爱改变的民族。罗洛·梅（Rollo May）写道："改变在美国是一个伟大的词语……'新'的神话（改变的神话）是至关重要的，我们可以从'新经济政策''新边疆''新鲜血液''新观念'这些词语中看到。"③时至今日，我们依然能在奥巴马的竞选演说中听到"改变"给美国人民带来的极大感召力。对于美国人来说，"改变"与"美国梦"紧紧联系在一起，意味着"希望""可能性""未来"，用罗洛·梅的话来说就是"我们（美国人）不仅相信改变，我们崇拜改变"④，这种崇拜在盖茨比对自我形塑的信念上也得到了深刻的体现。

这种对"改变"的崇尚极好地反映了美国人不甘于固守其与生俱来的阶级和社会环境，努力追求重塑自我的可能性的民族特性。西部运动造就了无数像小说中丹·科迪那样通过冒险而成为百万富翁的神话，而城市移民中又出现了 J. P. 摩根、洛克菲勒等新神话，以他们在纽约第五大道和华尔街宏伟坚固的建筑向美国人叙述着他们的成功。《了不起的盖茨比》中的人物也充分体现了这种对"改变"的追求，盖茨比、尼克、茉特尔都期待着通过自身的努力来改变他们的阶级属性，这正是特里林笔下"对外部社会权力的批判与反抗"。在这个意义上，我们也可以看到特里林所理解的盖茨比可以"代表美国本身"的原因。菲茨杰拉德通过小说对这些"分裂的意识"的再现，探索了20世纪20年代出现的美国人身份形塑

① Turner, F. *The Frontier in American History*. New York：Henry Holt and Company，1920：4.

② Tocqueville, A. *Journey to America*. Lawrence, G. (trans.). Westport：Greenwood Publishers Press，1981：183.

③ May, R. *The Cry for Myth*. New York：W. W. Norton & Company，Inc. Press，1991：4.

④ May, R. *The Cry for Myth*. New York：W. W. Norton & Company，Inc. Press，1991：102.

中的新特征:融进了哪些新生的因素,又失去了什么品性。盖茨比是杰姆斯·盖茨反抗社会限制所创造出来的虚构人物,是他的"理想自我",也是他"分裂的意识"出现的标志。他要"摆脱被强加的社会关系"①的欲望表现得分外强烈:"他的想象力根本从来没有真正承认他们是自己的父母。实际上长岛西卵的杰伊·盖茨比来自他对自己的柏拉图式的理念。他是上帝的儿子。"②盖茨比无比真诚地扮演着他自身想象出来的"理想自我",从来没有认同过那个"社会阶级属性所规定"的自我,就如同他并没有在精神上认同老盖茨是他的父亲。他是"上帝的儿子",是超越任何阶级和约束的自由灵魂。

然而事实上,在改变自己的名字之前,他与他"阶级属性所规定"的那个自我的"异化"和"分裂"进程早就已经启动了,那么究竟是什么造成盖茨比无法认同他所属的阶级呢?罗·洛梅指出:"但是对于改变的真正的问题,即,这种改变的性质,却很少有人质疑。"③盖茨比的"改变"又会引发哪些"诚与真"的问题呢?小说《了不起的盖茨比》深入探索了追求"改变"神话在 20 世纪出现的新问题。尽管小说并没有明确告知我们盖茨比追求改变的缘由,我们依然可以从小说中找到蛛丝马迹。下面的小节将主要探析视觉文化对盖茨比的"分裂"产生的影响。

二、盖茨比"被中介"的都市体验

《了不起的盖茨比》第六章尼克在回顾少年时期的盖茨比时,试图将盖茨比理想化,将盖茨比对"改变"的追求归因于"他对自己的柏拉图式的理念……他是上帝的儿子"④,是他的"想象力"企图摆脱他的出身背景(不承认老盖茨是他的父亲)⑤,而为自己创造了"一种博大、庸俗、华而不实的美……并始终不渝地忠于这个理想形象"⑥。尼克竭力向我们展示这种美:"各种离奇怪诞的幻想纷至沓来。一个绚丽得无法形容的宇宙展现在他的脑海里……这些幻梦为他的想象力提供

① 特里林.诚与真.刘佳林,译.南京:江苏教育出版社,2006:112.
② 菲茨杰拉德.了不起的盖茨比.巫宁坤,译.上海:上海译文出版社,2007:199.
③ May,R. *The Cry for Myth*. New York:W. W. Norton & Company,Inc. Press,1991:102.
④ 菲茨杰拉德.了不起的盖茨比.巫宁坤,译.上海:上海译文出版社,2007:199.
⑤ 菲茨杰拉德.了不起的盖茨比.巫宁坤,译.上海:上海译文出版社,2007:199.
⑥ 菲茨杰拉德.了不起的盖茨比.巫宁坤,译.上海:上海译文出版社,2007:199.

了一个发泄的途径：它们令人满意地暗示现实是不真实的，它们表明世界的磐石是牢牢地建立在仙女的翅膀上的。”①尼克反复使用“幻想”“幻梦”来描述盖茨比所追求的“美”，预示着这种“美”不过是虚幻的想象，而盖茨比对这种“虚幻”的美的向往则带来了一个影响深远的后果——“现实是不真实”的。回到特里林的理论，这恰好说明了盖茨比在少年时期便拒绝接受“现实”，企图摆脱现实束缚的异化、分离的开端。

　　然而盖茨比的想象力不可能真正是柏拉图式的、凭空产生的。尽管尼克的叙述并没有给我们解释这种反叛的开端，但细读文本，读者会发现盖茨比的想象力其实是受到媒体滋养的。著名的菲茨杰拉德研究学者罗纳德·伯曼（Ronald Berman）写道：“《了不起的盖茨比》中的人物从外界传输给他们的东西中吸收思想和情感。可以说，他们最密切的关系……是与出版、广告、看到的意象和印刷品的关系。”②媒体是盖茨比获取信息的重要渠道，离开黛西后的盖茨比主要通过《芝加哥日报》来了解关于黛西的所有信息，媒体对盖茨比的重要性可见一斑。而盖茨比的早期生活也被各种出版物所包围：1906 年 9 月 12 日，他在《牛仔卡西迪》的封底上写下了富兰克林式的时间表，其中一条便是“每周读有益的书或杂志”③。“有益”（improving）一词的含义耐人寻味，预示着阅读这种观看，已经成为一种现代自我教育、自我提高的方式。从盖茨比的时间表中，我们随处可以看到“有益”的阅读对他的影响：时间表本身便是对富兰克林自传的一种互文，而他崇尚节约、坚持每天锻炼、不喝酒等信条又与当时的霍拉肖·阿尔杰④式成功话语暗合。此类成功话语通过当时的媒体传播而广为人知，连盖茨比的父亲老盖茨这样一个默默无闻、老实巴交的农民对此类成功话语也耳熟能详：“假使他活下去的话，他会成为一个大人物的，像詹姆斯·J.希尔那样的人。他会建设国家的。”⑤詹姆斯·J.希尔（1838—1916）是移民美国的加拿大人，白手起家的自我实现者，出

---

① 菲茨杰拉德.了不起的盖茨比.巫宁坤，译.上海：上海译文出版社，2007：199.
② 伯曼.《〈了不起的盖茨比〉与现代时期》导论//程锡麟.菲茨杰拉德研究文集.南京：译林出版社，2014：214.
③ 菲茨杰拉德.了不起的盖茨比.巫宁坤，译.上海：上海译文出版社，2007：359.
④ 霍拉肖·阿尔杰（1832—1899），美国“镀金时代”多产作家，创作了大量适合青少年阅读的励志小说，故事情节多为贫穷少年由于拥有勤奋、勇敢、坚毅、诚实等优良品质，终于白手起家，进入中产阶层，过上了富足安逸的生活。
⑤ 菲茨杰拉德.了不起的盖茨比.巫宁坤，译.上海：上海译文出版社，2007：349.

身平民的他通过自己的努力成为美国一代金融家、铁路大王,创办了"大北铁路公司",被称为"帝国建造者"。可见盖茨比少年时期到处都充斥着传承已久的美国"自我创造者"的话语:从早期的富兰克林,到霍拉肖·阿尔杰小说中的励志人物,到希尔代表的当代所有富豪的故事。所有这些"自我创造者"的话语激发了他的想象力,也使他难以接受与生俱来的阶级属性:他的父母、他所处的现实、爱他的那些同阶层的女孩子,都成为他迫不及待要抛弃的过去。多年后当黛西出车祸撞死了茉特尔,他想到的只是这件事对黛西的影响,而根本没有试图停下车来救护与他本属于同一阶层的受害者,这也表明他对所处阶级的"反叛"。他所向往、所要献身的是那种超越阶层的"博大、庸俗、华而不实的美",一种"幻梦"和"幻想"。那么小说为什么要把这种"美"描述为"庸俗"而"虚幻"的呢? 这里我们还是要回归到媒体在小说中的功能。

前两篇已经提到小说《人间天堂》《美丽与毁灭》在再现都市视觉体验时,突出了玻璃窗户、橱窗和灯光在带来的空间透明性的同时又阻隔了人们参与的可能,这种灯光和透明性成为欲望的幻觉式光芒的隐喻,激发了现代人的幻想,但又使他们无法认知城市真相。因此现代人所见到、所感知到的视觉体验并非城市现实的真实反映,而是引发幻想的起点。事实上,《了不起的盖茨比》中除了视觉展示,还向读者暗示了报纸、杂志和广告这些印刷媒体也具有同样的激发幻想又与现实异化的功能。现代城市的发展使现代人逐渐丧失亲密的联系,也使人与人之间的隔阂越来越大,科技的发展尽管拉近了人与人之间的实际地理距离,但人与人之间的心理距离却逐渐疏远了。印刷工艺的发展,报纸、杂志这些媒体得以更加广泛地在城市和乡村大规模流传,成为将现代城市个体、以及城市与乡村居民联系在一起的独特媒介。媒体不仅向大众传播信息,也传播都市景观,将不同阶层、不同地域、表面上毫不相关的人群联系起来,对打破"自我和社会"的壁垒起了重要作用。尤其是报纸、杂志特写和专栏对政治事件、犯罪案例、商业、艺术、娱乐和运动等重要事件和社会潮流的报道,使得大量的信息、故事和政治观点广泛传播,媒体对大量社会事件解读引导了公众舆论,也限制了读者的思想。不同阶层、不同地域的读者通过阅读(观看)印刷媒体了解彼此,形成共同的观点,从而跨越地域障碍而联系在了一起。从这个意义上说,这些媒体确保城市、乡村居民形成相同的身份,分享都市文化,形成了与独立个体相对应的社会群体。

不仅如此,报纸对于中下阶层的城市居民和乡村居民来说,还具有与都市街道和商品橱窗一样的功能——他们通过阅读报纸、杂志了解城市体验，克服与现实都市世界的距离感，形成对都市生活的认知，然而他们形成的只是对都市的虚拟体验。《了不起的盖茨比》中茉特尔与盖茨比一样，也非常注重阅读杂志等刊物：她购买《纽约闲话》和电影杂志，她的起居室里也摆放着几本翻旧了的《纽约闲话》《名字叫彼得的西门》及其他一些百老汇刊印花边新闻的廉价杂志。通过这些刊物，她可以从百老汇影星的各种绯闻和流言中获得乐趣，了解时尚动态，从中获得一种现代都市参与感。比如她对淡紫色出租车的偏爱，以及她对奶油色雪纺绸连衣裙的选择都或多或少受到了这些流行刊物的影响。因此，报纸、杂志、电影等这些现代媒体事实上成了虚拟"视窗"，人们只能通过这个"视窗"，窥探外面都市世界中各色人等形形色色的生活。茉特尔这样的中下层城市居民正是因此产生了对街头小报和黄色杂志的依赖。报纸与被灯光照亮的玻璃橱窗和百老汇大街一样，提供了一种视觉上都市空间的透明性，引诱人们去感受城市生活，甚至提供了一种逃离自身现实生活束缚的虚拟体验。正因此，现代媒体成为传播城市文化的强大力量，创造出大众共享都市体验的"假象"。

然而，正如玻璃橱窗一样，现代人对媒体的依赖其实使他们与都市生活更加隔绝。报纸、杂志成为文字组成的"视窗"，与透过玻璃橱窗看到的都市空间一样，依然是"被框住的戏剧性空间"。现实生活被再现的影像所替代，而通过阅读文字对都市景观的再现而参与社会生活只能增强人们与现实世界的隔离。亚伦·崔切伯格（Alan Trachtenberg）在《美国的融合：镀金时代的文明和社会》（*The Incorporation of America : Culture and Society of the Gilded Age*）一书中，针对大众传媒在 19 世纪末"视觉信息"的大规模生产和传播的背景下出现的新的流通模式进行了深入分析。他指出，打字机、机械排字机以及"蒸汽驱动的印刷方式和改善了的平版印刷术和照相凸版印刷工艺被应用到了报业、期刊和杂志"后，带来了"惊人的视觉信息的流通"[1]，从而使得"替代性的经历逐渐侵入现实生活体验。城市居民通过观看、再现字符和影像，发现自己越来越多地被当作被动的观众，而不是一个积极的参与者；他们成了别人生产的情绪化的影像和感受的消费者"[2]。

---

[1]　Tranchtenberg, A. *The Incorporation of America : Culture and Society of the Gilded Age*. New York : Hill & Wang Press, 2007 : 123.

[2]　Tranchtenberg, A. *Reading American Photographs : Images as History, Mathew Brady to Walker Evans*. New York : Hill & Wang Press, 1989 : 122.

换句话说,读者阅读媒体时产生的任何情感只在读者和影像本身之间产生。更甚的是,媒体所再现的事件所带来的虚拟城市体验似乎帮他们克服了现实世界的距离,但事实上反而加深了他们的异化和疏离。用崔切伯格的话来说就是:"以信息形式出现的关于世界的知识越多,这种体验也就更加遥远和模糊。"① 盖茨比在与黛西分离的五年间,一直阅读芝加哥的报纸,并把所有与黛西相关的新闻剪下来,拼贴成册,试图拼凑起五年空白的生活经历。然而通过这种间接的方式来了解黛西、介入黛西生活的做法显然没有奏效。与黛西重逢后,盖茨比无比惶恐地发现这是个错误,因为黛西"远不如他的梦想"②。但这不是黛西的错,而是这种通过报纸获得的间接的信息事实上并没有让盖茨比进入黛西的世界,加深对黛西的理解,反而拉大了两人之间的实际距离。盖茨比获得的是报纸再现的那位"社交名媛"黛西引发的幻想,而远非黛西本人。

崔切伯格认为,以报纸作为中介获得的知识影响了人们对于城市的真正了解,也限制了他们对于城市认知的建构,它"切实反映了城市意识对人的异化",导致人们与"个人的物质生活"越来越疏离③。报纸将城市体验加工为影像和脱离语境的简单故事情节,与其说它能满足读者对生活的理解,不如说它满足了读者对震惊和轰动效应的需求,也即,对景观的需求。大部分报纸都面向大众,需要依靠耸人听闻的故事来吸引读者,而这些故事并不是以提供客观事实,而是以激起公众的兴奋或是愤怒为目的的。比如盖茨比被威尔逊枪杀后,关于这个事件的报道"大多数都是一场噩梦——离奇古怪,捕风捉影,煞有介事,而且不真实"④。报道中的故事脱离了真相,将威尔逊塑造成悲伤过度的疯子,添油加醋、做足文章,把这一事件加工成可读性极强的轰动性事件,连盖茨比的公馆都成了旅游景点,成为夺人眼球的都市景观。然而,茉特尔是汤姆的情妇、黛西开车撞死茉特尔、汤姆又误导威尔逊枪杀盖茨比的事件真相却永远被遮蔽而不为人知了。

巩特尔·巴斯(Gunther Barth)在剖析都市媒体的兴起及社会功能时,便一

---

① Tranchtenberg, A. *Reading American Photographs*: *Images as History*, *Mathew Brady to Walker Evans*. New York: Hill & Wang Press, 1989: 125.

② 菲茨杰拉德. 了不起的盖茨比. 巫宁坤, 译. 上海: 上海译文出版社, 2007: 87.

③ Tranchtenberg, A. *Reading American Photographs*: *Images as History*, *Mathew Brady to Walker Evans*. New York: Hill & Wang Press, 1989: 125.

④ 菲茨杰拉德. 了不起的盖茨比. 巫宁坤, 译. 上海: 上海译文出版社, 2007: 197.

针见血地指出媒体（报纸、杂志）既有传播信息，帮助现代人理解城市生活的一面，又有将生活戏剧化，将其转化景观的另一面。巴斯写道："当都市媒体在努力加强城市生活可读性时，它们同时努力企图以增强报纸的娱乐性来吸引大量的读者。"[①]报纸不可避免地将城市生活转变为景观，从而达到以"最快速度吸引读者的注意力"[②]以促进销售的目的。因此报纸并不是客观地传播信息，而是将现实生活戏剧化后将文字形式的城市景观呈现给读者。

　　菲茨杰拉德不仅关注媒体以文字形式构建并传播城市景观的问题，在《了不起的盖茨比》中，他还质疑了媒体传播的信息的"真实性"，他笔下的媒体从业者的形象也往往是负面的。丹·科迪的情妇埃拉·凯便是一位极有手段的女记者，以"骗子"的形象出现在小说中。她不仅骗得科迪乘坐游艇去航海，切断了科迪对财富的控制，还有谋杀科迪的嫌疑。此后她更是通过法律手段骗取了科迪赠予盖茨比的遗产。盖茨比在西卵举办豪华晚会后不久，便有"雄心勃勃"的报纸记者听到传闻来一探究竟。不久，各种未经证实的关于盖茨比的谣言便见诸报端。可见小说中的媒体从业者缺乏基本道德准则，而他们通过媒体传播的也并非事实，而是充斥着谣言、诽谤、丑闻的报道，带有很强的欺骗性和误导性。伯曼就曾在评价媒体与身份形成的关系时写道："菲茨杰拉德强调已经形成的思想在传播中被扭曲的方式。……思想得到交流，并常常转化为最模糊的形式。尼克认识到盖茨比的'传记'是一种仿造，该文本充斥着从别处获取的思想。"[③]事实上，不仅盖茨比的"传记"受到"别处获得的思想"的影响，盖茨比少年时所接受的"改变"思想也早已不再是荷兰水手和富兰克林所代表的那种纯粹的浪漫主义梦想，而是"被扭曲"、被"模糊"的理想。梅雷迪思·戈德史密斯（Meredith Goldsmith）和莎伦·汉密尔顿（Sharon Hamilton）都在他们的论文中写到了现代媒体对少年盖茨比的影响。戈德史密斯分析了盖茨比成长时期流行的两部小说《前有色人种自传》和《大卫·莱温斯基的崛起》，其中的主人公均盲目崇拜物质成就，不择手段地聚敛财富；两

① 　Barth, G. *City People*：*The Rise of Modern City Culture in Nineteenth-Century America*. New York：Oxford University Press，1980：65.

② 　Barth, G. *City People*：*The Rise of Modern City Culture in Nineteenth-Century America*. New York：Oxford University Press，1980：65.

③ 　伯曼.《〈了不起的盖茨比〉与现代时期》导论//程锡麟.菲茨杰拉德研究文集.南京：译林出版社，2014：209.

人也都以爱情作为向上爬的途径：那位黑白混血的娶了白人女性，从此"洗白"了自己，永远摆脱了自己的种族身份和社会背景；还有一位则利用与多位女性的暧昧关系作为上位的阶梯①。我们也可以从盖茨比的故事中看到这种扭曲和变味了的"改变"思想，也即，功利性的成功准则和浪漫主义的蛛丝马迹。

茉特尔通过媒体的"视窗"窥视名流的生活，盖茨比则通过报纸、杂志、小说习得了自我创造者的神话。20世纪初这些文字形式的"都市景观"通过对百万富翁成功故事的加工改造，不仅传递了关于"改变"的信念，更扭曲了自我创造话语，给盖茨比带来可以自由地进行自我形塑的幻觉。盖茨比通过媒体这个"视窗"窥视到都市空间的成功人士组成的"景观"，激发了他改变自我的想象力，一方面使他逐渐与自己身处的社会现实疏离，感觉到"现实的不真实性"，迫切地期待摆脱老盖茨所代表的社会背景，另一方面也使他无法了解都市景观的真相，逐渐形成了脱离现实的"理想自我"和幻梦般的理想，这一切都导致他成为特里林笔下的"分裂的意识"。

三、"橱窗效应"的诱惑

如果说媒体是引发盖茨比"对外部社会权力的批判与反抗"的起因，那么都市视觉展示的"橱窗效应"则使盖茨比理想自我逐渐成型，在异化之路越走越远。菲茨杰拉德笔下的视觉展示充满了诱惑力，而这种诱惑力在人们观看橱窗时表现得最强烈，因此也被称为"橱窗效应"。美国学者安德鲁·米勒曾提出玻璃橱窗就是消费主义的起点，因为玻璃橱窗对消费者的想象力和购买欲望有着极大的刺激作用，神奇的展示技巧能使琳琅满目的商品激发"形形色色的消费幻想"②，这便是"橱窗效应"的含义。波德里亚在《消费社会》中也将橱窗展示称作"赋值"。正如艾琳·加梅尔（Irene Gammel）所说，视觉展示是"一种都市诱惑性力量的转喻性

---

① 关于20世纪初有色人种越界的流行小说对《了不起的盖茨比》的影响，详见：Goldsmith, M. White Skin, White Mask: Passing, Posing, and Performing in *The Great Gatsby. Modern Fiction Studies*，2003(3):443-468.

② Miller, A. *Novels Behind Glass: Commodity Culture and Victorian Narrative*. Cambridge: Cambridge University Press, 1995:2.

再现，因为现代力量主要是通过诱惑，而不是压迫而产生的"[①]。在都市视觉语境里，盖茨比们消费了都市视觉展示之后，都市生活就奇迹般地在他身上施了魔法，并把他纳入了都市的等级结构和体系中去，使他开始幻想自己成为其中的一部分。

这种"橱窗效应"在小说《了不起的盖茨比》中对盖茨比的成长经历起了非常重要的作用。柯克·科纳特曾说，社会约束压抑了盖茨比真实的自我[②]。事实上，如果说媒体对"改变"神话的再现激发了盖茨比的想象力，"橱窗效应"则是引诱他一步步抛弃自己的真实身份，挣脱他出身的社会背景，主动接受都市社会对个人身份的新约束。盖茨比曾提到他 17 岁时看到丹·科迪的游艇时所感受到的强烈对比："代表了世界上所有的美和魅力"的游艇和他当时穿着的"破旧的绿色运动衫和一条帆布裤"[③]，两者之间的落差给他带来的心灵冲击是不言而喻的。尽管"游艇"并非橱窗内展示的商品，但这是盖茨比所处的环境里所能看到的最奢华的商品，"富裕"和"幸福"的能指，也是奇迹般突然出现在这个穷乡僻壤的现代都市——"白城"的象征，在盖茨比眼里有着强烈的吸引力。他就像站在橱窗外面看商品的消费者，感受到了窗里窗外的强烈反差。盖茨比甚至过了十多年后还能如此清晰地记起当时的穿着，足见他在"仰望"游艇时自身产生的强烈的自惭形秽感。这身服装代表的是他当时的身份：碌碌无为的庄稼人之子，靠捕鱼捞蚌为生。在"游艇"所代表的"富裕和成功"的引诱下，盖茨比甚至不用科迪劝说便主动决绝地摆脱了家乡的束缚，顺利地变成"杰伊·盖茨比"。

科迪是"改变"神话中一位活生生的"自我成就者"的范例，是西部狂野的过去中幸存的成功者，也是游离于都市等级体系之外的浪子。因此盖茨比与科迪一起在游艇上经历的漂泊生活并没有带领他进入都市视野，也没有触及都市霸权式的等级制度，因此他除了改去本名之外也并没有隐藏起真实的身份。然而，他和黛西的浪漫史中的黛西所处的世界的"橱窗效应"则起着更为重要的戏剧性作用。盖茨比起初并没认识到黛西这位"黄金女郎"究竟有多么不同寻常，只想得手后一走了之。但是，财富和爱情的结合拥有不可思议的奇特力量。"她家凉台沐浴在

---

① Gammel, I. *Sexualizing Power in Naturalism*: *Theodore Dreiser and Frederick Philip Grove*. Alberta: University of Calgary Press, 1994: 221.

② Curnutt, K. *Cambridge Introduction to F. Scott Fitzgerald*. Cambridge: Cambridge University Press, 2007: 32.

③ 菲茨杰拉德. 了不起的盖茨比. 巫宁坤，译. 上海：上海译文出版社，2007：197.

灿烂的星光里……时髦的长靠椅的柳条吱吱作响……盖茨比深切地体会到财富怎样禁锢和保存青春与神秘,体会到一套套衣装怎样使人保持清新,体会到黛西像白银一样皎皎发光,安然高距于穷苦人激烈的生存斗争之上。"①盖茨比这次站在一个更宏大的橱窗前,看到的是整个有闲阶层的舒适生活的展示。尤其是黛西这个用绚丽的商品装饰起来的"黄金女郎",正如科迪的游艇,是盖茨比可望而不可即的商品。黛西,以及她家的凉台、长靠椅、衣装、灿烂的星光等,对他都有着极大的吸引力。不仅如此,黛西还激起了他的幻想:黛西的家"充满了引人入胜的神秘气氛,仿佛暗示楼上有许多比其他卧室都美丽而凉爽的卧室,走廊里到处都是赏心乐事,还有许多风流艳史"②。与科迪的游艇一样,黛西的魅力也诱惑盖茨比摒弃真实自我。然而不同的是,黛西这位"黄金女郎"处处暗示着都市等级体系的存在。黛西这个"能指"超越了她自身,指向了财富预示的一切"幸福",更重要的是,黛西的"神秘、舒适、浪漫、乐事",通过"最大的草坪""最受人欢迎""高踞于穷苦人……之上"等表述指向了一个社会财富等级体系,暗示着盖茨比需要"不断向上、向上才能到达的顶峰"③。前一篇曾提到"飞女郎"是都市的象征,黛西"皎皎发光的银色光辉"不仅象征着"白城",更是通向那个神秘美好世界的通道:"经他的嘴唇一碰,她就像一朵鲜花一样为他开放,于是这个理想的化身就完成了。"④盖茨比的所有梦想在都凝结在黛西身上,而黛西也就成为他整个梦想的化身了。

黛西对盖茨比的吸引力不仅在于她象征着盖茨比所要登攀的等级体系之巅,更因为窗里窗外的强烈反差让盖茨比出现了强烈的自惭形秽感。作为军人的他是在"军服"掩盖之下成功地隐藏了他的真实身份,"有意给黛西造成一种安全感,让她相信他的出身跟她不相上下……像一个窃贼般占有了不属于他的东西"⑤。但在内心深处,他知道"这件看不见的外衣也随时都可能从他肩上滑落下来"⑥,还原他的真实身份:默默无闻、一文不名的青年人,有着他自己都不愿承认的庸俗贫穷的父母和低微的出身。高高在上、光芒四射的黛西实实在在地突显了他军装

---

① 菲茨杰拉德.了不起的盖茨比.巫宁坤,译.上海:上海译文出版社,2007:247.
② 菲茨杰拉德.了不起的盖茨比.巫宁坤,译.上海:上海译文出版社,2007:307.
③ 菲茨杰拉德.了不起的盖茨比.巫宁坤,译.上海:上海译文出版社,2007:225.
④ 菲茨杰拉德.了不起的盖茨比.巫宁坤,译.上海:上海译文出版社,2007:227.
⑤ 菲茨杰拉德.了不起的盖茨比.巫宁坤,译.上海:上海译文出版社,2007:307.
⑥ 菲茨杰拉德.了不起的盖茨比.巫宁坤,译.上海:上海译文出版社,2007:30.

下的"无"和"匮乏"。尽管黛西所处的繁华世界看似是面向大众的公开、透明的世界，然而盖茨比深深地明白他与黛西之间横亘着不可逾越的鸿沟，而他所做的一切无异于偷窥和窃取。这种反差使盖茨比需要不择手段地摒弃真实的自我，用财富来填补他的"匮乏"，从而使他能在那个等级体系中占据与黛西相应的身份。这已经成了他的"理想自我"，哪怕这种财富需要跟腐败和违法勾结。小说没有描写盖茨比与科迪以及黛西的对话，有的只是商品炫目的光芒，这种光芒正是视觉展示最大的诱惑性魅力，也是盖茨比欲望的幻觉式光芒。通过对黛西所展示的世界的"观看"和"凝视"，盖茨比不仅抛弃了他的过往，形成了他的"理想自我"，并已随时准备在都市舞台上表演他的"理想自我"了。

　　黛西的富足和奢侈世界的视觉展示激发了盖茨比对于美好的想象力，也激起了他的欲望。都市重构了他的欲望，并对他的个人意识产生了重大的影响，迫使他融入了城市社会的逻辑体系。然而作者一直试图提醒大家，所见的未必就是真实世界的可靠导引。《了不起的盖茨比》中除了黛西的世界和汤姆·布坎南灯火辉煌的公馆外，更有阴暗、压抑的"灰谷"存在。盖茨比对都市生活的感知是通过"视窗"来实现的，而这种对城市感知的视觉模式加深了他与现实生活的隔阂和疏离。换句话说，他成了都市的"他者"。而这种感知最终使他成为城市虚伪魅惑力的受害者。

四、"戏剧化"与盖茨比的"理想自我"

　　从上文的分析我们可以看到，对于少年时期的盖茨比来说，菲茨杰拉德笔下的城市景观是以报纸、杂志等媒体为媒介的文字形式再现的，这造成了盖茨比对城市生活的隔阂；而都市视觉展示的炫目光芒又操控了他的幻想，使他与都市生活现实越来越疏离。威廉·艾金腾（William Egginton）在《世界如何转化为舞台：在场、戏剧性和现代性问题》一书中解释海德格尔的"去远"（deseverance）概念时指出，"（现代社会）此在（Dasein）对世界的体验永远是被中介的，也即，是通过其他媒介的干扰而感知的"[①]。海德格尔的著名论断也指出："从本质上看，世界图

---

① Egginton，W. *How the World Became a Stage：Presence，Theatricality and the Question of Modernity*. Albany：State University of New York Press，2003：137.

像并非意指一幅关于世界的图像,而是指世界被把握为图像了。"①世界不仅要通过图像来把握,甚至"世界成为图像……标志着现代之本质"。如果将这一论断与他的"去远"概念结合起来,那么我们就会看到"关于世界的图像"并非真实的图像,而是"被媒体中介"了、被隔阂了的图像,或者是被景观化了的图像。当我们在城市的一切视觉模式的城市体验都成为"被中介"的体验时,戏剧性便产生了。艾金腾给戏剧性下了如下定义:"戏剧性就是对某一具体历史中介形式的具体历史描述;这一中介形式架构了现代世界的此在体验的空间性"②,而这种中介与现代社会出现的各种视觉文化,"尤其是景观",密切相关。事实上,正是这种空间性使现代主体性的产生成为可能。

这也是海德格尔对现代主体性的批判:"在再现的世界观中,世界并不是强加在主体上,而是观看者根据一定的框架在其在场周围建构起关于世界的图像。"③这一观点与齐泽克的"幻想屏幕"理论很相似。齐泽克认为:人的主体通过"幻想屏幕"这一中介与世界和他人相连,而这一"幻想屏幕"依照主体本身已有的关于自身的某一观点将一切组织起来并加以理解。"幻想屏幕"的一大功能便是将自我的两个互不相容的存在论的自我观点统一起来。这两个自我观点为:象征自我和想象自我(类似于自我理想与理想化的自我;个人扮演的角色和自己所想象中的表演者)。而屏幕能隐藏起两种自我之间的差距,使主体相信这两者是统一、完整、同一的。因此,幻想屏幕其实也是意识形态建构中的积极因素,操控着主体,使欲望可以指向临时替代性的任何事、任何人、任何观点,从而协同构建起虚幻的自我和完整性④。

换言之,这种主体将自我和世界及其他人通过视觉相连的关系,艾金腾称之

① 海德格尔.世界图像时代//孙周兴.海德格尔选集.上海:生活·读书·新知上海三联书店,1996:899.

② Egginton,W. *How the World Became a Stage:Presence,Theatricality and the Question of Modernity*. Albany:State University of New York Press,2003:137.

③ Egginton,W. *How the World Became a Stage:Presence,Theatricality and the Question of Modernity*. Albany:State University of New York Press,2003:137.

④ 关于"幻想屏幕"(fantasy Screen)的概念,详见:Žižek,S. *The Sublime Object of Ideology*. London:Verso,1989.

为"戏剧性"①。而屏幕中介后的自我身份模式，艾金腾认为也是"戏剧性"的。戏剧化身份的独特就在于"它产生在使人物性格成为可能的空间中；屏幕就充当了分割观众以及表演者空间（戏剧性主体就产生于此）和舞台空间（人物，character）之间的屏障。舞台上的人物（或是电影屏幕上、世界舞台上的，有时甚至就在我们的起居室中的人物），就成为我们为获得'观众'赞许的凝视的自我表演"②。

　　盖茨比正是通过"被媒体中介"的信息，而非都市现实，获得了对都市的认知。他在此基础上建构的关于都市的理解成了"幻想屏幕"，将他分裂和异化的自我——象征自我和想象自我——联系了起来。象征自我为盖茨比现实中个人扮演的角色，而想象自我为他所想象中的理想表演者，也即理想观众眼中的完美自我，也是盖茨比渴望通过表演而实现的"理想自我"，盖茨比一切的欲望的发源处。盖茨比或许认为这两者是统一的，然而事实上"他认为他展现的"与观众眼中的"现实的他"却存在着巨大的落差。在现代社会，这两种自我之间几乎没有可能得到真正的统一，因此"分裂的意识"也成为盖茨比无法摆脱的宿命。

第二节　视觉时代的表演性身份："白色"的幻梦

一、盖茨比的"白色"身份

　　对于盖茨比的"理想自我"，过去大量评论都从"绿灯"这一意象入手，认为"绿灯"是盖茨比梦想的最佳象征，马里厄斯·比利的《菲茨杰拉德对美国的批判》便是其中具有代表性的论文。文中把绿灯看作贯穿全书的重要象征，而这个象征的"直接作用是指引盖茨比走向未来，远离他与黛西之间的廉价的爱情，即他在自己

---

① Egginton, W. *How the World Became a Stage: Presence, Theatricality and the Question of Modernity*. Albany: State University of New York Press, 2003:137.

② Egginton, W. *How the World Became a Stage: Presence, Theatricality and the Question of Modernity*. Albany: State University of New York Press, 2003:152.

的理想世界里一遍又一遍地徒劳描绘的美好幻想"①。对于盖茨比来说,黛西存在的意义"在于她犹如一盏绿灯,指引着他走向那至高无上的美好幻想的核心"②。这个"绿灯"与盖茨比绿色的草坪、小说结尾令荷兰水手眼睛"放出异彩"的"新世界的清新碧绿"的树林一起,使"绿色"凝结为小说对于美国浪漫主义梦想的视觉外化。然而,近年来小说中的另一个色彩——"白色"也得到了越来越多的关注。梅雷迪思·戈德史密斯就曾提出"白色"与"各种领域的身份有关"③,包括种族、性属和阶级所带来各种形式的身份。然而这个"白色"意象在视觉文化影响下的复杂内涵尚未得到充分挖掘。因此本篇试图证明,在都市视觉的霸权体系下,"白色"不仅代表身份,更代表小说中都市等级视觉体系中最显著的至高地位。如果"绿色"是尼克眼中超越历史的、抽象的浪漫主义梦想光辉,那么"白色"代表的则是盖茨比眼中"理想自我"的幻想光芒。

　　"白色"首先与"黑色"相对,代表"白人"的种族身份,与"黑人"形成一种二元对立。汤姆在发现盖茨比与黛西的暧昧关系之后,厉声质问盖茨比:"你到底想在我家里制造什么样的纠纷?……我猜想大概最时髦的事情是装聋作哑,让不知从哪儿冒出来的阿猫阿狗跟你老婆调情。……这年头人们开始对家庭生活和家庭制度嗤之以鼻,再下一步,他们就该抛弃一切,搞黑人和白人通婚了"④。这段话常常被人引用,作为种族主义的者汤姆质疑盖茨比"白人"身份的证据,并进一步指出盖茨比应该不属于优秀的北欧日耳曼民族,而是属于包括亚洲人、非洲黑人、犹太人、东南欧移民在内的低劣"非白人",也即"黑人"。戈德史密斯便持这样的观点,而卡莱尔·梵·汤普森(Carlyle Van Thompson)的观点则更为激进,认定盖茨比是"具有非洲黑人血统的黑白混血儿"⑤。事实上,关于盖茨比的种族,小说文本并没有给出明确的指示,对于他确切种族归属的考证也无从下手。但是可以肯定的是,盖茨比与强势的"北欧日耳曼"白人后裔汤姆相对,是处于弱势的"非

116

① 比利.菲茨杰拉德对美国的批判//程锡麟.菲茨杰拉德研究文集.南京:译林出版社,2014:226.

② 比利.菲茨杰拉德对美国的批判//程锡麟.菲茨杰拉德研究文集.南京:译林出版社,2014:224。

③ Goldsmith, M. White Skin, White Mask: Passing, Posing, and Performing in *The Great Gatsby*. *Modern Fiction Studies*, 2003(3):458.

④ 菲茨杰拉德.了不起的盖茨比.巫宁坤,译.上海:上海译文出版社,2007:267.

⑤ 熊红萍.他者"凝视"之下的"黑人"盖茨比.解放军外国语学院学报,2012(6):110-114.

白人"。从这个意义上评说他是"黑人"是站得住脚的。然而，小说中的"白色"并不仅仅是影射"黑人"与"白人"这两种相对的种族身份。

"白色"还有更为复杂的内涵，那便是与女性的密切联系。《美丽与毁灭》中的"飞女郎"常常以"白衣""白裙"出现，象征着女性的纯洁。《了不起的盖茨比》中与黛西相关的"白色"更是出现在小说的各个场合：黛西家的"白色"车子、"白色"别墅，"白色"衣裙和她的"白色的少女时代"，当然最著名的是她这位"黄金女郎""国王的女儿"像"白银一样皎皎发光，安然高距于穷苦人激烈的生存斗争之上"①。"白色"因此也与"金钱"紧密地联系在一起，成为有闲阶级女性物质主义的体现。因此"白色"不仅代表了上流白人女性的纯洁，更代表了财富所支撑的社会地位。

然而要指出的是，黛西的"白色"也并非那么确信无疑，事实上她的"白色"身份曾受到汤姆的质疑。汤姆在第一章谈论《有色帝国的兴起》一书时，高谈阔论"'主要的论点是说我们是北欧日耳曼民族。我是，你是，你也是。还有……'稍稍犹疑了一下之后，他点了点头把黛西也包括了进去"②。汤姆在提及黛西时的迟疑十分耐人寻味。黛西的白人身份毋庸置疑；然而戈德史密斯指出她的"白色衣裙""白色跑车"隐喻的是女性的纯洁，然而"白色"作为纯洁的象征这一点是需要审视的③。在《美丽与毁灭》的结尾，尽管葛罗丽亚身着豪华的大衣，却依然被人评头论足，被认为"不够纯洁"。白人女性是否纯洁必须处于男性凝视的审视之下这一点便暴露了女性的弱势，就这个意义而言，女性便应归入"黑色"行列。因此，小说中黛西、乔丹的"白色"衣裙，"白色的少女时代"，乔丹"黝黑色上面搽了一层白粉"④的手指，和凯瑟琳将"脸上粉搽得像牛奶一样白"⑤的描述突然都有了新的含义——这些女性正是通过"白色"来展现"纯洁"，而意图向男性权威靠拢和示好，以弥补和掩盖她们权威性的缺失。因此，我们可以说，"男性"的权威身份也是"白色"隐含的内涵之一，而女性无处不在的"白色"恰恰彰显了她们自身的"匮乏"。

"白色"在小说中除了象征种族、社会地位、经济地位以及男性至上以外，还有

---

① 菲茨杰拉德.了不起的盖茨比.巫宁坤，译.上海：上海译文出版社，2007：247.

② 菲茨杰拉德.了不起的盖茨比.巫宁坤，译.上海：上海译文出版社，2007：27.

③ Goldsmith, M. White Skin, White Mask: Passing, Posing, and Performing in *The Great Gatsby*. *Modern Fiction Studies*, 2003(3)：458.

④ 菲茨杰拉德.了不起的盖茨比.巫宁坤，译.上海：上海译文出版社，2007：243.

⑤ 菲茨杰拉德.了不起的盖茨比.巫宁坤，译.上海：上海译文出版社，2007：61.

更为复杂的内涵。"白色"还与"白城"联系在一起,而"白城"则是菲茨杰拉德小说中非常重要的都市意象。本书在上篇中已经细致分析了芝加哥世界博览会上被誉为"白城"的"光荣苑",以及《人间天堂》《我遗失的城市》中对纽约这座"白城"的描绘(如同"湛蓝天空上的一道耀眼白光");都市景观在作者脑海出现的便是令人惊叹的"白城"意象。纽约的天际线被描写成"一道耀眼白光",而这道白光应该是阳光下高耸入云的宏伟建筑所组成的,包括《美丽与毁灭》中描绘的纽约第五大道两旁宏伟、坚固的建筑及百万富翁用巨大花岗岩打造的豪宅,以及布坎南在东卵"洁白的宫殿式的"豪华大厦。这些"仅靠金钱堆积而成"①的建筑背后是控制着美国金融命脉的各大财阀,是纽约这个大都市视觉霸权的展示,它在不断向城市居民进行权力话语言说。因此,"白色"在视觉文化语境下,代表着灯光、照亮和视觉展示,更是都市视觉文化下的可视性和视觉霸权的能指。而与"白色"相对的是盖茨比的"隐秘"——他与迈尔-沃尔夫山姆等黑帮团伙陷入"卖私酒"、非法证券等"不可视"的违法经营。尽管他的违法经营也为他带来了大量的财富,但是这种财富却是无法在光天化日下公开进行宏大展示的,属于必须隐藏、伪装的都市"黑暗"的一面。

综上所述,小说中的"白色"与"黑色"形成了一组复杂的二元对立概念:"白人"与"黑人"(这里的"黑人"是处于弱势的非北欧日耳曼民族移民);富有与贫穷;上流社会与劳动阶层;男性与女性;优越与低劣;可视与不可视。可以说,"白色"象征着盖茨比所向往的"理想自我",而"黑色"却是他真实的"社会自我"。如果说绿灯的"绿色"在尼克的叙述下代表勃勃的生机、无限的希望与"改变"的各种可能性,那么盖茨比所向往的"理想自我"则是"白色"代表的"白人至上主义"和都市视觉霸权下的可视性,而这种可视性最大限度地统一在汤姆这个形象上,因此可以说"汤姆"才是盖茨比所想要获得的"白色"身份的形象化。正如戈德史密斯所说的"白色"与"各种领域的身份有关"②,为了与浪漫主义的"绿灯"相对,本书用"白色身份"来指代盖茨比的"理想自我"。下面一节将详细分析盖茨比如何在都市舞台通过表演来隐藏他的"黑色"背景,获取理想的"白色"身份。

---

① 菲茨杰拉德.了不起的盖茨比.巫宁坤,译.上海:上海译文出版社,2007:4.
② Quoted from Goldsmith, M. White Skin, White Mask: Passing, Posing, and Performing in *The Great Gatsby*. *Modern Fiction Studies*, 2003(3):458.

二、盖茨比的表演：物的叙事①

依据"语言学转向"理论，人们对于实在世界和自我的建构在相当程度上是经由语言实现的。伯格和卢克曼曾指出，人们通过语言将各种经验转化为"一个一致的秩序"，因此语言从"理解和创造秩序的双重意义下"将世界客观化了，交谈从而成为"维持主观现实的最佳途径"②。然而在视觉主导的文化中，视觉取代语言，成为了建构世界和自我的通道。《了不起的盖茨比》大量使用了视觉图像式人物的动作、姿态、人物特写和静止的场景描写来进行人物塑造，出现了一种图像和语言对位和博弈的现象。

首先，小说中的语言已经成为不可靠的沟通交流手段，常常表达虚假的情感。例如小说第二章尼克与黛西重逢，黛西用她那唱歌一样抑扬动听的声音说道："（尼克）你使我想到一朵——一朵玫瑰花，一朵地地道道的玫瑰花。"③事实上，尼克与玫瑰并无任何相似之处。黛西说话期间的迟疑更说明了她在没话找话，是她在得知汤姆情妇打来电话，心神不宁又要维护餐桌礼仪的一种敷衍，不带有任何真情实感。这"地地道道的玫瑰"分明是"地地道道"的谎言，讥讽了黛西话语的虚伪，也凸显了语言符号在黛西的话语中已失去了表意功能。倒是她后来一推椅子、离开饭桌去和汤姆争执的动作，显露了她内心抑制不住的愤怒和嫉恨。

汤姆的话语和黛西的一样，也多为客套的敷衍，并无实质意义。第六章汤姆突然造访盖茨比府邸，盖茨比受宠若惊，热情招待。与汤姆同行的一位女伴再三邀请盖茨比和尼克参加她的晚宴："我是当真的，我真希望你们来。"然而当盖茨比兴冲冲地准备出发时，汤姆却说："我的天，我相信这个家伙真的要来。难道他不知道她并不要他来吗？"④汤姆感叹"我的天"是因为盖茨比竟然把他们所说的话语当真了！他的潜台词便是：话语在他所在的纽约上流富人圈里完全没有表情达

① 本小节部分内容基于本人已发表的论文修改而作。曹蓉蓉. 视觉图像"完美的犯罪"与身份建构的虚幻性——论《了不起的盖茨比》中的视觉文化转向. 外语教学. 2014(4)：75-78.
② 柏格，卢克曼. 知识社会学：社会实体的建构. 邹理民，译. 台北：巨流图书有限公司，1991：168-169.
③ 菲茨杰拉德. 了不起的盖茨比. 巫宁坤，译. 上海：上海译文出版社，2007：15.
④ 菲茨杰拉德. 了不起的盖茨比. 巫宁坤，译. 上海：上海译文出版社，2007：97.

意的功能,越是热情、真诚,越不能把它当真。语言对于汤姆、黛西等人,分明是对符号表意功能的无情反讽。

话语成了空洞、虚假的符号,而与之相对,小说中图像式的人物特写、姿势、静态的场景描写却极其精辟传神,常能鲜明地凸显人物的性格特征和情绪。视觉图像和语言在小说中不仅仅是一种对位,某些章节还描写精彩的博弈现象。例如盖茨比试图在尼克面前编造他的显赫身世时,尼克觉得"他说话字斟句酌"①。盖茨比赌咒发誓自己的陈述是真实的,然而讽刺的是,他越试图表现真诚,就越显得虚假。"他把'在牛津受的教育'这句话匆匆带了过去,或者含糊其辞,或者半吞半吐,仿佛这句话以前就使他犯嘀咕。"②这只能让尼克觉得滑稽可笑。盖茨比不仅说得犹豫不可信,还经常陷入无话可说的失语状态。如尼克与他见面后交谈几次就发现"他没有多少话可说"③。与黛西会面时,他欣喜若狂,但同时也变得语无伦次。

与盖茨比话语的"失声"相对的却是他对视觉图像的成功展示。当他提到"牛津"有些迟疑时,随即出示了那张"随身带的"牛津三一学院照的照片,旋即恢复了自信的姿态。而说到战争经历,他又展示了他获得的勋章,"小小的门的内哥罗!他仿佛把这几个字举了起来,冲着他们点头微笑"④,尼克的怀疑立刻转化为惊奇。在话语力所不能及之处,他用这些视觉碎片:勋章、牛津时的照片、游艇上的照片来引导读者做出错误的推断,拼凑起他宏伟的过去。这些视觉物象也确实奏效了,尼克和黛西因此对他深信不疑。

在视觉图像和语言的博弈中,图像毫无争议地成了作者倚重的首选手段。有声的话语在小说中空洞、失声,甚至是对所表达意义的反讽,但无声的图像却以它的逼真性轻而易举地发出了一种强音!图像的"声音"僭越了话语,成为小说叙事的主导力量。尤其是尼克眼中的盖茨比这个耀眼的人物形象更是主要依赖他的"一系列成功姿态"⑤的展示来塑造的:如盖茨比在月色中仰望黛西家码头绿灯的

① 菲茨杰拉德.了不起的盖茨比.巫宁坤,译.上海:上海译文出版社,2007:46.
② 菲茨杰拉德.了不起的盖茨比.巫宁坤,译.上海:上海译文出版社,2007:60-61.
③ 菲茨杰拉德.了不起的盖茨比.巫宁坤,译.上海:上海译文出版社,2007:60.
④ 菲茨杰拉德.了不起的盖茨比.巫宁坤,译.上海:上海译文出版社,2007:62.
⑤ 菲茨杰拉德.了不起的盖茨比.巫宁坤,译.上海:上海译文出版社,2007:3.

场景,他"极为罕见的笑容"①,以及喧嚣的晚会散后他在阳台"举起一只手做出正式告别的姿势"②,这一系列姿态,使尼克眼中这个充满淳朴、本真的理想主义的人物形象跃然纸上。美国评论家肯尼斯·艾博(Kenneth Eble)也注意到了作者弃置话语、凸显视觉图像的现象。他指出,菲兹杰拉德对小说原稿做过大刀阔斧的改动,而在修改幅度最大的章节,作者"删除了段落,简化了对话,剔除了意义明确的陈述,以此来提升小说的视觉感染力"③。可以说,《了不起的盖茨比》中的视觉图像和语言的博弈以图像僭越乃至征服语言而告终,而盖茨比对"白色身份"的表演也主要通过"物"的展示来实现。

上一节分析指出"白色"代表着纯正白人血统、上流阶级、男性之上主义,也是盖茨比的"理想自我"的能指。而盖茨比的"白色身份"在小说中是通过表演手段进行形塑的:从各个方面模仿美国白人上流阶层的外貌、姿势、举止、衣着、趣味、休闲和消费方式,使自己置身于大量物质景观中,如宏伟的大厦、奢华的衣着、摩托艇、水上飞机、沙滩、劳斯莱斯座驾以及穷奢极侈的晚会。所有的一切组成了盖茨比理想自我"白色"幻梦的视觉外化。"物的叙事"对他来说事实上等同于自我的广告。

司各特·唐纳森在《〈了不起的盖茨比〉中的财产》中对盖茨比的房子有过非常细致的评价。唐纳森用题为"无关紧要的房子"的一小节内容细致地分析了各种住宅的对比,以及盖茨比通过豪宅进行表演的无效性,指出盖茨比那"庞大而杂乱、意味着失败的房子"是盖茨比自身"虚有其表的真实写照"④。事实上,盖茨比的豪宅并不仅仅影射他本人的"虚有其表";在都市视觉文化语境下,他的豪宅有着"博物馆""博览会"的物的展示功能,盖茨比意图以"物"的展示来隐藏他的过去、重构他的历史。

小说对盖茨比的豪宅有多种比喻:第一章尼克远观别墅,评价它像"诺曼底的市政厅",第五章中豪宅半夜两点还灯火通明,尼克又将其称作"世界博览会";第

121

---

①　菲茨杰拉德.了不起的盖茨比.巫宁坤,译.上海:上海译文出版社,2007:46.

②　菲茨杰拉德.了不起的盖茨比.巫宁坤,译.上海:上海译文出版社,2007:53.

③　Eble,K. The Great Gatsby and the Great American Novel. In Bruccoli, M. (ed.). New Essays on The Great Gatsby. New York:Cambridge University Press,1985:93.

④　Donaldson,S. Possession in The Great Gatsby. The Southern Review,2001 (2):210.

二章尼克和乔丹参观了豪宅内部，详细描写了"哥特式的图书馆"①，提到图书馆的"四壁镶的是英国雕花橡木，大有可能是从海外某处古迹原封不动地拆过来的"②。联系到第五章黛西参观豪宅时提到的"中世纪城堡……玛丽·安托万内特式的音乐厅和王政复辟时期式样的小客厅"，"默顿学院图书馆"，和"一间间仿古的卧室"，盖茨比墙上挂的科迪相片和他收集的黛西照片和剪报，甚至包括了穿得邋里邋遢的房客克里普斯普林格先生，等等一系列杂乱无章、毫无联系的但又带上了盖茨比印记的陈列品，豪宅瞬间又有了博物馆的功能。

　　大卫·哈维(David Harvey)在《后现代状况》一书中提到，现代博物馆和博览会兴起于 19 世纪末，而当时社会出现了时空断裂的现象。他写道，建立博物馆和博览会这种"创造传统的意识形态劳动在 19 世纪晚期具有伟大的意义，正因为这是一个空间和时间实践中的转变意味着场所身份的丧失，以及不断地彻底突破一切历史连续性之意义的时代。保存历史和博物馆文化从 19 世纪晚期以来经历了生活的强烈破裂，而国际性的展览会不仅赞美了国际性的商品化世界，而且也展示了作为为所有人观看的一系列人工制品的世界的地理"③。19 世纪末、20 世纪初时空断裂造成的各种毁灭，帮助我们把受到动摇的身份置于一个迅速变化的世界之中。齐美尔极其敏感地意识到这些"毁灭"的重要性：它们都是一些"过去及其命运和转变已经被汇聚为这种在美学上可以领悟的现存的时刻"的各种场所④。这个时代也是古董、遗迹和外国手工艺品被当作商品进行交换的时代，这使得博物馆和博览会可以通过"追求某种连贯一致的有序化"的物的展示来进行"视觉叙述"。现代视觉文化发展的一大趋势就是"物可以放在多种参照系中……以博物馆的形式成为公众性的视觉叙述"⑤。这种"视觉叙述"都有记录过去、描述地理而又突破它的效果。图书馆、博物馆和博览会"把过去变成一种人工制品（图书、绘画、遗物等）的展示而组织起来的表达，正如把地理学变为来自遥远地方

① 菲茨杰拉德.了不起的盖茨比.巫宁坤,译.上海:上海译文出版社,2007:89.
② 菲茨杰拉德.了不起的盖茨比.巫宁坤,译.上海:上海译文出版社,2007:89.
③ 哈维.后现代的状况:对文化变迁之缘起的研究.阎嘉,译.北京:商务印书馆,2003:339-340.
④ 哈维.后现代的状况:对文化变迁之缘起的研究.阎嘉,译.北京:商务印书馆,2003:339-340.
⑤ 霍普-格林赫尔.词与物:建构叙事,建构自我//拉康,鲍德里亚.视觉文化的奇观:视觉文化总论.吴琼,编.北京:中国人民大学出版社,2005:311.

的东西的展示一样，都是形式主义的①。而正是在这样的"视觉叙述"中，现代人不断变动的身份"在日益增加的空间的抽象物之中重新得到了肯定"②。时空断裂之后的传统便通过"物的叙述"重新建构起来。人们通过一遍遍地参观、观看，其在迅速变化中动摇的身份也一再获得确认。因此，博物馆、展览馆在视代视觉文化中对现代人身份形塑起着至关重要的作用。

　　盖茨比便试图把自己安置在光芒闪烁的物品展示之中，以这些物品来更好地展示他缺失的家族历史和动摇不定的自我身份。本篇在第一节中已经详细分析了盖茨比"分裂的意识"，以及他对传统、父辈和阶层等社会背景彻底决绝的反叛。这种反叛在他遇到黛西时还不足以让他编造一个"中西部有钱人家儿子"的故事，然而五年之后的盖茨比却突然开始大肆宣扬他的家族和继承的财富，时空观念的断裂是一个不可忽视的原因。克恩曾在分析第一次世界大战时写道，"一战""撕破了历史的结构，突然之间把每一个人都不可补救地同过去切断了"③。参加过"一战"的盖茨比与战后"迷惘的一代"都共同经历了一种对过去的时间和空间的断裂体验，这也成了战后盖茨比分裂的自我意识的重要特点。这种时间、历史的断裂感除了使人迷惘外，也带来了切断自己的过往、重塑历史的自由和可能，使得盖茨比将自己的住宅改变成一个博物馆和博览会，通过"视觉叙述"来重构他的家族历史、血统和继承的财富。

　　盖茨比在豪宅中陈列不同历史时期风格的房间，不仅是追求时尚、展示财富，更有对他虚构的家族历史的"视觉叙述"。"中世纪城堡"式的外观和两座塔楼、复古的卧室和 17 世纪王政复辟时期式样的小客厅来暗指欧洲传统，"玛丽·安托万内特式"的音乐厅则模拟皇家奢侈时尚④，而哥特式的"默顿学院图书馆"的图书和不知从哪处古迹原样搬来的雕花橡木板，则与他的"牛津"照片有着异曲同工之作用，展示的是他的"家族传统"——英国精英式的教育背景。他借助拼贴技巧进行表达，将出自不同时间（17、18 世纪以及现代）和不同空间（英国、法式和美式）

---

① 哈维.后现代的状况:对文化变迁之缘起的研究.阎嘉,译.北京:商务印书馆,2003:338.

② 哈维.后现代的状况:对文化变迁之缘起的研究.阎嘉,译.北京:商务印书馆,2003:338.

③ 哈维.后现代的状况:对文化变迁之缘起的研究.阎嘉,译.北京:商务印书馆,2003:349.

④ 玛丽·安托万内特:法国路易十六的王后,热衷于舞会、时装和享乐,生活豪奢极侈,是 18 世纪法国奢侈品消费和展示的标杆人物。

的不同风格的建筑和摆设,"叠加在一起创造出一种共时的效果"①,试图通过把来自不同文化的分散的物汇集在一起,建构起一个完美、统一的整体。盖茨比渴望这些建筑和物品能支撑起他对自我的想象,以此来表明他复杂的背景、阅历和财富,提升他的社会地位和威望,通过时间、空间的展示来隐藏自己文化上"无根"的现实。盖茨比的公馆因此有了多重功能:建构他的社会背景(精英教育和游历欧洲经历),掩饰他的无根性,隐藏财富的来源,制造继承财富的假象。

他试图用一种拼凑的整体来反对被"他者化"。作为纽约都市视觉霸权体系中处于"不可视"地位的"黑人",他必须为自己戴上"白色"的面具,以期跻身于其他显贵人士和杰出人物之列。他成功地通过豪宅的奢华装饰和陈设、奢华的晚会使自己成为景观,使无数的宾客来参观他博览会式的公馆。公馆的各个部分同时用来作为公开展示区和私人住宅区,所有来参加晚会的人都可以自由进出他的房间、观看他的收藏,以建立他作为一位博学和有品位的世家子弟的名声。公馆里的一切都是为来自外部的凝视而设立的,然而他却没能在宾客中取得他想要的效果。这些宾客关于盖茨比是"杀人犯、纳粹、军事间谍"等的猜测便说明了"视觉叙事"的失败。

失败的原因有多种:其一,与博览会和博物馆的有序性不同,盖茨比的物的展示是"无序"的;他在"半明半暗的光线"中所看到的"各种各样模糊不清的摆设",含义也晦暗不明。它们可能看上去奢侈、有品位、有历史感,但是不管这些物品是单个的还是彼此有联系,它们都无法建立起完整的意义。盖茨比墙上挂的丹·科迪的照相让人不禁联想到尼克父亲办公室里挂着的叔祖父的画像。然而不同的是,尼克与画像上的叔祖父长相相似,有着家族三代血缘和产业的传承,他们的祖宅依然以"卡拉威"姓氏命名,而且他们家族渊源可以一直追溯到苏格拉贵族布克娄奇公爵。丹·科迪在盖茨比口中仅仅是"一个朋友",并不能带来家族传统,带来的只能是各种混乱猜想。

其二,盖茨比用"物的叙事"向观众表达的时间也缺乏统一感:"簇新"的象征着欧洲历史的塔楼覆盖着"疏疏落落的"常青藤,图书馆的古董雕花橡木板和"没有裁开纸页"的书本并置在一起,古堡式的建筑风格却与最时尚的水上飞机出现在同一个时空。盖茨比的展览不仅在时间上无法统一,空间上也漏洞百

---

① 哈维.后现代的状况:对文化变迁之缘起的研究.阎嘉,译.北京:商务印书馆,2003:32.

出。戴维·哈维在《后现代状况》中分析了电话的使用给人们带来的影响。他指出"电话的使用，突出介入了日常和私人生活的公共时间和空间的力量"[①]。而且只有根据电话代表的这种公共的时间意义，"私人时间的参照系才可能具有意义"。而当盖茨比沉浸在他通过豪宅的展览虚构的历史时空中时，同伙打来的一个隐秘电话迅速将他拉回现实，撕裂了他的豪宅中空间的完整性，暴露出他努力隐藏的现实时空，使他不断成为一个"身子里每个空洞里往外漏木屑"的傀儡戏角色[②]。

盖茨比展览的物品和建筑的无序性也体现了工业化和机械化对盖茨比身份形塑的影响——盖茨比的身份就像是被拆卸成了一个个组件，他的公馆也是由一个个组件强行拼凑的整体，展示了一个虚拟的、混乱的自我精神世界。同样杂乱的还有茉特尔在纽约的小公寓，如果说盖茨比的豪宅是博览会，那么茉特尔的公寓则是接近"杂货铺"。事实上茉特尔所列的购物单子罗列的从狗链子到花圈等各种杂物，也只能喻示她混乱的自我认知。因此，盖茨比的"物的叙事"是彻底失败的。

第三节　《了不起的盖茨比》：
视觉文化中的表演之"真"

莱昂纳尔·特里林在《诚与真》一书中指出，随着个人与社会这两个观念的出现，"诚"是 16、17 世纪欧洲道德生活中增添的新内容，而这一标准从 18 世纪起又逐渐被"真"的观念所取代。虽然特里林并未给出这两个概念的明确定义，我们还是可以根据他书中的内容对这两个概念进行界定。依照特里林的观点，"诚"主要指"公开表示的感情和实际情感之间的一致性"[③]，它与一定的文化环境相关，特别是与"社会"的出现、个人的社会流动性增强、个体"内空间意识"的生成及"自我"的形成相关[④]，它要求一个相对完整、稳定、始终如一的自我作为一个人忠实

---

① 哈维.后现代的状况：对文化变迁之缘起的研究.阎嘉，译.北京：商务印书馆,2003:333.

② 菲茨杰拉德.了不起的盖茨比.巫宁坤，译.上海：上海译文出版社,2007:129.

③ 特里林.诚与真.刘佳林，译.南京：江苏教育出版社,2006:4.

④ 特里林.诚与真.刘佳林，译.南京：江苏教育出版社,2006:2.

的对象。然而问题是，由于社会要求我们真诚，我们就会以真诚的人格为理想去扮演一个真诚的角色，结果真诚很可能沦为一种表演而变得不真实，因此"诚与真"也就成了一种悖论。

特里林在《诚与真》中借用《哈姆雷特》中波洛涅斯的话来说，真诚就是"对你自己忠实"，就是社会中的"我"与内在的"自我"相一致。盖茨比的内在"自我"在他少年时期已慢慢形成，那就是他超越阶级的"理想自我"，拥抱"白人至上主义"的"白色"幻梦。尼克眼中的盖茨比始终如一地忠实于他的"理想自我"，因而是"真诚"的。与虚伪的汤姆、黛西等富人相比，他的真诚显得极其可贵，尼克甚至试图为他偶尔的真实而鼓掌。小说第七章中当汤姆质疑盖茨比的"牛津人"身份时，盖茨比解释道："那是停战以后他们为一些军官提供的机会……我们可以上任何英国或法国的大学。"[①]尼克感到无比激动："我真想站起来拍拍他的肩膀。我又一次感到对他完全信任，这是我以前体验过的。"[②]如果盖茨比的真诚某种情况下还能成立，他的"真实"却出了大问题。伯曼就对盖茨比个性的真实性下了定论："表演行为不仅是一种表达欲望的方式，而且是隐藏欲望的方式。我们习惯于认为《了不起的盖茨比》是一个关于变动的故事，但它也是一个关于伪装的故事，也就是说，表面上看在变化，而实际上却一直保持原样。"[③]盖茨比的表演是"伪装"，他所表演的也必然是"虚假"的身份，对于这种"虚假"的原因，学界也众说纷纭。本小节将从个性的表演、对观众的依赖、拟像与焦虑等方面来探讨盖茨比的"自我"之所以无法真实的原因。

一、阶级表演之"真"：个性的虚幻性

盖茨比对"白色"身份的表演之所以无法成为"真实"的个性有多种原因。斯科特·唐纳森曾在分析盖茨比和茉特尔等人渴望通过展示所有物来超越他们的社会地位时，将他们失败的原因归结为他们缺乏相应的教育，因此购买了"错误的

---

① 菲茨杰拉德.了不起的盖茨比.巫宁坤,译.上海:上海译文出版社,2007:267.
② 菲茨杰拉德.了不起的盖茨比.巫宁坤,译.上海:上海译文出版社,2007:267.
③ 伯曼.《〈了不起的盖茨比〉与现代时期》导论//程锡麟.菲茨杰拉德研究文集.南京:译林出版社,2014:212.

商品"①。事实上，如果换个角度，我们将会看到"错误的"可能并非他们购买的商品；相反，他们所购买的恰恰贴切地展示了他们自身，只是他们通过"视窗"所形成的自我身份的幻觉和通过商品进行的表演是错误的，从而使得盖茨比对表演的信仰，也即通过物的展示来进行身份形塑的坚定信心，成为错误的观念。

消费社会商品的极大丰富，创造了一个平等、一切皆为可能的假象，也给扮演这一"理想自我"的人物提供了充足的道具。德波在《景观社会》中也提到了这种消费带来的民主现象。他区分了两种既衔接又对立的景观力量模式：集中模式和弥散模式。"这两种景观笼罩在真实世界上空，既是它的目标，又是它的幻象。"②而弥散模式主要是美国景观模式，通过挑选商品来表演出自己的身份已经成为美国式的信仰，因此弥散模式"操纵工薪族将其选择的自由运用到正在出售中的大量新商品的领域，并表现了世界的美国化"③。罗伯特·朗（Robert Long）则分析了参加盖茨比晚会的宾客名单，认为可以从名单中读出美国 20 世纪 20 年代社会的变迁、不断变化的阶级、时尚和自我选择，使得美国人陷入"身份的模糊"，甚至"丧失"了身份④，从而体现出了一定程度的民主性。

然而，波德里亚在《消费社会》一书中毫不留情地拨开了消费文化的"民主""平等"面纱，揭示了试图通过消费来进行自我塑造的虚幻性。波德里亚分析了消费社会的"等级机构"，指出"消费并没有使整个社会更加趋于一致"，正相反，"它甚至加剧了分化"⑤。尽管表面看人们消费着同样的物品，享用相同的物质、精神财富，购买着同样的产品，但"这种平等完全是形式上的：看起来具体，而事实上却很抽象"，正是这种抽象的民主掩盖了"社会不平等、等级以及权力和责任不断加大"的事实，也正是在这种抽象民主的基础上"真正的分辨体系才能更好地加以实施"⑥。这是因为消费产品作为社会等级机构的符号，"其本身看或单个看并没有什么意义：惟有意义的是当它们汇聚在一起的时候"⑦。举例来说，盖茨比的粉红

①　Donaldson, S. Possession in *The Great Gatsby*. *The Southern Review*, 2001 (2): 194.

②　德波. 景观社会. 王昭风, 译. 南京：南京大学出版社, 2006: 110.

③　德波. 景观社会. 王昭风, 译. 南京：南京大学出版社, 2006: 110.

④　Long, R. *The Achieving of The Great Gatsby*. Lewisburg: Bucknell University Press, 1979: 143.

⑤　波德里亚. 消费社会. 刘成富, 全志钢, 译. 南京：南京大学出版社, 2001: 45.

⑥　波德里亚. 消费社会. 刘成富, 全志钢, 译. 南京：南京大学出版社, 2001: 45-46.

⑦　波德里亚. 消费社会. 刘成富, 全志钢, 译. 南京：南京大学出版社, 2001: 46.

色西装、华丽的车饰,尽管价格昂贵,但与汤姆的服饰和住宅相比,那种缺乏品味、企图增强其"可视性"的赤裸裸的欲望,准确无误地透露了盖茨比与汤姆相比在"购买、选择和使用被购买力、受教育水准以及家庭出生所决定"的"物的经济方面的不平等"。消费产品在平等、民主的平台上,将社会等级结构的差异神奇地转嫁到"符号的(细微的区别)的物质性上"①,这些看似细微的差异性往往意味着"更为尖刻、更为微妙"的等级隔阂。对于没有"掌握合法的、合理的和有效的"使用这些符号细微差别的盖茨比来说,他只能一味地追求"神奇的经济和原封不动的物,以及作为物的其他所有东西(观点、娱乐、知识、文化)",而波德里亚一针见血地指出:"这种盲目拜物的逻辑就是消费的意识形态。"②

在美国现代民主社会的个体发展反而更不自由的这一观点上,马尔库塞与波德里亚不谋而合。马尔库塞评论道:"与传统的社会相比,一个富裕的、性开放的、以享乐为中心的社会将更高效、更深刻地控制个体"。他相信,人类生活的正当品质,它的"强度、创造性、可以触摸的实在感和重量",都需要"经验的刺激"③。然而在现代放任、民主、自由的时代,这种"经验的刺激"却被景观的幻觉所取代了。因此,德波在《景观社会》中不无悲观地写道,在现代社会,"个性的抹杀是屈从于景观规则存在的不幸附属物。当你顺从于景观的统治,不断地远离真实体验,从而越来越难以发现个人的真正爱好,那么这种生存状态无可避免地就会造成对个性的抹杀。个体为其最低位的社会身份所付出的代价竟然是永久的自我否定,这未免过于荒诞。这种生存状态要求的是某种不断变换的忠诚,也就是说,只是与种种虚假产品保持某种持续不断、自欺欺人的关系而已"④(译文略有改动)。在现代景观的影响下,个人的本真体验被景观的幻想所取代,只能湮没在对不同的虚幻商品符号的累积之中,很难形成真正的个性,因此现代人真实自我的形成似乎比过去在压抑社会更加困难了。特里林对这种个性的"真实性"缺失的观点显然是认同的,他写道:现代社会个人的"性格特征和文化……无论在优雅风度还是在真实性方面都是有缺陷的。"⑤

---

① 波德里亚.消费社会.刘成富,全志钢,译.南京:南京大学出版社,2001:46.
② 波德里亚.消费社会.刘成富,全志钢,译.南京:南京大学出版社,2001:46.
③ 转引自:特里林.诚与真.刘佳林,译.南京:江苏教育出版社,2006:159.
④ 德波.景观社会.王昭风,译.南京:南京大学出版社,2006:18.
⑤ 特里林.诚与真.刘佳林,译.南京:江苏教育出版社,2006:160.

因此我们无法回避的现实是，尽管盖茨比"分裂的意识"相对于过去的"诚实的灵魂"是一种进步，是一种摆脱社会束缚、追求自我的自由，遗憾的是，他错在过于相信财富和表演的力量，没能认识到它们创造的只能是一种幻觉。消费心理学家（Paul Nystrom）曾提出："服装的改变能够让人产生身份也随之改变的幻觉……如果一个家庭妇女干完家务换上下午装或是上街穿的外套，这种改变会让她觉得自己是位夫人。"[①]盖茨比就是受到了自己的表演的诱惑，相信了自己的幻象，认为他就是他想展现的人。事实上，自我形塑的神话并没有在他的期待和努力之下实现。除了黛西以外，并没有人真正相信盖茨比所展示的身份。而黛西对他的信任源于她一厢情愿的幻想：对汤姆不断出轨彻底失望之后，她从盖茨比那里找到了一丝游戏爱情的希望。然而汤姆一眼就从他粉色的衬衣看到了他故事的虚假："他要是才他妈的怪哩！他穿一套粉红色衣服。"[②]我们还可以从众人对盖茨比身份的猜测如杀人犯，纳粹，军事间谍等，看到盖茨比的失败。身份的界限如此坚不可摧，依靠财富和表演是不可能超越的。托马斯·斯特沃拉（Thomas Stavola）曾说："盖茨比不仅对黛西，而且对物质财富的力量也要求过高了。"[③]因此可以说，他并非死于黛西和汤姆之手，而是死于他对世界和自我的错误认识。

盖茨比对可视性的渴望使他最终受限于戏剧化的表演，只能在面具之后以"角色扮演"的方式存在，他的表演已经取代了他的操演性自我，而无法成为他真正的主体。从某种程度上说，就个性而言，汤姆反而是最真实可信的。马克思威尔·珀金斯（Maxwell Perkins）在他 1924 年写给菲茨杰拉德的信中说道："我如果在大街上碰到汤姆，会一眼认出来，并绕着他走；然而盖茨比这个角色比较模糊。读者的眼睛很难向他聚焦，他的轮廓也是模糊不清的。"[④]汤姆的可信就在于他并没有对抗他的阶级属性，而他的虚伪、冷酷也仅仅是他的阶级属性而已。他的表演更接近朱迪斯·巴特勒的操演性身份：他所表演的即是他的存在。然而，

① Nystrom，P. Fitzgerald's Consumer World. In Curnutt，K.（ed.）. *A Historical Guide to F. Scott Fitzgerald*. London：Oxford University Press，2004：103.

② 菲茨杰拉德. 了不起的盖茨比. 巫宁坤，译. 上海：上海译文出版社，2007：114.

③ Stavola，T. *Scott Fitzgerald：Crisis in An American Identity*. New York：Barnes & Noble Books，1979：141.

④ Michelson，B. The Myth of Gatsby. *Modern Fiction Studies*，1980（26）：563.

盖茨比的表演只能是对他的理想角色的扮演。

二、阶级表演之"真"：对观众之依赖

盖茨比的失败并不仅仅由于他的"个性"表演是虚幻的，还因为他根本没有掌握汤姆所代表的上流阶层通过戏剧性和公开表演来进行权力和阶级区分的模式。菲茨杰拉德的小说的可贵在于它不仅描绘了盖茨比之类自我实现者的表演，也再现了汤姆所代表的上流阶层通过公开展示实现社会权力和身份的新模式，尤其突出了他们通过展示与观看、表演和观众关系的操控来确立自我和社会的方式。将盖茨比与汤姆的表演对比，我们就会发现他们的表演在与观众的关系上大有不同：盖茨比的表演依赖观众而得以实现——他不仅需要邀请观众参与表演并传播其塑造的形象，更需要观众来评价其表演的身份的真实性；与之相反，汤姆的表演却是将自己置于一个封闭社交圈内，与观众划清界限，并将观众牢牢地限定于旁观者的地位。

汤姆的绝对优越性首先是通过他压倒一切的、令人"目瞪口呆"的财富展示来实现的。尼克这样描写汤姆从芝加哥搬家到东部的场面："那个排场让人瞠目结舌。比方说，他从森林湖运来整整一群打马球的马匹。在我这一辈人中竟然还有人阔到能够干这种事，实在是令人难以置信"①（译文略有改动）。尼克用"瞠目结舌"和"令人难以置信"来形容汤姆奢侈浪费的排场成为轰动性景观，将所有通过各种渠道（媒体、观看、听闻）知道这一排场的人转化为"瞠目结舌"的观众的事实。除了搬家场面，汤姆与黛西奢华的婚礼也具有同样功能。"婚礼之隆重豪华是路易斯维尔前所未闻的。他和一百位客人乘了四节包车一同南来，在莫尔巴赫饭店租了整个一层楼，在婚礼的前一天他送了她一串估计值三十五万美元的珍珠项链"②。这场婚礼不仅使黛西家乡的人民惊叹，也同样通过报纸、杂志等媒体的广泛传播，将所有读者转化成为"瞠目结舌"的观众。汤姆通过婚礼的排场和这串昂贵的珍珠项链确定了他对黛西的法定占有权，永久地将黛西锁定为他的私密收

---

① 菲茨杰拉德.了不起的盖茨比.巫宁坤,译.上海:上海译文出版社,2007:13.
② 菲茨杰拉德.了不起的盖茨比.巫宁坤,译.上海:上海译文出版社,2007:151.

藏。同样，具有财富展示功能的还有汤姆在东卵的豪宅，这座"洁白的宫殿式的大厦"[①]与盖茨比混乱的公馆不同，是一个华美、闪闪发光的统一的整体：草坪从沙滩一路一气呵成，将海滩、大门、日晷、砖径和花园串联在一起，又索性变成常青藤爬到墙上，把房子和这一切紧密地连在一起。法式落地窗在夕照下"金光闪闪"，玫瑰色的屋子"轻巧地嵌在这座房子当中"，而窗外"晶莹耀眼"的绿草"仿佛要长到室内来似的"[②]。我们可以从尼克描述的字里行间读出布坎南的大厦浑然一体的整体性，更可以读出尼克作为旁观者的"惊叹"。更重要的是，小说的读者事实上也通过尼克的视角在无形之中成为"瞠目结舌的观众"中的一员。

汤姆炫目的财富展示不仅把大众转化成了"瞠目结舌的观众"，还拥有拒绝旁观者参与的排他性和私密性的作用。布坎南的大厦与盖茨比的豪宅最重要的不同并不是其整体性，而是其排他性——盖茨比公馆如同开放的"博物馆"，汤姆的豪宅却是普通人无法进入的。大众只能通过"视窗"——尼克的视角或是媒体的报道来窥视，却不能妄图介入。汤姆的婚姻也是如此，时髦女郎和富家公子之间的联姻，是当时的阶级所接受的法定仪式，而与之相对，属于劳动阶层的茉特尔则只能拥有那条狗链子，她连呼叫黛西的姓名都遭到了汤姆的暴力打击。这就是伯曼所谓的"社会身份差异铁的规律"[③]；越界在这个封闭的小圈子里是不可能的。

拒绝旁观者参与的排他性也是汤姆社交圈与盖茨比晚会的本质区别。在小说第六章汤姆意外拜访盖茨比公馆的那个场景里，盖茨比"局促不安"，"跑来跑去"[④]殷勤招待。当汤姆的朋友假意邀请他去吃晚饭时，盖茨比信以为真，一口应承。但汤姆对他的表现百思不得其解："我的天，我相信这家伙真的要来，难道他不知道她并不要他来吗？……她要举行盛大的宴会，他在那儿一个人都不会认得。"[⑤]盖茨比不仅不明白汤姆所属的上流社会是封闭、排外的小圈子，更不明白除了奢华的贵族式生活方式的展示外，私密性、排外性对维持他们的社会地位、划定与中下阶层社会的界限、强加社会等级制度建立是至关重要的。

艾米·卡普兰（Amy Kaplan）在剖析伊迪斯·华顿（Edith Wharton）的小说

① 菲茨杰拉德.了不起的盖茨比.巫宁坤，译.上海：上海译文出版社，2007：13.

② 菲茨杰拉德.了不起的盖茨比.巫宁坤，译.上海：上海译文出版社，2007：17.

③ Donaldson，S. Possession in *The Great Gatsby*. *The Southern Review*，2001（2）：194.

④ 菲茨杰拉德.了不起的盖茨比.巫宁坤，译.上海：上海译文出版社，2007：205.

⑤ 菲茨杰拉德.了不起的盖茨比.巫宁坤，译.上海：上海译文出版社，2007：209.

《欢乐之家》中 20 世纪初纽约上流阶层生活时,对于上流阶层与大众的关系有过精辟的剖析。她指出,上流阶层的展示和形象的构建是在大众的凝视下得以确立的。卡普兰将这些观众转化为"目瞪口呆的大众",他们的凝视为上流阶层的展示和形象的构建构定了一个框架。不仅如此,"为了确保他们的特权,上流社会……依靠在一群瞠目结舌的大众的面前表演而得到实现",因此"将社会其余阶层的人转变为观众"①也成了他们表演的必要条件。蒙哥马利(M. Montgomery)也强调上流阶层的表演与世界博览会一样,"具有霸权功能",起着向大众"宣传这个国家政治、金融、公司和知识方面的主导价值观念和思想"②的重要功能。

不仅如此,在大众印刷媒体广泛流传的 20 世纪 20 年代,报纸杂志使大众"凝视"最大范围地扩大了。很多情况下公众对上流阶层排外的社会仪式的凝视是通过"被媒体中介的观看"而实现的,因此这种凝视起到了镜子一样的反射作用,确保了上流社会身份的再现③。媒体上的文字、图片使上流阶层的奢华生活方式的戏剧性公开展示得以被更多观众所阅读和观看。这些传媒将上流阶层的活动、仪式、奢侈享受、现代的休闲方式转化成可以被欣赏的图片和文字,成为大众惊叹和迷恋的对象,或者成为大众的"娱乐"。可以说,媒体为上流阶层获得社会地位和特权助了力。媒体作为一个富豪阶层的生活方式的中介或是视窗,不仅激发了上流社会人士的虚荣和互相竞争,同时也为大众构建了一个梦幻世界。这一点在茱特尔身上表现得最为突出:她通过《纽约闲话》《名字叫彼得的西门》及其他一些百老汇黄色小刊物这一媒体形成的"视窗"来窥探和模仿上流社会的生活。

可见,上流阶层主要通过两种方式来控制自我展示与观众的动态关系,从而维护自我的特权:一是用财富制造景观;二是将大众转化为欣赏上流阶层景观的观众。第二种方式尤为重要。上流阶层宏大的财富展示,通过吸引和制造震惊感把观众转化成为"瞠目结舌的大众",并使其边缘化,成为不得分享他们可视性的

① Kaplan, A. Crowded Space. In Singley, J. C. (ed.). *Edith Wharton's The House of Mirth: A Casebook*. New York: Oxford University Press, 2003: 88.

② Montgomery, M. *Displaying Women: Spectacles of Leisure in Edith Wharton's New York*. New York: Routledge, 1998: 9.

③ Kaplan, A. Crowded Space. In Singley, J. C. (ed.). *Edith Wharton's The House of Mirth: A Casebook*. New York: Oxford University Press, 2003: 88-89.

背景、旁观者，用以衬托上流阶层的炫目展示。与此同时，大众观看的"羡慕表情"和"渴望进入"的意愿也充当了镜子的功能，映射出特权阶层的特殊地位。约翰·伯格（John Berger）关于"羡慕、知名度和魅力"的观点更好地阐释了景观和观众之间的关系。

> 知名度（publicity）关注的是人际关系，而不是物品。它许诺的并非自我的快感，而是幸福——一种由外界判断得而出的幸福。这种被人羡慕的幸福就是魅力。被人羡慕是你幸福的唯一确证，靠的正是不与你的羡慕者共享你的经验。别人饶有兴趣地观察你，而你却冷眼看世界——假若你也带点兴趣，人们对你的羡慕就会降低……这解释了诸多充满魅力的影像，那茫然而散漫的神色，他们的眼光凌驾于仰慕者的目光。①

上流社会为了维护他们的特权必须严格控制他们所制造的影像与观众的凝视——一方面通过展示财富来获取观众的羡慕，一方面又拒绝与羡慕者共享他们的经验。他们还要"在表演者和观众之间确立一条无法侵犯的界限"②，通过拒绝观众进入他们私密的社交圈来维护他们在观众心目中的幻觉。观众们的羡慕成了确立上流阶层的特权地位最好的证明。菲茨杰拉德在小说中所再现和批评的正是这种通过戏剧性和公开表演来进行权力和阶级区分的再现模式。

布坎南的婚礼不仅具有上文所提到的财富展示的功能，还有其作为上流社会排外社交的仪式性功能，对维护他们的社会地位起到了至关重要的作用，不仅为他们的小圈子划定边界，而且向社会大众强加了社会等级秩序的意识。艾米·卡普兰在剖析《欢乐之家》中的上流阶层生活时，也曾分析上流阶层的仪式功能，认为其具有"加强阶级统一和向大众上演庆祝性景观的双重功能"③。雅尔（Frederick Jaher）也提出了类似的观点，认为公开的"社会仪式"对于上流阶层具有重要的作用，它能够"构建群体形象，区分与下层大众的界限，使上流阶层与外

133

---

① 伯格. 观看之道. 戴行钺，译. 桂林：广西师范大学出版社，2005：144-145. 译文有改动。

② Kaplan，A. Crowded Space. In Singley，J. C. (ed.). *Edith Wharton's The House of Mirth*：*A Casebook*. New York：Oxford University Press，2003：88.

③ Kaplan，A. Crowded Space. In Singley，J. C. (ed.). *Edith Wharton's The House of Mirth*：*A Casebook*. New York：Oxford University Press，2003：88.

界绝缘,免受来自中下阶层的冲击……还可以通过公开的可视性来提升群体的声望"①。这种排外的社会仪式能够确立上流富豪阶层的边界,并为谁属于他们的小圈子、能分享他们的经验公开确立了规范。汤姆婚礼的排外性主要体现在他包了四节车厢并带了一百位宾客来到黛西的家乡参加他们的婚礼,这一百位宾客便是这个小社交圈清晰的界限,引得那些无法参加的旁观者艳羡不已,甚至企图通过撒谎、欺骗千方百计混进这个社交圈。毕洛克西便是这样一位骗子,他通过冒充汤姆在耶鲁大学的同班同学得以参加了婚礼。

然而盖茨比的表演却完全相反,他迫切需要观众参与他的晚会。盖茨比的豪宅是无界限的,他最大限度地将本应是私密的家庭空间展示出来,将其转化为一个公共空间,从而使他的住宅在某种意义上成了"世界博览会"、一个广告。不仅如此,盖茨比的热情好客甚至接近于一种贿赂,他通过无限制地提供物质享受来吸引宾客。他依赖观众参与他的表演,借助观众的出场来共同把晚会转变成一场盛大的仪式和都市景观。事实上,不管观众是否认可,是否"接受"(相信)了盖茨比的传说,他们对他的兴趣和各种流言蜚语对他而言已经是一种广告。小说中提到,盖茨比举办晚会后不久,各种未经证实的关于盖茨比的谣言便见诸报端。尼克很疑惑:"究竟为什么北达科他州的杰姆斯·盖兹能从这些谣言中得到满足,这倒不容易回答。"②事实上,这是盖茨比对景观运作规则的遵从:"当景观有三天停止谈论某事时,好像这事就已不存在了。因为那时景观在继续议论别的事,总之,自此以后别的事又存在了。"③景观时代人的存在其实就是景观的存在;一旦他在景观中缺席,任凭他是多么如雷贯耳的时尚人物,对于公众来说他也不再存在。因此,不管谣言还是真实、好名声还是恶名声,对于盖茨比这样的越界者,只要能证明他在场,他都照单全收。盖茨比对观众的依赖还表现在他需要观众来认可他的自我表演。由于他的"理想自我"的视觉影像依赖观众反应和评价,因此观众对盖茨比的自我意识是至关重要的。盖茨比在小说中表现出对观众评价的极度焦

①　Jaher,F. *The Urban Establishment:Upper Strata in Boston,New York,Charleston,Chicago and Los Angeles*. Urbana-Champaign:University of Illinois Press,1982:277.

②　菲茨杰拉德.了不起的盖茨比.巫宁坤,译.上海:上海译文出版社,2007:197.

③　德波.景观社会.王昭风,译.南京:南京大学出版社,2006:116.

虑,他询问尼克:"我的房子很好看,是不是?"①又问他:"你到底对我是怎么个看法?"②他还用黛西的目光来重新审视和评价他的公馆,这都显示了盖茨比的表演必须得到观众承认的事实。他亟需要观众来验证他的表演是否成功,他的身份事实上是通过对控制自我在他人眼中的展现来实现的。我们也可以说,盖茨比的自我是他人凝视的内化,他以观众的欲望为欲望。

　　盖茨比对婚礼的社会仪式意义也有深刻的意识。从社会学意义上说,社会仪式的一般特点是集体性、模式化和重复性,形式大于内容,并没有直接实际的功用,但对形式的认同和参与本身具有强化社会主流意识和成员归属感的作用③。唐纳森的《〈了不起的盖茨比〉中的财产》中提到一处后来被删除的场景:黛西在第六章参加盖茨比的晚会时,曾向盖茨比提出"私奔"。令人吃惊的是,盖茨比对此表现出无比的失望:"我为她准备了所有的一切,她却要逃离。"④可见他所向往的并不完全是黛西的爱情和与她一起生活,而是要求黛西抹去她与汤姆的感情,回到她五年前的家里,让盖茨比有机会面向大众和媒体举行盛大的婚礼,正式迎娶黛西。盖茨比对婚礼的重视充分说明他意识到仪式是一种意识形态,它并不是通过直接的暴力压迫来展示权力的威严,而是通过高大的建筑、物化的标志、特定的模式化的动作来得到体现,被参与者主动认可并维护。当人们进入了一个仪式空间,便进入了一个意义网络。"仪式是一个复杂综合的网络,视觉奇观对人们感觉的压迫和威慑只是其中的因素之一。"⑤阿尔都塞认为,使那些视觉符号及其所表达的意义具有不可辩驳的"真理能量"和物质属性的,是参与者对仪式规则的主动配合和实践⑥。只有这个仪式将是他融入黛西所属上流阶层的圆满符号;他也只有经历了婚礼这一仪式,才可以心满意足地与黛西生活在与汤姆在东卵的"洁白的宫殿"遥相对应的豪宅里,才算真正拥有了汤姆式的"白色身份"。而黛西对这一仪式的回避和汤姆将他的黑社会背景暴露在众人面前的做法一样,都在事实上剥夺了盖茨比享有这一社会仪式的权力,将他再一次打回到观众席上。

---

① 菲茨杰拉德.了不起的盖茨比.巫宁坤,译.上海:上海译文出版社,2007:181.
② 菲茨杰拉德.了不起的盖茨比.巫宁坤,译.上海:上海译文出版社,2007:127.
③ 吴靖.文化现代性的视觉表达:观看、凝视与对视.北京:北京大学出版社,2012:21.
④ Donaldson,S. Possession in *The Great Gatsby*. *The Southern Review*,2001 (2):209.
⑤ 转引自吴靖.文化现代性的视觉表达:观看、凝视与对视.北京:北京大学出版社,2012:21.
⑥ 转引自吴靖.文化现代性的视觉表达:观看、凝视与对视.北京:北京大学出版社,2012:21.

盖茨比显然只明白了景观社会人的存在体现为"被展现的景观性"这一规则，却没有弄懂其排外的隐性规则。城市空间具有不可僭越性，每个人都必须在允许的视域内存在。盖茨比和茉特尔本应该属于秘密的、地下的、不可见的景观，然而他们却错误地想要到达前台，这是导致悲剧发生的重要原因。

然而，假如我们再进一步，会发现德波在《景观社会的评论》中，对"白色"与"黑色"在景观社会的二元对立的消解提出了另一种解读。德波这样阐释美国禁酒令后黑帮兴起的现实：

> 在长达十多年的时间内，美国的禁酒令（国家自称能够独裁地控制每一件事情的这一世纪最好的例子，其恶习跟着就发生了）将酒类贸易移交给了有组织的犯罪。从此开始，黑手党和其新的财富和经验一切进入了选举政治、商业、职业杀手的市场发展和国际政治的特定领域。第二次世界大战期间为了帮助对西西里的进攻，黑手党得到了美国政府的支持。合法化的酒类贸易被毒品所代替，现在这一主导商品正在违法消费。下一步，黑手党一步一步地卷入财产交易、银行业、高层政治和国家事务，然后是景观产业：电视、电影和出版业。在美国，黑手党至已涉足音乐产业，因为在所有其他活动领域的商品促销，都要依靠人口相对集中的群体。伴随着贿赂和胁迫，对他们来说运用强制手段是非常容易的，因为不存在资本的不足，或者贱民、匿名打手的不足等等。通过腐化操盘手，人们能够从质量同样差的商品中选择可以成功的东西。①

德波在上文提出了一个新观点：不仅黑社会本身就是个景观，并且景观背后的"白城"与"黑社会"之间具有共通性。美国20世纪20年代的"禁酒运动"使大量的"黑社会"团体大发横财："酿造、偷运和贩卖私酒就成了有组织犯罪的一座金矿。至20世纪20年代末期，销售含酒精饮料带来的纯收入每年超过20亿美元"②。黑社会兴起之后，他们拥有的巨大财富使其触角伸向美国社会的深处，得以"在房地产业、银行业、国家重大政治事务和商业事务中都谋得了颇为重要的一席之地"，具有了操控都市景观的权力。小说中的黑社会头目迈尔·沃尔夫山姆

---

① 德波.景观社会.王昭风,译.南京:南京大学出版社,2006:138.
② 马丁,罗伯茨,明茨,等.美国史(上下册).北京:商务印书馆,2012:1022.

便与纽约的上流社会有着千丝万缕的勾连,从他能够操控 1919 年的世界棒球联赛并毫发无损便可以看出端倪。因此,德波进一步提出:"黑手党并非这个世界的局外人;它完全属于这个世界。事实上……它是一切发达商业行为的典范。"①不仅黑社会可以参与都市景观,所谓的"白城"从某种意义上说,一度也建立在不可告人的非法活动之上。往前追溯几代,我们很难确保汤姆继承的财富不是被"洗白"的,汤姆的朋友也一样参与了盖茨比他们的非法行业,并不以为耻。因此,从某种意义上说,美国阶级的区分不在于你所经营的产业,而只在于财富规模和权力的强弱。盖茨比的失败,血统和经营活动的非法性仅仅是其中一个因素,更重要的是因为他未能彻底了解景观展示的运作机制,试图用浪漫主义模式来进入上流阶层的封闭社交圈,而非以赤裸裸的财富、权力模式来操控视觉展示。当然,这究其根本是由于其所掌控的财富亦尚未达到操控视觉展示的霸权的规模。

　　"黑社会"和"白城"之间有着利益勾连的内在联系,某种程度上是同质的,那么汤姆和盖茨比的这场角力中究竟谁能胜出就取决于财富的规模了。弗尔茨和贝斯特在给"景观"下定义时写道:景观首先是"少数人演出,多数人默默观赏的某种表演",而这种少数人指的是"幕后操控的资本家"②。然而,盖茨比与操控了美国金融界的汤姆等人相比,只是一名通过投机取巧的不法手段赚了点钱的暴发户。他并不能代表黑社会,而只是那个隐秘体系里的一员干将。他像他的同伙们一样,有被抛弃和毁灭的危险,现金流也随时可能断绝。因此,从对背后资本的掌控上,他就无法与华尔街上的金融大亨们相抗衡了。而他对黛西的渴慕、迫切地"渴望进入"那个社交圈的意愿和情感更是确定无疑地将他归入观众行列,他只能成为衬托上流社会的特权和优越性的背景。他事实上就是另一位毕洛克西,只能通过伪装短暂出现在都市的舞台上进行表演。没有坚实的权力和钱财,盖茨比只能混迹于鱼龙混杂的百老汇,而汤姆却因与华尔街有着密切的联系,牢牢占据了视觉展示的霸权地位。华尔街坚不可摧、气势宏伟的建筑牢牢掌控着这个都市的视觉霸权,拼凑而成的盖茨比自然难以与其比肩。因此,汤姆的晚会永远只是属于他们小圈子内的穷奢极侈的胡闹,盖茨比将只能站在橱窗外向里张望,就像作

---

① 马丁,罗伯茨,明茨,等.美国史(上下册).北京:商务印书馆,2012:1022.译文有改动。

② 张一兵.代译序:德波和他的《景观社会》//德波.景观社会.南京:南京大学出版社,2006:11.

者菲兹杰拉德本人一样:"鼻子贴着窗子站在舞厅外看着里面的人们翩翩起舞。"①而那层玻璃,不管有多透明,将永远存在。

三、阶级表演之"真":"拟像"与焦虑②

特里林的《诚与真》是他在 1969—1970 年期间于哈佛大学所做的演讲集,此后 11 年波德里亚的《模拟物与拟像》(*Simulacra and Simulation*,1981)法语版出版,1994 年被翻译成英文出版,在英美等国引起了轰动。波德里亚关于"拟像"观点在特里林对"真"的问题探索上更进了一步,也引发了更多、更复杂的探讨。尽管波德里亚的"拟像"概念是西方资本主义发展到后期的表现,然而"仿真"和"超真实"却已在《了不起的盖茨比》中初露端倪。《了不起的盖茨比》中个人身份表演的真实性问题已经不仅是对特里林的诘问"我们出生时乃是原创,怎么死的时候却成了拷贝"的回答,它已经超越了"理想自我"和"扮演英雄"这一观点,开始探索视觉文化影响下"拟像"比原本更为真实所引发的新问题。这是本篇第一节所探讨的"真实的不真实性"基础上引发的进一步异化,"不真实"反而展现了"真实"的一面。换句话说,小说通过图像和"拟像"展示,向读者提出了自我塑形的新问题:"拟像"威胁了原本,而盖茨比们则导致了汤姆和黛西们的焦虑。

迈尔斯·奥维尔(Miles Orvell)在他的著作《真实之物——1880 到 1940 年美国文化中的模仿与真实》中探讨了视觉文化下身份之"真"的问题。奥维尔在书中引用韦切尔·林赛(Vachel Lindsay)的话,指出"美国文明变得日益象形文字化。可爱的卡通、杂志封底、广告牌和有轨电车里的广告,星期天报纸里的大量照片,使我们进入了一种更接近埃及而非英国的象形文字似的文明"③。美国就是一个"象形世界",在那里,"真"与"假"的问题变得尤为复杂:"'真实的事物'并不被说

---

① 菲茨杰拉德. 了不起的盖茨比. 巫宁坤,译. 上海:上海译文出版社,2007:115.

② 本小节部分内容基于本人已发表的论文修改而作. 曹蓉蓉. 视觉图像"完美的犯罪"与身份建构的虚幻性——论《了不起的盖茨比》中的视觉文化转向. 外语教学. 2014(4):75-78.

③ Orvell, M. *The Real Thing*:*Immitation and Authenticity in American Culture*,1880—1940. Chapel Hill and London:University of North Carolina Press,1989:244.

起、做到或想到，而是通过一系列任意的符号而再现"①。这种"任意的符号"在《了不起的盖茨比》中最为常用的就是"视觉图像"。菲兹杰拉德对于视觉文化的敏锐感触和理解使他成功地利用"视觉图像"的真实可信性，以人物特写、静默的场景、摄影似的一张张图像的描摹，展现了人物的性格和情感。然而更重要的是，他在运用视觉图像的同时，又质疑了它的真实性，揭示了图像虚幻的一面，将美国"象形世界"的矛盾性呈现在读者面前。

"视觉图像"在传统观念中因其清晰可信而被认为是真实的，然而照片在不同的角度呈现出不同的影像，在小说中却往往有不可靠、不可信、引发幻想的一面。比如威尔逊太太在纽约公寓挂着的那张放大的特写："乍一看是一只母鸡蹲在一块模糊的岩石上。可是，远处看去，母鸡化为一顶女帽，一位胖老太笑眯眯地俯视着屋子。"②比照片的模糊性尤为更甚的是，小说中照片这个客观现实的复制品有时竟比原型更为逼真和重要。盖茨比的父亲在儿子遇害后，风尘仆仆赶来奔丧。面对着儿子的豪宅，他却热切地将豪宅的照片展示给尼克看，以至于尼克相信"在他看来现在照片比真房子还要真"③。本雅明曾在分析复制论时指出，摄影机的发明使得图像的广泛复制和传播成为可能，随之而来的是原作"光韵"的丧失和模仿技能的祛魅，复制因此改变了复制品与原作、艺术对实在的依赖关系，不再有首要和次要之分④，复制品自然而然也就能超越自然摹本而成为更"真实"的现象，因此在小说中，照片比"真房子"还要"真实"也就不足为奇了！其结果是照片（复制品）模糊了"真实"和虚假的关系，而"真实"却沦陷了。

不仅如此，"视觉图像"还是引发幻想的根源。当黛西看到 18 岁的盖茨比在科迪的豪华游艇上的照片时说"你没有告诉我你有一艘游艇"⑤，盖茨比并没有否认，只是保持沉默。此时语言的缺席却更加突显了图像的在场，这正是波德里亚所言的图像的"完美的犯罪"，也即图像通过其逼真的展示，引发人们无尽的幻想。根据波德里亚的理论，物体被拍摄成照片之后，便与现实主体隔绝了联系，从而导

---

①　Orvell, M. *The Real Thing: Immitation and Authenticity in American Culture*, 1880—1940. Chapel Hill and London: University of North Carolina Press, 1989:40.

②　菲茨杰拉德. 了不起的盖茨比. 巫宁坤，译. 上海：上海译文出版社，2007:59.

③　菲茨杰拉德. 了不起的盖茨比. 巫宁坤，译. 上海：上海译文出版社，2007:357.

④　周宪. 视觉文化的转向. 北京：北京大学出版社，2008:162.

⑤　菲茨杰拉德. 了不起的盖茨比. 巫宁坤，译. 上海：上海译文出版社，2007:87.

致了影像意义的缺席与空无。波德里亚在《消失的技法》中提到："影像自身获得了一种诱惑的力量,成了纯粹地以对象为意志的媒介,并且穿透事物的更为狡猾的诱惑形态将其展示。"[①]栩栩如生的影像诱惑人们不断地通过"推理"为之塞入意义,引发无限的幻想。比如那张游艇上的照片,盖茨比仅仅是游艇上受雇的身无分文的水手。然而,照片一旦拍摄下来,与现实的联系也就戛然而止。如今照片只展示盖茨比意气风发地站在游艇之上,对照片的诠释就完全取决于观看者的"意志"了。在期待富有而英俊的情人出现并救她脱离失败婚姻的黛西眼中,这自然成了盖茨比殷实家庭背景的实证。波德里亚正是在照片、图像引发幻觉、掩饰真相的意义上,解说物体、照片的欺骗性:"被拍摄成照片的物体,都只能是为所有其他物体的消失而残留下来的痕迹,几乎是完美的犯罪。世界几乎全面地融解,只有残留在哪里的幻觉在闪闪发光。"[②]盖茨比并没有用语言欺骗黛西,然而看上去逼真的视觉影像,照片中栩栩如生的细节,成为引发幻想的起始点,掩盖了真相,诱惑黛西自己形成了关于他的闪闪发光的幻想,令各种诠释皆为可能,唯有"真实"却再无处可寻。这也就是苏珊·桑塔格所说的"照片本身不能解释任何事物,却不倦地邀请你去推论、猜测和幻想"[③]。"照片直接带我们进入的,并非现实,而是影像"[④],从这个意义上说,越是逼真的视觉影像,离"真实"也就越远。

视觉影像是真实而又虚幻的,通过视觉影像建构的自我形象就更是如此了。历史学家大卫·哈维认为,在视觉文化为主导的现代社会,"形象在竞争之中变得极其重要……一种形象的获得(靠购买一种符号系统,如设计师的服装和合适的汽车)成了在劳动力市场上表现自我的一个奇特的重要因素,通过扩展,也成了追求个人身份、自我实现和意义所必需的"[⑤]。在这个"通过图像来把握"的世界里,形象本身的意义和功能发生了极大的变化,成了个人身份、自我实现和意义的必

① 鲍德里亚.消失的技法//罗岗,顾铮.视觉文化读本.桂林:广西师范大学出版社,2003:78.

② 鲍德里亚.消失的技法.金铮,译//罗岗,顾铮.视觉文化读本.桂林:广西师范大学出版社,2003:78.

③ 鲍德里亚.消失的技法.金铮,译//罗岗,顾铮.视觉文化读本.桂林:广西师范大学出版社,2003:36.

④ 鲍德里亚.消失的技法.金铮,译//罗岗,顾铮.视觉文化读本.桂林:广西师范大学出版社,2003:249.

⑤ 哈维.后现代的状况:对文化变迁之缘起的研究.阎嘉,译.北京:商务印书馆,2003:361.

要条件。不仅如此，"物质物件或是视觉形象常常越界成为身份和地位的符号，赋予个人以视觉身份"，这种"象形世界的结构性、美学性特征"正是盖茨比的模仿和越界产生的土壤。奥维尔说道，19世纪末兴起的工业、技术和商品社会使大规模生产人工制品和复制品大量涌现，使得"任何社会阶层的人都可以通过购买和展示那些外表远比实质更重要的商品来提升自身地位"①。因此，原件的复制品或者赝品"在生产者的促销手段的鼓吹下，消费者很容易将它们作为'真实'的替代品"②。人们逐渐形成了一种表演信仰，确信新的科技具有生产复制品的能力，并"通过模仿来散播上流社会文化"③。

迫切渴望提升社会地位的美国中产阶层尤其崇拜这些复制品，而菲茨杰拉德敏锐地感知到了视觉文化对身份形塑模式的巨大影响，因此小说中盖茨比采用的正是哈维和奥维尔所说的"形象"塑形模式。如前文所示，无论盖茨比如何掩饰和压抑着他的真实身份，努力模仿上流社会的话语，都是徒劳。因此，他试图用视觉形象来建构理想的自我。他的一系列的成功姿态、牛津照片、勋章以及成打成打的昂贵衬衫、豪华轿车、奢靡盛大的晚会等，都是他理想人格的视觉外化。然而这种视觉外化本质只不过是地道的面具，正如波德里亚曾指出的："原始社会有面具，资产阶级社会有镜子，而我们有影像。"④盖茨比与戴西交往之初，他的军装就像"一件看不见的外衣"⑤，给了黛西一种错觉，"让她相信自己的地位与她相当"⑥。军装和他暴富后展示的种种视觉影像，都有原始社会面具一样的功能，即遮掩自己无根基的社会出身，隐藏不想为人所知的过去。不管尼克如何浪漫化这种自我建构的行为，这仍是一种自欺欺人的欺骗行为。

然而，盖茨比这种通过真实视觉影像来自我构建的模式其实拒绝了真正的转变自我的可能，也使任何身份建构变得不可能。他所构建的不仅是一种视觉影

---

① Orvell, M. *The Real Thing*: *Immitation and Authenticity in American Culture*, 1880—1940. Chapel Hill and London: University of North Carolina Press, 1989: 49.

② Orvell, M. *The Real Thing*: *Immitation and Authenticity in American Culture*, 1880—1940. Chapel Hill and London: University of North Carolina Press, 1989: 49.

③ Orvell, M. *The Real Thing*: *Immitation and Authenticity in American Culture*, 1880—1940. Chapel Hill and London: University of North Carolina Press, 1989: XVI.

④ 鲍德里亚. 消失的技法//罗岗, 顾铮. 视觉文化读本. 桂林: 广西师范大学出版社, 2003: 76.

⑤ 菲茨杰拉德. 了不起的盖茨比. 巫宁坤, 译. 上海: 上海译文出版社, 2007: 139.

⑥ 菲茨杰拉德. 了不起的盖茨比. 巫宁坤, 译. 上海: 上海译文出版社, 2007: 139.

像、一种外观，更是一种模仿和虚拟，一种无主体、无真、无现实的展示，也是一种拟像，是"后现代社会大量复制、极度真实而又没有客观本源、没有任何所指的图像、形象或符号"①。盖茨比的视觉外化是一种七拼八凑的大杂烩，是各种特征、符号的拼贴。正如詹姆逊所言，今天的文化产品就是从世界文化中取材，用各种各样的历史大杂烩，七拼八凑地炮制而成的②。这种符号的"拼凑法"取代了"摹仿法"，"摹仿及抄袭一个独特的假面……来编织假话"，是一种"空心的摹仿"③。比如小说中盖茨比的豪宅就像是"世界博览会"④，是古典、现代、世界各地物品的杂合，是"仿真"而非"摹本"。盖茨比向尼克所叙述的身世和经历与其说是他凭空捏造出来的，不如说是由各种媒体中关于野牛比尔·科迪（Buffalo Bill Cody）、富兰克林等各种成功人士的传奇经历所拼凑汇聚而成的，是虚构历史的一种"拟像"。无怪乎尼克在听完他的自我讲述后感到"疑惑""惊奇"，"仿佛我在匆匆翻阅十几本杂志"⑤。与黛西失去联系的五年，黛西的生活经历也是他用报纸专栏中关于黛西的报道拼接而成的。正因为盖茨比的自我构建是这种七拼八凑的"假面"，小说中戴"猫头鹰眼镜"的男人对盖茨比图书馆的图书才会发出这样的惊叹："这是一本地地道道的印刷品。它真把我蒙住了。这家伙简直是个贝拉斯特。真是巧夺天工。多么一丝不苟！多么逼真！而且知道见好就收——并没裁开纸页。你还要怎样？你还指望什么"⑥？盖茨比被比作以布景逼真闻名美国的舞台监督贝拉斯科，而图书则被隐喻成构建身份的"砖头"⑦。对旁观者而言，盖茨比的"砖头"，也即他的图书和所有用来展示他理想身份的物件一样，都只是用来拼凑的道具，完全可以是虚幻而不必是真实的。

文化转向之后，关于真实的再现有着错综复杂的争论，尽管模仿文化与物质主义和消费文化成为 20 世纪大众文化的主流，然而评论界也出现了对模仿文化

---

①　支宇. 类像. 外国文学，2005(5):56.

②　詹姆逊. 晚期资本主义的文化逻辑. 陈清侨，等译. 北京:生活·读书·新知三联书店，1997:454.

③　詹姆逊. 晚期资本主义的文化逻辑. 陈清侨，等译. 北京:生活·读书·新知三联书店，1997:453.

④　菲茨杰拉德. 了不起的盖茨比. 巫宁坤，译. 上海:上海译文出版社，2007:76.

⑤　菲茨杰拉德. 了不起的盖茨比. 巫宁坤，译. 上海:上海译文出版社，2007:131.

⑥　菲茨杰拉德. 了不起的盖茨比. 巫宁坤，译. 上海:上海译文出版社，2007:91.

⑦　菲茨杰拉德. 了不起的盖茨比. 巫宁坤，译. 上海:上海译文出版社，2007:91.

带来的不确定性的焦虑,波德里亚就在《拟像》(*Simulations*)中表达了对"真实的原件"日渐式微的地位的忧虑。他指出,工业化在大量制造出复制品的同时,也不可避免地出现科技倾向用"真实的符号"来替代"真实本身"①。事实上,当副本拥有与原件同样的价值时,副本就威胁到或颠覆了原件的存在价值。更重要的是,它还拥有了打破现实垄断的可能性。因此,模仿文化不仅通过何为"真实"、何为"不真实"的定义威胁到美国文化的价值结构,也威胁到了所有现存的传统、社会等级和秩序。新的"真实文化"正是在意识带来的混乱之后对秩序的寻求。因此,这种"真实"和"模仿"的张力触发的阶级冲突,也成为 20 世纪初美国身份冲突的核心。模仿文化和消费提供了所有自我表达、自我提升或是越界所需要的符号,促使盖茨比这种"面具"式身份的产生,而"真实文化"却通过对秩序和稳定性的依赖,拒绝"竞争",表达了对潜在的再现力量——符号、副本等导致自我改造和引发社会不稳定的焦虑。奥维尔也提出:"真实文化"是"很多艺术家和知识分子对于复制文化的反应"②。模仿和真实之间的张力,也成了奥维尔笔下美国现代社会的特征。

这种关于"真实"和"模仿"的辩证关系在菲茨杰拉德的小说中都得到了展现。"模仿文化",即盖茨比等拟像式的人群对上流阶层身份的模仿,给上流阶层带来了强烈的冲击,引发了他们的恐慌和焦虑感。汤姆与黛西曾不止一次地表达过对盖茨比等新富阶层兴起的不安,他们出席盖茨比晚会的经历就是一个很好的例子。他们置身于衣着光鲜、寻欢作乐的人群中,却无法融合进去,而是表现出焦虑与不安。书中这样描写黛西的反应:

> 其他的一切她都讨厌——而且是不容置辩的,因为这并不是一种姿态,而是一种感情,她十分厌恶西卵——厌恶它那不安于陈旧的委婉辞令的粗犷活力,厌恶那种驱使它的居民沿着一条捷径从零跑到零的过分突兀的命运。她正是在这种她所不了解的单纯之中看到了什么可怕的东西。③

143

① Baudrillard,J. *Simulations*. New York:Semiotext(e),1983:254.
② Baudrillard,J. *Simulations*. New York:Semiotext(e),1983:114.
③ 菲茨杰拉德.了不起的盖茨比.巫宁坤,译.上海:上海译文出版社,2007:219.

黛西厌恶的并不是"西卵"这个地方,而是"西卵"代表的"活力"和"突兀的命运"。这种"活力"和"命运"其实就来自奥维尔所指的"象形世界的结构性、美学性特征",即突出模仿和自我形塑。更重要的是,这种"活力"威胁到她将自己与他人区分开来的能力。菲茨杰拉德努力将城市描绘成一个超级舞台,盖茨比的晚会就是都市大剧场的延伸。出席盖茨比的晚会名单里列举了很多电影和百老汇从业人员,因此在盖茨比的晚会上,作者模糊了剧场和世界的界限,使剧场和世界互为映衬,晚会上的人们依赖视觉展示来确立社会身份。这就是少年盖茨比所向往的"博大、庸俗、华而不实的美",带来了"幻梦"般的超越阶级、社会地位、社会背景和身份的可能性。然而,这一切都威胁到黛西赖以获得其特权和优越感的等级制度。正是这种对盖茨比晚会的反感和随之而来的身份焦虑将她与汤姆牢牢联系在一起。尽管黛西口口声声说晚会上的宾客很有意思,她对此很感兴趣,但汤姆哈哈大笑,一眼就看穿了她的谎言:"当那个女孩让她给她来个冷水淋浴的时候,你有没有注意到黛西的脸?"①盖茨比也不得不承认:"她不喜欢这个晚会,……她玩得不开心。……我觉得离她很远。"②

其实,盖茨比对于世界的模仿、伪装和自我形塑的焦虑在汤姆身上的表现更为明显。他所担心的是他的"白人至上主义"受到来自"有色帝国"的侵蚀,"白色人种……就会完全被淹没了"③。要烘托他的特权地位,汤姆注定必须将其他种族、性属和阶层的人群限定在"他者"地位,社会阶级边界的模糊令他感到恐惧。盖茨比奢华喧嚣的晚会和大张旗鼓的财富展示使他几乎获得了上流社会的地位,他公然的越界行为威胁到汤姆所在阶层神圣的秩序和种族身份的纯洁。这一切都令汤姆迫切地需要跟他划清界限,以捍卫他的世界"文明最后的堡垒"④。他把盖茨比称作"不知从哪儿冒出来的阿猫阿狗"⑤,盖茨比的家是"猪圈",而晚会则在汤姆口中成了"动物园"⑥。他还对盖茨比进行了一番"小小的调查"⑦,试图找

---

① 菲茨杰拉德.了不起的盖茨比.巫宁坤,译.上海:上海译文出版社,2007:221.
② 菲茨杰拉德.了不起的盖茨比.巫宁坤,译.上海:上海译文出版社,2007:223.
③ 菲茨杰拉德.了不起的盖茨比.巫宁坤,译.上海:上海译文出版社,2007:27.
④ 菲茨杰拉德.了不起的盖茨比.巫宁坤,译.上海:上海译文出版社,2007:269.
⑤ 菲茨杰拉德.了不起的盖茨比.巫宁坤,译.上海:上海译文出版社,2007:67.
⑥ 菲茨杰拉德.了不起的盖茨比.巫宁坤,译.上海:上海译文出版社,2007:269.
⑦ 菲茨杰拉德.了不起的盖茨比.巫宁坤,译.上海:上海译文出版社,2007:277.

出盖茨比的真实身份，以彻底打消他真正的自我转变的可能。汤姆的举动事实上可以理解为"东卵"对"西卵"的反击，杜绝了西卵人通过模仿向上流社会渗透并威胁其"白色文明"的可能性。

《了不起的盖茨比》中，两个不同的群体——在小说中正好是代表新富阶层的东卵和代表继承财富的上流阶层的西卵——体现出了不同的表演性焦虑。西卵的盖茨比们信奉自我塑形的神话，执着于迅速"进步"，进而攀登到社会的顶峰。而以汤姆和黛西为代表的东卵的上流阶层则受到了巨大冲击，表现出了强烈的身份焦虑。

在以视觉文化为主导的社会里，社会关系由图像连接在一起。而当图像变成"拟像"，"拟像"的虚幻性也决定了人生存的虚拟性、想象性，在小说中则是盖茨比身份构建的虚幻性。《了不起的盖茨比》显示了现代社会传统价值观被视觉文化腐蚀后，取而代之的是对虚幻的"个人实现"视觉外化的追求。这样的自我建构已与人的本质不再有任何联系，有的只是一连串指向空洞的能指符号的堆积和杂合，与"真实"的自我全无半点关系。盖茨比式的自我实现者试图通过仿真和拟像融入上流社会，传统的通过白手起家而实现自我的途径在小说中无迹可寻，个人身份变成了一种纯粹表演，真实性维度已缺席。然而盖茨比的毁灭也表明了视觉影像创造的只能是虚假的幻象，最终将摔碎在现实的岩石上。

特里林在《诚与真》中指出，随着工业文明的兴起，机械的、物质的力量对人的控制逐渐增强，自我的运动又面临新的异化及非人化的威胁。这种新的异化在《了不起的盖茨比》中就表现为机械复制时代"灵韵"的丧失，视觉上的拼贴、拟像等后现代的视觉影像的出现，使"真"成为越来越复杂、越遥远的概念，甚至出现"幻想"比现实更真的荒诞场景。在这样的社会，表演、面具成为普遍现象，而我们所要忠实于的真正自我究竟是什么，也成为一个更难回答的问题。

作为 20 世纪 20 年代的视觉文化盛行的氛围中出现的小说家，菲茨杰拉德早已感知到视觉图像凌越于语言的逼真性，不得不运用图像来言说。然而他又敏锐地感知到，图像跟语言一样，都有它的虚幻性。在小说中他不断质询图像的真实性，并通过盖茨比的身份建构的失效来展示视觉影像的虚幻性，这分明展现了他作为一位文化批评家的敏锐触觉和对现代文化"真实性"沦陷的焦虑和批判。从对视觉文化的批判来说，菲茨杰拉德是超前的。

第四节 《了不起的盖茨比》：
视觉文化中的表演之"诚"

关于"真诚"，特里林在《诚与真》中给出了如下的定义："公开表达的感情和实际感情之间的一致性"①，换句话说，真诚就是"对自己忠实"，就是使社会中的"我"与内在的"自我"相一致。特里林认为，这种"真诚"的观念也是"道德生活的新要素"，是"美德的基本条件"②。在《了不起的盖茨比》中关于盖茨比是否真诚的问题，叙事者尼克似乎已经给出了答案，在他眼中，盖茨比与虚伪冷漠的汤姆之流不同，似乎有着一个相对完整、稳定、始终如一的自我作为一贯的对象，因此他在小说结尾喊出了这样的评价："他们（汤姆和黛西）是一帮混蛋，他们那一大帮子都放在一堆还比不上你"③。那么我们究竟应该如何评价盖茨比的"真诚"？

一、盖茨比自我销售之"诚"

罗纳德·伯曼在评论《了不起的盖茨比》时指出：小说中最强烈的对比是在百老汇和好莱坞之间。虽然两者都代表技艺，但伯曼认为百老汇代表了感情的"真实"："百老汇出售梦想甚至思想，但是它表达了真实的欲望，呼唤真实的感情"，百老汇的人们"感情和性欲的伪装几乎没有了"④。盖茨比在伯曼眼中，明显属于百老汇，而他的百老汇式"表演"，也比其他类别的表演⑤更可取。盖茨比的客人们怀着"一片至诚"来出席晚会，他们的"至诚"正好与盖茨比"粗俗和感情真诚的结

---

① 特里林.诚与真.刘佳林,译.南京:江苏教育出版社,2006:4.
② 特里林.诚与真.刘佳林,译.南京:江苏教育出版社,2006:5.
③ 菲茨杰拉德.了不起的盖茨比.巫宁坤,译.上海:上海译文出版社,2007:319.
④ 伯曼.《〈了不起的盖茨比〉与现代时期》导论//程锡麟.菲茨杰拉德研究文集.南京:译林出版社,2014:212.
⑤ 比如黛西的表演,伯曼将其归入电影类型,按"好莱坞似的美学和道德距离描绘出来",代表着虚假.

合"相称①。因此，伯曼指出，盖茨比与小说中其他人物不同的是，他"不是一位很好的演员，常常屈服于真诚"②。然而小说中的盖茨比果真如此吗？

小说中尼克对盖茨比"罕见"的微笑的描述是盖茨比"真诚"的一个重要表现。盖茨比"罕见"的微笑透露出无比的真诚，在书中多次出现：

> 他心领神会地一笑——还不止心领神会。这是极为罕见的笑容，其中含有永久的善意的表情，这你一辈子也不过能遇见四五次。它面对——或者似乎面对——整个永恒的世界的一刹那，然后就凝注在你身上，对你表现出不可抗拒的偏爱。他了解你恰恰到你本人希望被了解的程度，相信你如同你乐于相信你自己那样，并且教你放心他对你的印象正是你最得意时希望给予别人的印象。③

这样的笑容也出现在少年盖茨比第一次见到丹·科迪时："我猜想他对科迪笑了笑——他大概早已发现他笑的时候很讨人喜欢。"④在尼克眼中，盖茨比的微笑"充满善意"，也"很讨人喜欢"，然而这样的微笑是否代表真诚却是值得商榷的。在表演性身份的影响下，盖茨比相信"人的品格是一系列连续不断的成功的姿态"⑤。他相信通过模仿有闲阶层的外表和举止就可以成为他们当中的一员。如果身份就是表演，那么盖茨比就是最真诚的表演家。他的身份变成了一系列可控的外在特征：财物、服装、汽车、告别的姿态，甚至微笑也成了一种根据需要随时再生产的商品。

菲茨杰拉德在他才思枯竭、信心低落时撰写的自传体散文《崩溃》中，曾经这样描写一位商业作家在美国求生的必备技能——微笑：

> 再加上一个微笑——哦，我会让自己绽开一个微笑的。我还在努力制造这种微笑。它得将以下各色人等的笑容中最佳品质熔为一炉：一位

---

① 伯曼.《〈了不起的盖茨比〉与现代时期》导论//程锡麟.菲茨杰拉德研究文集.南京：译林出版社，2014：212.

② 伯曼.《〈了不起的盖茨比〉与现代时期》导论//程锡麟.菲茨杰拉德研究文集.南京：译林出版社，2014：213.

③ 菲茨杰拉德.了不起的盖茨比.巫宁坤，译.上海：上海译文出版社，2007：97.

④ 菲茨杰拉德.了不起的盖茨比.巫宁坤，译.上海：上海译文出版社，2007：201.

⑤ 菲茨杰拉德.了不起的盖茨比.巫宁坤，译.上海：上海译文出版社，2007：7.

饭店经理,一个经验丰富的交际老滑头,一位正在接待视察者的校长,一名装腔作势的电梯工,一个正在拗造型的娘娘腔,一个只花了半价就购入作品的制作人,一名正在接手新工作的、训练有素的护士,一个头一回登上印刷品的靠身体吃饭的女人,一个被人推到摄像机跟前的、满怀希望的临时演员,一个脚趾感染的芭蕾舞者,当然还得加上所有东起华盛顿西至贝弗利山庄、必须靠一张扭曲的面孔才能混下去的人们那亲切友好的灿烂笑容。①

　　菲茨杰拉德笔下的"微笑"是制造出来,而且是集各色"依靠一张扭曲的面孔才能混下去的人们"的灿烂笑容的最佳品质的"集大成者",这种"扭曲的面孔"和"灿烂笑容"之间的反差分明道出了商业社会对个人情感的异化。菲茨杰拉德的这段描写与波德里亚在《消费社会》中的观点尤为接近:"迎宾小姐、女社会福利员、公共关系工程师、广告女郎,这些职员使徒都把额外赠品、把通过制度化微笑来为社会关系上点润滑油当做现世使命。到处可以看到广告在摹拟那些近似的、亲密的、个人的交流方式。"②这些职员都属于消费社会具有推销使命的工作人员,他们的微笑已经不具备真实的情感,而是"额外的赠品",一种"制度化"的符号,起着润滑油的作用。这些人的"微笑"分明是做作的,属于一整套"个性化"交流网络侵入了消费的日常性之后的表现,也意味着"对人际关系、对团结、相互性、热情以及对以服务形式标准化了的社会参与的消费——这是一种对关切、真诚和热情的持续性消费,然而当然也是对这种独有的关切符号的消费"③。

　　盖茨比的微笑也属于这一类。当他需要取悦别人时,比如科迪、尼克、参加宴会的人群,他都会展现那样的笑容,这是一种"制度化的微笑","关切、真诚和热情"的符号,是为"社会关系上点润滑油"④用的。他对这一符号的依赖也正说明他与"飞女郎"们一样,在用商品、时尚以及各种"姿态"表演出了自我的外化之后,要向观众推销自己的"影像",获取他人的认可。因此,他成了自身的推销员,向大

---

①　菲兹杰拉德. 崩溃. 黄昱宁,包慧怡,译. 上海:上海译文出版社,2011:108.
②　波德里亚. 消费社会. 刘成富,全志钢,译. 南京:南京大学出版社,2001:181.
③　Curnutt, K. Fitzgerald's Consumer World. In Curnutt, K. (ed.). *A Historical Guide to F. Scott Fitzgerald*. London:Oxford University Press,2004:99.
④　波德里亚. 消费社会. 刘成富,全志钢,译. 南京:南京大学出版社,2001:181.

众出售自我影像。

　　小说第七章中，黛西也认识到了盖茨比是自身推销员这一点。她说道："你就是广告上那个人。"确切地说，盖茨比的确就是"广告"。他听信广告的话语，购买广告推荐的服装、汽车、豪宅，按照广告的指引表现得像个绅士。他也努力取悦所有人，比如参加晚会的露西尔不小心弄破衣服，不久就收到盖茨比为她定购的昂贵晚礼服。正如《影响下的菲茨杰拉德》中所写的："盖茨比用他的宏大的展示和半真半假的话语试图取悦尽可能多的人，这在某种意义上使他本人具备了广告的功能。"①黛西把盖茨比比作"广告上的那个人"其实有两层含义：一是盖茨比是在广告的指导下拼凑起"自我"的；二是他要迫不及待地向大家推销这个新的自我，渴望得到旁观者，尤其是黛西的接受。盖茨比是他自己的推销员，竭尽全力地向大家展示自我，热情好客地邀请大家分享他的财富。他的晚会就是他最大的广告，而他呈现给大家免费享受的一切则成了某种贿赂，正像他也试图对尼克进行赤裸裸的贿赂一样②。

　　柯克·科纳在《菲茨杰拉德的消费社会》（"Fitzgerald's Consumer World"）一文中阐述了 19 世纪到 20 世纪"真诚"观念的转变。他转述了巴顿（Bruce Barton）在《无人所知的人》中关于 19 世纪耶稣形象的观点，认为耶稣最具有说服力的特征就是"真诚"："我们用磁性来形容个人魅力，似乎个人魅力中有某些神秘的东西——一种极少数人才能获得的神秘特质。然而这是错误的。个人富有磁性的魅力中最为重要的因素是消费真诚——对自己的使命重要性的压倒性信仰。"③对于一位迫切要展示和推销自我的人来说，"真诚"是至关重要的，然而这里的"真诚"却往往与"真实"背道而驰。利尔斯（Jackson Lears）评论更加一针见血。他写道："对于广告人来说……真实是不够的，有时甚至是不相干的。重要的

---

①　Canterbery，R.，Birch，T.　*F. Scott Fitzgerald：Under the Influence*.　St. Paul：Paragon House，2006：152.

②　小说第五章，盖茨比在请求尼克为他与黛西见面创造机会时，曾经这样向尼克提议："这也许会引起你的兴趣。不需要花费很多时间，你就可以挣一笔可观的钱。碰巧是一件相当机密的事。"尼克认识到，"如果当时情况不同，那次谈话可能会是我一生中的一个转折点。但是，因为这个建议说得很露骨，很不得体，明摆着是为了酬谢我给他帮的忙，我别无选择，只有当场把他的话打断"（165）。这确实是对尼克的一种赤裸裸的贿赂。

③　Curnutt，K. Fitzgerald's Consumer World. In Curnutt，K.（ed.）．*A Historical Guide to F. Scott Fitzgerald*. London：Oxford University Press，2004：99.

工作是……使'真实''看上去像真的'。真诚已经成了道德立场,更是一种推销/说服的技巧。"①盖茨比的"真诚"事实上也是一种吸引观众消费的形象的推销技巧。

不仅如此,盖茨比本人也被自身的推销能力所欺骗了。菲茨杰拉德在塑造盖茨比这样的男性自我形塑的典范时,也突出了这些推销员自身易受骗的特性。伊文指出"风格的主要吸引人之处就是:创造一种超越阶级与背景的幻梦的能力"②,而盖茨比这样的自我实现者往往有用风格进行自我欺骗的倾向。这些人不了解,尽管他们可能具有模仿富人的时尚和闲适生活的天分,他们却依然不可能被上流阶层接受。他们的模仿只能是凡勃伦在《有闲阶级论》所说的"财富竞争"(pecuniiary emulation)③。正如科纳特所说,"盖茨比的悲剧,是他想当然地认为风格真能进行自我形塑。……他是20世纪20年代受欺骗的消费者的讽刺性翻转:他成了被自己的销售能力所欺骗的推销员"④。可以说,盖茨比的真诚是他对风格幻梦的信仰。然而,对于盖茨比这样急于推销自我形象的人来说,他为了显得真诚做出的努力越多,他的面具后面的个性反而越有可能是表象。

波德里亚也写道:"说到底,在这种关于真诚的工业文化之中,被消费的还是真诚的符号。而这种真诚再也不像在存在及表象的记载中那样的与无耻或虚伪对立。在功能关系场中,无耻和真诚互不矛盾地在同一种符号操纵中交替。当然,道德模式(真诚=善/虚假=恶)依然发挥着作用,但它不再指涉真实的品质,而仅仅指涉真实的符号与虚假符号之间的差异。"⑤因此,盖茨比所表现出来的真诚,更多的只是一种人际关系的符号形式,是用来被消费的"真诚的符号",并不意味着他面具背后具有"真实的品质"。

然而,正如上文提到的,盖茨比是真诚地信仰风格能超越阶级的幻梦,他也真

---

① Curnutt, K. Fitzgerald's Consumer World. In Curnutt, K. (ed.). *A Historical Guide to F. Scott Fitzgerald*. London:Oxford University Press,2004:99.

② Ewen, S. *All Consuming Images: The Politics of Style in Contemporary Culture*. New York:Basic Books,1988:77.

③ "Pecuniiary emulation"是凡勃伦在《有闲阶级论》中提出的概念,即财富水平较低的阶层力图通过炫耀性消费来仿效财富水平较高的阶层,以期被认为是后者中一员。

④ Curnutt, K. Fitzgerald's Consumer World. In Curnutt, K. (ed.). *A Historical Guide to F. Scott Fitzgerald*. London:Oxford University Press,2004:93-94.

⑤ 波德里亚.消费社会.刘成富,全志钢,译.南京:南京大学出版社,2001:181.

心实意地表演他的真诚。他尽心尽力地表演他微笑背后的"善意",慷慨大方地招待所有来参加晚会的人们,矢志不渝地钟情于黛西和他的自我理想。然而按照特里林的观点,正是他的这种表现暴露了问题。胸怀真诚的观念,始终如一地忠实于不变的自我,既不考虑现实环境的可能性,也不考虑自我变异的可能性,甚至把真诚当做自我证明、自我炫耀的高贵资本,这实际上跟所谓的英雄观念有本质上的相通之处,"英雄就是看上去像英雄的人,英雄是一个演员,他表演他自身的高贵感"①。

特里林曾评价菲茨杰拉德是文艺复兴以降最后一名声称忠实于个人追求与英雄主义、将生命奉献或弃置于自我理想之上的著名作家。然而,"那不过越来越像个稚气的梦……也许连这些崇拜者都不能完全领会他个人幻想的本质"②。盖茨比与菲茨杰拉德一样,都在扮演着他们的英雄,表演着他们的"真诚"。然而,对真诚的理想期待挡住了他们的视线,使他们不愿意承认现实。安德烈·纪德说:"一个人不能既是真诚的,又像是真诚的。"③因此,真诚对于盖茨比来说,也仅仅只是一种表演。

二、尼克的"摄像式"叙事

事实上,关于盖茨比是否"真诚"这一点,读者更多地是从叙事者尼克的评价中得出结论。而尼克常常被认为是一位"不可靠叙事者":他只看到他想看的,只展示他想展示的一切。关于尼克的"不可靠叙事"评论界向来论述繁多,从韦恩·C.布斯(Wayne C. Booth)对尼克的"真实与不真实性"的关注开始,无数评论家都对尼克的双重性有过论述:尼克同时是虚构的故事中的一个具有有限视角的人物,同时又是讲述整个他并未参与或仅旁观的事件的全知全能的叙事者。卡特莱特(Cartwright)认为他是"一个有缺陷的人物"和"一个迷惘的、误导性的,或是不确切的故事叙说者"④;欧内斯特·洛克里奇(Ernest Lockridge)则明确指出"他

① 特里林.诚与真.刘佳林,译.南京:江苏教育出版社,2006:11.
② 特里林.F.斯科特·菲茨杰拉德//程锡麟.菲茨杰拉德研究文集.南京:译林出版社,2014:7.
③ 特里林.诚与真.刘佳林,译.南京:江苏教育出版社,2006:70.
④ Cartwright, K. Nick Carraway as an Unreliable Narrator. *Papers on Language and Literature*, 1984(2):218.

（尼克）的判断和阐释是不可信的"①；科林·卡斯(Colin Cass)又发现，"尼克的成功取决于他是一个看上去可信同时又有普通人寻常的缺点的人"②；詹姆斯·费伦(James Phelan)则综合上述观点指出我们必须重新考察尼克的可信度，事实上，尼克作为人物和叙事者的功能有时是互不相干、独立运行的，因此他有时可信，有时不可信③。

关于尼克作为不可靠叙事者的观点主要基于两点展开：第一，尼克在小说中时而是有限视角，时而拥有全知视角（比如车祸细节，是用全知视角展开），因此是有矛盾的。第二，布思判断叙事者是否可靠的原则是"当叙述者的言行与作品（隐含作者）保持一致时，叙述者就是可靠的，否则就是不可靠的"④，而尼克的道德判断有与隐含作者相违背之处。关于尼克是否可信的辩论一直在持续，本小节试图将尼克作为不可靠叙事者放到视觉文化的宏大视野去考察，指出尼克的"不可靠性"与他的"摄像式叙事"有关，而这种新型的叙事方式不仅对理解尼克这个叙事者的矛盾之处有很大帮助，也对文本意义的产生具有建构性作用。

从历史发展的角度来说，火车可以作为 19 世纪工业革命的象征，汽车是现代社会的象征，《了不起的盖茨比》则凸显了现代文明另一个被忽视的机械象征——摄像机。苏珊·桑塔格提出，自相机发明以来，世界上便盛行一种特别的英雄主义：视域的英雄主义⑤。这种视域英雄主义不仅影响到人们观看世界的方式，甚至也影响了小说的叙事模式。小说中的尼克其实充当就是摄像机的作用，通过他的视角，小说为我们再现了一个他眼中的永恒的、纯真的、浪漫理想主义的盖茨比。

在解释"摄像式叙事"前，有必要先了解一下苏珊·桑塔格所提出的"摄像式观看"概念。桑塔格指出，摄影师并不是"一位敏锐但不干涉的观察家——一个抄写员"，或"相机提供不带个人情感的客观的影像"。相反，无论你怎样拍摄同一事

① Lockridge, E. F. Scott Fitzgerald's *Trompe l'CEil* and *The Great Gatsby*'s Buried Plot. *Journal of Narrative Technique* . 1987(spring):163.

② Cass, C. "Pandered in Whispers": Narrative Reliability in *The Great Gatsby*. *College Literature*. 1980(7):122-123.

③ Phelan, J. *Narrative as Rhetoric: Technique, Audiences, Ethics, Ideology*. Columbus: Ohio State University Press, 1996:107.

④ Booth, W. *The Rhetoric of Fiction*. Chicago: University of Chicago Press, 1983:158-159.

⑤ 桑塔格. 论摄影. 黄灿然，译. 上海：上海译文出版社，2010:148.

物,总是拍摄不出同一照片,因此"照片不只是存在的事物的证明,而且是一个人眼中所见到的事物的证明,不只是对世界的记录,而且是对世界的评价"①。由此,桑塔格提出,不只存在一种叫做"观看"(由相机记录、协助)的简单、统一的活动,还有一种"'摄影式观看'——既是供人们观看的新方式,也是供人们表演的新活动"②。桑塔格将摄影师比作诗人,认为与摄影最紧密相关,并能体现现代主义观念的艺术形式并不是绘画,而是诗歌③。"随着绘画愈来愈概念化,诗歌却愈来愈专注于视觉。诗歌致力于追求具体性和诗的语言自律性,正如摄影致力于纯粹的观看。两者都暗含着不连贯性、断裂的形式和补偿性的统一:按照其主观的、专横的、往往是武断的要求,把事物从其情境中分离出来(以便用新角度看它们),并将它们简略地撮合在一起"④(译文有改动)。事实上,不仅是现代诗歌,现代小说对视觉的关注也同样显著。小说家就像诗人、摄影师一样,都具有通过"摄影式观看",以个人独特的视角将事物从情境中剥离,并以视觉化的叙述来凸显其个人对世界的理解和评价。本书将这种视觉化的叙述称为"摄影式叙事"。《了不起的盖茨比》中,尼克通过视觉图像的叙事与桑塔格所提出的"摄影式观看"便具有很多共通之处。

　　《了不起的盖茨比》大量使用了视觉图像式人物的动作、姿态、人物特写和静止的场景描写来进行人物塑造。小说中图像式的人物特写、姿势、静态的场景描写极其精辟传神,常能鲜明地凸显人物的性格特征和情绪。尼克对汤姆的描写便是一个极好的例子:"汤姆·布坎南身穿骑装,两腿叉开,站在前门阳台上……嘴边略带狠相,举止高傲。两只炯炯有光的傲慢的眼睛已经在他脸上占了支配地位,给人一种永远盛气凌人的印象……这是一个力大无比的身躯,一个残忍的身躯。"⑤除了人物特写,小说还追求语言描写的镜头感和画面感,注重对小说色彩与声音的渲染,并常常使用视觉造型、动作来展现人物。比如乔丹、盖茨比等人物的一系列栩栩如生的动作、姿态描写俯拾皆是,成为人物塑造的重要手段。美国菲茨杰拉德评论界权威人士罗兰德·伯曼明确指出,菲茨杰拉德在小说中

---

① 桑塔格.论摄影.黄灿然,译.上海:上海译文出版社,2010:144-145.

② 桑塔格.论摄影.黄灿然,译.上海:上海译文出版社,2010:147.

③ 桑塔格.论摄影.黄灿然,译.上海:上海译文出版社,2010:158.

④ 桑塔格.论摄影.黄灿然,译.上海:上海译文出版社,2010:158-159.

⑤ 菲茨杰拉德.了不起的盖茨比.巫宁坤,译.上海:上海译文出版社,2007:15.

借用了照片和电影摄影的技巧："菲兹杰拉德运用了视角、聚焦、沉默的见证人、特写镜头等概念……那些沉默的场景很容易让人产生小说与照片和电影摄影的对比。"①

作为摄像式叙事，图像成为小说叙事的主导力量。尼克眼中的盖茨比这个耀眼的人物形象更是主要依赖他的"一系列成功姿态"②的展示来塑造的：如盖茨比在月色中仰望黛西家码头绿灯的场景，他"极为罕见的笑容"③，以及喧嚣的晚会散后他在阳台"举起一只手做出正式告别的姿势"④，这一系列姿态，使尼克眼中这个充满淳朴、本真的理想主义人物形象跃然纸上。美国评论家肯尼斯·艾博(Kenneth Eble)也注意到了作者凸显视觉图像的意图。他指出菲兹杰拉德对小说原稿做过大刀阔斧的改动，而在修改幅度最大的章节，作者"删除了段落，简化了对话，剔除了意义明确的陈述，以此来提升小说的视觉感染力"⑤。罗纳德·伯曼也指出，"《了不起的盖茨比》表现手法是极端视觉化的，但是它却充斥着对视觉和洞察的障碍"⑥。

如果我们了解了尼克的"摄影式叙事"，我们便可以更好地解释尼克作为不可靠叙事者所产生的矛盾，包括有限视角与全知视角之间的矛盾，以及其道德判断与隐含作者相违背的矛盾。

第一，菲茨杰拉德在小说中通过尼克的视角来向读者展示盖茨比的一切，因此读者关于盖茨比的信息都是通过尼克眼睛而看到的。尼克因此成了联接盖茨比与读者之间的媒介。事实上，他不仅帮助读者理解盖茨比，更在盖茨比与读者之间设置了障碍，通过选择性展示和强化他所想要展示的一切，来操控读者对盖茨比的理解。这里的尼克所起的作用与摄像师非常类似，摄像师通过他的摄像机

---

① Berman，R. *The Great Gatsby and Modern Time*. Urbana：University of Illinois Press，1994：142-143.

② 菲茨杰拉德. 了不起的盖茨比. 巫宁坤，译. 上海：上海译文出版社，2007：7.

③ 菲茨杰拉德. 了不起的盖茨比. 巫宁坤，译. 上海：上海译文出版社，2007：97.

④ 菲茨杰拉德. 了不起的盖茨比. 巫宁坤，译. 上海：上海译文出版社，2007：113.

⑤ Quoted from Curnutt，K. *The Great Gatsby* and the 1920s. In Cassuto，L.，Eby，V. C.，Reiss，B.（eds.）. *The Cambridge History of the American Novel*. Cambridge：Cambridge University Press，2011：93.

⑥ 伯曼.《〈了不起的盖茨比〉与现代时期》导论//程锡麟. 菲茨杰拉德研究文集. 南京：译林出版社，2014：207.

将所看到的世界展示给观众，"通过影像提供的报道"来进行"对现实的解释"①。当图像"把经验本身变成一种观看方式"②，读者无法通过尼克所呈现的图像参与真实的现实，而只是接触到事物的影像。桑塔格对此有过著名论断：我们不是通过亲身经验，而是通过制造影像和复制影像的机器来获得某种东西作为信息，这只能让我们离真相越来越远。

尼克的"摄影式叙事"对人物及人物的情感描绘的可信度和权威性直接影响到我们对文本的理解。摄影技术要求摄影师对所见的一切进行精心的安排和操控，而非不加选择地展示一切。尼克的"摄像式叙事"也决定了小说文本意义的产生，小说读者必须通过叙事者尼克的眼睛来感受盖茨比的世界。作者事实上在读者和小说、读者和尼克、尼克和盖茨比之间设置了距离和障碍，而尼克也成为联通读者和盖茨比之间的媒介。小说读者就像观看视觉图像的观众一样，看到的是对他人经历的体验，读者在阅读小说时只能体验叙事者尼克（摄影师）已经设定的体验和情感。正如苏珊·桑塔格在《论摄影》中所说的，读者成了"二次观看者"，"镜头替我观看——并要求我观看，他留给我的唯一选择是不看"③。而阅读（观看）的唯一结果只能使读者进入尼克的想象世界，接受他对盖茨比的评价和情感。

尼克将读者和小说联系起来，但是事实上他又强化了这两者之间的距离。尼克就像是摄影师一样，努力地建造起关于盖茨比的世界的一种追溯性的图像。因此，我们对于这个世界的认知不可避免地受到尼克的视觉感知的影响。尼克的视觉感知形成了它自己的意义模式。尼克通过有意地加强或是阻止盖茨比的影像的隐含意义，他用图像所建构的盖茨比的世界其实使我们对盖茨比的认知离事实真相越来越远，增强了小说的模糊性，而菲茨杰拉德正是利用了这种模糊性来对读者的认知产生影响。

第二，尼克以第一人称叙述整个故事，采用的是"有限视角"。然而菲茨杰拉德却使他不断地突破"有限视角"，用他自己的想象和理解来弥补他所未知的空间，使之成为"全知视角"，这样一来，尼克的"有限视角"本应无法获知的模糊领域却成为被幻想所取代的现实空间。事实上，菲茨杰拉德经常把尼克有限视角转换

---

① 桑塔格.论摄影.黄灿然，译.上海：上海译文出版社，2010：237.

② 桑塔格.论摄影.黄灿然，译.上海：上海译文出版社，2010：40.

③ 桑塔格.论摄影.黄灿然，译.上海：上海译文出版社，2010：253.

成理想化的全知视角，向读者提供小说事件中他并没有亲眼所见的细节。比如，尼克对黛西的爱情经历的重构不仅采用的是全知视角，并且加入了相当多的他的想象成分。

> ……一个秋天的夜晚，五年以前，落叶纷纷的时候，他俩走在街上，走到一处没有树的地方，人行道被月光照得发白。他们停了下来，面对面站着。那是一个凉爽的夜晚，那是一年两度季节变换的时刻，空气中洋溢着那种神秘的兴奋。家家户户宁静的灯火仿佛在向外面的黑暗吟唱，天上的星星中间仿佛也有繁忙的活动。盖茨比从他的眼角里看到，一段段的人行道其实构成一架梯子，通向树顶上空一个秘密的地方——他可以攀登上去，如果他独自攀登的话，一登上去他就可以吮吸生命的浆液，大口吞咽那无与伦比的神奇的奶汁。
>
> 当黛西洁白的脸贴近他自己的脸时，他的心越跳越快。他知道他一跟这个姑娘亲吻，并把他那些无法形容的憧憬和她短暂的呼吸永远结合在一起，他的心灵就再也不会像上帝的心灵一样自由驰骋了。因此他等着，再倾听一会那已经在一颗星上敲响的音叉。然后他吻了她。经他的嘴唇一碰，她就像一朵鲜花一样为他开放，于是这个理想的化身就完成了。①

很难想象盖茨比这位并未受过多少教育、以"老兄"为口头禅的黑社会成员能用如此具有理想主义色彩、充满象征含义的诗歌般的语言描述他与黛西之间的浪漫爱情。这仅仅是尼克在转述盖茨比回忆的一个例子，事实上他在小说第六章对盖茨比少年时期的描述也是如此。尼克在第一章中这样评价自己："我在大学的时候是喜欢舞文弄墨的。"②这也意味着，作为拥有"有限视角"的叙述者，尼克本人并未亲身体验这些场景，然而他并没有对盖茨比讲述的体验进行客观转述，反而在描述中加入了大量他自己的幻想和情感渲染，用他的语言进行了新的阐释。读者阅读的与其说是对盖茨比的体验的转述，不如说是尼克想象世界中对盖茨比体验的再现。尼克这种将自己的理解和评价植入叙述的最典型例子出现在第七

---

① 菲茨杰拉德.了不起的盖茨比.巫宁坤,译.上海:上海译文出版社,2007:225-227.

② 菲茨杰拉德.了不起的盖茨比.巫宁坤,译.上海:上海译文出版社,2007:11.

章，当盖茨比评价黛西的声音里"充满了金钱"，尼克紧跟着阐述道：

正是这样。我以前从来没有领悟过。它是充满了金钱——这正是她声音里抑扬起伏的无穷无尽的魅力的源泉，金钱丁当的声音，铙钹齐鸣的歌声……高高位于一座白色的宫殿里，国王的女儿，黄金女郎……①

很难说尼克的阐释是否符合盖茨比的原意，事实上，由于尼克对盖茨比浪漫理想的认同和竭力渲染，小说读者已经深深地陷入尼克对盖茨比的叙述，难以将盖茨比的故事与尼克的讲述区分开来。因此，常常有评论家批判盖茨比是"更为虚无、更难理解、更加难以把握"的人物形象，因为他充满了"尼克的催眠式讲述、猜测、想象，可能还有（对情节的）压制、改动、和幻想"②。

第三，尼克这个摄像师，不仅用理想化的想象替代未知空间，更是通过不断加强其理想化、浪漫化的一面，而隐藏或弱化其"污点"。小说最后有这样一个细节："白色的大理石台阶上有哪个男孩用砖头涂了一个脏字眼儿，映在月光里分外触目，于是我把它擦了，在石头上把鞋子刮得沙沙作响。""白色的大理石"，银色的"月光"，尼克擦去了他认为"分外触目"的损坏了盖茨比纯洁的"白色"的大理石的"脏字眼儿"。这句话是对尼克在叙述整部小说最好的注解：抹去盖茨比身上肮脏的、有辱其纯洁梦想的"污点"：他的冷血、自私、庸俗和虚假，只留下"白色"的幻梦般的纯洁性。

尼克在讲述盖茨比的故事时自始至终都有抹去"污点"的行为。在面对汤姆对盖茨比的指责时，他写道："我无话可说，除了这个说不出来的事实：事情并不是这样的。"③尼克"无话可说"的这个"说不出来的事实"并不仅仅是"杀死茉特尔的不是盖茨比，是黛西"，而有着更深一层的含义。事故发生后，盖茨比没有对受害者表示任何同情和关切，他只关注黛西的反应："一下子大惊一场倒还好些。她表现得挺坚强。"连尼克也不禁对他十分厌恶："他这样说，仿佛黛西的反应是唯一要紧的事情"④。然而，当尼克猜到盖茨比并非肇事者，他对盖茨比的厌恶迅速就转化为了同情，接下来的段落里他一直站在盖茨比一边，谴责汤姆和黛西之间的"阴谋策划"。事实上，尽管车祸肇事者是黛西，盖茨比在事故中也并非毫无过错。黛

①　菲茨杰拉德.了不起的盖茨比.巫宁坤，译.上海：上海译文出版社，2007：247.
②　Tanner, T. Introduction. *The Great Gatsby*. London：Penguin Classics, 2000：XXI.
③　菲茨杰拉德.了不起的盖茨比.巫宁坤，译.上海：上海译文出版社，2007：371.
④　菲茨杰拉德.了不起的盖茨比.巫宁坤，译.上海：上海译文出版社，2007：299.

西在出事之后情绪极度亢奋,盖茨比的举措仅仅是"我只得拉上了紧急刹车。这时她晕倒在我膝盖上,我就接过来向前开"①。在20世纪20年代,成年男性本应承担处理事件主导作用,然而盖茨比没有紧急停车、查看受害者,反而驾车带着黛西肇事逃逸,至少也是共犯。无论此后尼克如何将盖茨比浪漫化,盖茨比依然是一个冷血、缺乏应有同情心的人物形象。他所有的感情似乎都已经挥霍在黛西身上,而对和他处于同一阶层的人,包括少年时期的女友们、他的同伙以及茉特尔这样的受害者,并没有表现出应有的阶级情感。就这点来说,汤姆对他的指责并没有完全出错,他是个"心肠狠毒"的人,至少对他同阶层的人是这样。甚至连他对黛西投入的情感也并非针对黛西个人的,黛西作为"白色梦想"的符号,只是他实现其梦想的渠道而已。

由此可见,尼克这个小说叙事者,就像一位摄像师。摄像机可以通过聚焦、光线、角度的不同,对同一事物呈现不同的影像。这正对应了亨利·詹姆斯的名言:真实无法再现,因为再现永远是带有偏见的。尼克也通过有选择的展示,用他自己的理想主义对盖茨比的故事进行加工、渲染、抹去污点后的再现。尼克所叙述的已经不是盖茨比的故事,或者不仅仅是盖茨比的故事,更确切地说,它是尼克眼中的盖茨比的故事。苏珊·桑塔格写道,每一张别人的照片都是摄影师的一幅"自画像"。就像对主张"透过相机发现自我"的迈纳·怀特来说,风景照片实际也是"内心风景"②。因此,我们可以说,尼克对盖茨比的再现恰恰是他自我欲望的一种投射;尼克眼中的盖茨比,其实也就是他心中的自我。尼克与盖茨比一样,从西部来到都市,满怀雄心地希望实现梦想。虽然尼克出身西部一个中产家庭,但已家道中落,耶鲁大学毕业后并无理想的职业能让他实现梦想,于是来到纽约学习证券行业。他与盖茨比一样,亟需物质上的成功来为自己在这个大都市赢得一席之地。然而,盖茨比的悲剧结局让他看到了汤姆、黛西等上流阶层的虚伪和冷漠,大都市的疏远和异化力量,也使他领悟到作为证券行业新人要取得立足于这个大都市的艰难。他梦想破灭,心灰意冷地回到西部后,以追忆式的怀旧和悲愤语调讲述了盖茨比的故事,将其塑造为了不起的英雄形象。当尼克把自身的梦想倾注于盖茨比的英雄形象,他在缅怀盖茨比、控诉汤姆、黛西之流的同时,事实上

---

① 菲茨杰拉德.了不起的盖茨比.巫宁坤,译.上海:上海译文出版社,2007:299.
② 桑塔格.论摄影.黄灿然,译.上海:上海译文出版社,2010:200.

也是在祭奠自己青春的梦想和希望。因此，正如每一张风景照片展示的都是"内心的风景"，叙说中的盖茨比形象中也融入了尼克的理想自我。

　　小说中的尼克把"摄像式观看"用文字的形式呈现给读者，形成了"摄像式叙述"，通过对盖茨比的故事视角的转换和选择性的展示，抹去其污点，渲染其"白色"梦幻的光芒，用看似真实的叙事把他对盖茨比的评价呈现给读者。这种"摄影式观看"的方式，或者更确切地说是"叙事"方式，正如桑塔格所说，"既是供人们观看的新方式，又是供人们表演的新活动"①，事实上成了尼克的"表演性活动"。从他通过渲染"理想"的光环使盖茨比成为一位浪漫主义英雄形象这个意义上看，他的"表演"是非常成功的。盖茨比通过他外表、姿态的模仿、物的积累和展示、城市空间的拓张进行表演，茉特尔用她的购物清单里列举的衣物、品味来表演，黛西用她的"世故"，乔丹用她的"自私和冷漠"，而尼克则是用他的"摄像式叙述"进行表演。不管成功与否，按照戈夫曼的定义，表演都是"特定的参与者在特定的场合，以任何方式影响其他任何参与者的所有活动"②，都是为了影响他人而作。从这个意义上说，以"摄像式叙事"创作这部小说、使读者通过尼克的眼睛来凝视盖茨比的故事，从而体味到梦幻的虚幻性，这是否也是作者菲茨杰拉德的表演呢？我想答案是肯定的。

---

① 苏珊·桑塔格.论摄影.黄灿然,译.上海：上海译文出版社,2010：147.

② 戈夫曼.日常生活中的自我呈现.冯钢,译.北京：北京大学出版社,2008：12.

结　语

　　菲茨杰拉德在《了不起的盖茨比》中对身份表演、真实性和表演焦虑等问题的探讨可谓复杂多面,还在其中融入了种族、阶级、性别等各种社会因素对身份和表演的影响,显示了作者对身份表演的执着关注。菲茨杰拉德所提出的视觉文化影响下对"真"与"诚"的探讨是超前的,在 20 世纪初的美国小说中尤其值得称道,甚至至今都有极强的现实意义,值得我们进一步探讨。应该说这也是这部小说至今仍广受欢迎的至关重要的因素。

　　菲茨杰拉德从三部小说中表演性带来的诸多问题入手,探询和剖析了不同的现代人群体上体现出的身份塑形的虚幻性。本书认为菲茨杰拉德的小说就思想性而言,具有两大重要贡献:一是敏锐地感知到现代人的表演性身份,通过对不同群体的表演性身份的细致刻画使读者认识到表演性已经成为现代性的一个重要表征。二是他对视觉文化的"虚幻性"的敏锐把握和深入的探索,也体现了他对景观社会视觉影像的深刻反思和忧虑。

　　关于第一点,现代人身份的表演性,我们可以借助朱迪斯·巴特勒的观点来进行解释。布迪厄曾在奥斯汀的"言谈行动论"基础上指出,言谈行动的"表演性"是依赖语境所赋予的权威性。然而巴特勒更进一步,提出语言本身就是个"巨大的象征系统",因此"语言言说言说者",即"语言塑造主体"[①]。

　　而根据波德里亚在《消费社会》提出的观点,消费社会丰富的商品也是一系列复杂的符号系统。在现代社会,这些商品符号不可避免地与语言符号一起塑造着

---

① 　倪湛舸.序:语言·主体·性别——初探巴特勒的知识迷宫//巴特勒.身体之重:论性别的话语界限.上海:上海三联书店,2011:2.

主体,而现代社会视觉文化对"可见性"的强调,更使商品成为主体重要的表达方式,也即,主体的表演以商品的形式展现在大众面前,作为其存在的外化。菲茨杰拉德笔下人物的种种表演,时尚、服装、表情、姿势、住宅、车辆等,都是对其"理想自我"的外化。然而,生活在制造"幻想"的都市"景观"中,必然导致都市人对自我的理解充满着虚幻性。由商品构成的"景观"本身也成了这一符号系统的一部分,因此他们所"表演"的自我,不可避免地成了新的"景观"。

巴特勒的性别表演论不仅把性别当作创造主体的表演规范,也融入了关于种族、阶级等其他社会规范与性别的交叉影响,这已经成为当今性别研究以及身份研究的整体走向。而菲茨杰拉德小说中主体在视觉文化语境下的各种表演,也将种族、性别、阶级对主体表演的规范性因素进行了综合考虑。正如倪湛舸所写的,"'解放'的概念同'面具'或'演员'一样,本身就是一座海市蜃楼"[①],菲茨杰拉德对现代人"表演性身份"的探索可以算是向这座海市蜃楼迈出的另一小步吧。

而关于菲茨杰拉德的对景观社会视觉影像的忧思,我们还要回到本书的开端。本书在第二篇开篇曾指出,边疆消失后,都市成了新的"奇迹感"的来源,是自我发展的新的空间维度。现代大都市是"现代性展示得最充分,也是个体感受现代性最强烈的地方"[②],菲茨杰拉德小说中的人物在来到都市之初都雄心勃勃、满怀梦想,"白色"的都市是他们理想的化身,也是他们表演的大剧场。然而,菲茨杰拉德在 20 世纪 30 年代回顾、反思自己的创作生涯后写就的自传性随笔《崩溃》中,这样描述纽约的全景:

> 从废墟中,茕茕孑立、神秘莫测一如斯芬克司,帝国大厦拔地而起,而我以前一直有个老习惯:每逢作别这美丽的城市,都要爬上最高处极目远眺,所以这回我就爬上了这幢最近落成且最为华美的大厦。随即我恍然大悟——什么都说得通了:我发现了这个城市最大的错误,它的潘多拉之匣。纽约人满腹傲气地登上此地,却沮丧地看到,眼前的景象完全在他意料之外,这座城市并非如他所想,路通路街连街绵延不绝,它明明是有边界的······从这幢最高的建筑俯瞰,他第一回目睹城市的边界消

---

① 倪湛舸.序:语言·主体·性别——初探巴特勒的知识迷宫//巴特勒.身体之重:论性别的话语界限.上海:李钧鹏,译.上海三联书店,2011:6.

② 成伯清.格奥尔格·齐美尔:现代性的诊断.杭州:杭州大学出版社,1999:81.

逝在四面的乡野，融入一片蓝绿之间，唯有后者才真的是无远弗届。这番可怕的顿悟让人进而明白，纽约终究只是一座城市而不是整个宇宙，于是他在想象中精心搭建的那一整套熠熠闪光的观念体系轰然落地。①

20 年代过去之后，菲茨杰拉德终于认识到了这个城市"最大的错误"——原来都市是有边界的。纽约的边界不仅是现实中的大都市边界，更是他心目中理想的边界，是自我发展空间的边界。都市的边界使他意识到，都市"再也不是关于美妙成功与永恒青春的轻声细语"，都市景观在他心中激发的"熠熠闪光的观念体系"轰然倒地，他悲叹自己遗失了这座城市，更是悲叹"我遗失了我那璀璨的梦幻"②。这里的"梦幻"便是指他在都市景观体系上建立起来的一切关于自我的观念。梦幻不可避免地破灭了。他终于顿悟了艾默里、飞女郎们、盖茨比们等大都市追梦的人群在这个基础上建立起来的自我塑形观念的虚幻性，以及梦想本身的虚幻。

然而，这事实上并不仅仅是《我遗失的城市》中叙述者的感悟，也是 20 世纪 20 年代美国所经历的一系列的幻灭。菲茨杰拉德在题为《崩溃》的文章中，痛斥日常生活中表征、理解和解释世界的方式越来越呈现出感性图像化或视觉化的趋势，视觉文化越来越深入地僭越现实生活。他这样批判视觉文化代表性技术——电影艺术："文字臣服于图像，个性则被磨蚀殆尽"，这是一种"更闪闪发光、更粗制滥造的力量"，让他有"痛心疾首、遭人侮辱"的感觉③。对于这种视觉技术的力量，他感到无可奈何，"既无法接受，也不能与之抗争"。思考之后，他意识到，过去他拥有的价值观已"全面崩溃"，并悲叹自我的丧失，"如今再也没有我了"④。菲茨杰拉德对于"自我丧失"的领悟正说明他作为一位现代主义小说家敏锐地把握住了时代思潮，正如李·欧瑟所言："现代主义延续了唯美主义传统，其本质是否认人性的存在。"⑤事实上这场"崩溃"早就起于"爵士时代"的辉煌梦想，布鲁斯·L.格伦伯格将《崩溃》的主人公与美国 20 世纪 20 年代发生的经济与社会大崩溃

① 菲茨杰拉德.崩溃.黄昱宁，包慧怡，译.上海：上海译文出版社，2011：108.
② 菲茨杰拉德.崩溃.黄昱宁，包慧怡，译.上海：上海译文出版社，2011：50-51.
③ 菲茨杰拉德.崩溃.黄昱宁，包慧怡，译.上海：上海译文出版社，2011：102.
④ 菲茨杰拉德.崩溃.黄昱宁，包慧怡，译.上海：上海译文出版社，2011：105.
⑤ 曹蓉蓉.人性、美学与现代主义伦理——评李·欧瑟的《现代主义伦理学》.外国文学研究.2014(2)：174.

以及随之而来的大萧条联系起来，认为主人公的危机事实上处于"更大的国家危机的语境中"，而《崩溃》的起因是在 20 年代的繁荣时期，"自我和国家失去了——更确切地讲，是放弃了——对'荣誉、礼貌和勇气'的个人价值的信念，而屈从于'难以战胜的外在力量'——只关注利润的经济学、大生产和大市场的力量，以及与它们必然相伴的对个人私利的献身"①。他终于认识到他在几部小说中一直弘扬的理想的光芒的虚幻："我那善于幻想的才能，……并非浑然天成，而是造作失真——就像'大繁荣'时期一样失真。"②"大繁荣"的不真实也导致了激发的想象力的"失真"，这应该是菲茨杰拉德对景观社会视觉影像虚幻性的深刻反思和忧虑。

---

① 格伦伯格.重读菲茨杰拉德的《崩溃》系列文章——自我的虚构和国家的镜子//程锡麟.菲茨杰拉德研究文集.南京:译林出版社,2014:426.
② 格伦伯格.重读菲茨杰拉德的《崩溃》系列文章——自我的虚构和国家的镜子//程锡麟.菲茨杰拉德研究文集.南京:译林出版社,2014:110.

参考文献

巴特勒.身体之重:论"性别的话语界限".李钧鹏,译.上海:上海三联书店,2011.

班纳.现代美国妇女.侯文蕙,译.上海:东方出版社,1987.

鲍德里亚.消失的技法.金铮,译//罗岗,顾铮.视觉文化读本.桂林:广西师范大学出版社,2003:76-85.

鲍德里亚.生产之镜.仰海峰,译.北京:中央编译出版社,2005.

波德里亚.消费社会.刘成富,全志钢,译.南京:南京大学出版社,2001.

柏格,卢克曼.知识社会学:社会实体的建构.邹理民,译.台北:巨流图书有限公司,1991.

伯格.观看之道.戴行钺,译.桂林:广西师范大学出版社,2005.

伯曼.《〈了不起的盖茨比〉与现代时期》导论//程锡麟.菲茨杰拉德研究文集.南京:译林出版社,2014.

贝尔.资本主义文化矛盾.赵一凡,等译.北京:生活·读书·新知三联书店,1989.

本雅明.机械复制时代的艺术作品.王才勇,译.北京:中国城市出版社,2001.

本雅明.巴黎——19世纪的首都.刘北成,译.上海:上海人民出版社,2006.

比利.菲茨杰拉德对美国的批判//程锡麟.菲茨杰拉德研究文集.南京:译林出版社,2014:216-229.

布尔斯廷.美国人:南北战争以来的经历.上海:上海译文出版社,1988.

曹蓉蓉.人性、美学与现代主义伦理——评李·欧瑟的《现代主义伦理学》.外国文学研究.2014(2):173-176.

曹蓉蓉.视觉图像"完美的犯罪"与身份建构的虚幻性——论《了不起的盖茨比》中的视觉文化转向.外语教学.2014(4):75-78.

陈雷.青年文化与青年人的声音//虞建华.美国文学的第二次繁荣.上海:上海外语教育出版社,2004:162-204.

成伯清.格奥尔格·齐美尔:现代性的诊断.杭州:杭州大学出版社,1999.

程锡麟.虚构中的真实——菲茨杰拉德小说的自传色彩与历史意识.外国文学研究.2012(5):77-84.

德波.景观社会.王昭风,译.南京:南京大学出版社,2006.

董衡巽.序//吴建国.菲茨杰拉德研究.上海:外语教育出版社,2002.

菲茨杰拉德.了不起的盖茨比.巫宁坤,译.上海:上海译文出版社,2007.

菲茨杰拉德.飞女郎与哲学家.姜向明,蔡慧,译.上海:上海译文出版社,2010.

菲茨杰拉德.爵士时代的故事.裴因,萧甘,等译.上海:上海译文出版社,2010.

菲茨杰拉德.美丽与毁灭.吴文娟,译.北京:文化艺术出版社,2010.

菲茨杰拉德.那些忧伤的年轻人.姜向明,蔡慧,译.上海:上海译文出版社,2010.

菲茨杰拉德.人间天堂.金绍禹,译.上海:上海译文出版社,2010.

菲茨杰拉德.崩溃.黄昱宁,包慧怡,译.上海:上海译文出版社,2011.

菲茨杰拉德.末代大亨的情缘.黄福海,译.上海:上海译文出版社,2011.

弗莱伯格.移动和虚拟的现代性凝视:流浪汉/流浪女//罗岗,顾铮.视觉文化读本.桂林:广西师范大学出版社,2003:327-340.

戈夫曼.日常生活中的自我呈现.冯钢,译.北京:北京大学出版社,2008.

格伦伯格.重读菲茨杰拉德的《崩溃》系列文章——自我的虚构和国家的镜子//程锡麟.菲茨杰拉德研究文集.南京:译林出版社,2014:419-427.

哈维.后现代的状况:对文化变迁之缘起的研究.阎嘉,译.北京:商务印书馆,2003.

海德格尔.世界图像时代//孙周兴.海德格尔选集.上海:生活·读书·新知上海三联书店,1996:885-923.

霍普-格林赫尔.词与物:建构叙事,建构自我//拉康,鲍德里亚.视觉文化的奇观:视觉文化总论.吴琼,编.北京:中国人民大学出版社,2005:274-311.

基什.杂志封面女郎//周宪.视觉文化读本.南京:南京大学出版社,2013:

472-486.

杰.现代性的视觉体制//周宪.视觉文化读本.陆玲,译.南京:南京大学出版社,
　　2013:192-205.

考利.流放者的归来——二十年代的文学流浪生涯.张承谟,译.上海:上海外语教
　　育出版社,1986.

拉巴泰.1913:现代主义的摇篮.杨成虎,等译.上海:上海外语教育出版社,
　　2014.

关于柏拉图与亚里士多德的感官等级制的介绍,详见拉康,鲍德里亚.视觉文化的
　　奇观视觉文化总论.吴琼,编.北京:中国人民大学出版社,2005:1-10.

李磊.消费文化导演的现代悲剧——解析菲茨杰拉德《夜色温柔》里的主人公.外
　　国文学研究.2010(4):117-123.

拉康,鲍德里亚.视觉文化的奇观:视觉文化总论.吴琼,编.北京:中国人民大学出
　　版社,2005.

利罕.文学中的城市——知识与文化的历史.吴子枫,译.上海:上海人民出版
　　社,2009.

陆谷孙.英汉大词典.上海:上海译文出版社,1993.

马丁,罗伯茨,明茨,等.美国史(上下册).北京:商务印书馆,2012.

迈克·迪尔.后现代血统:从列斐伏尔到詹姆斯.季桂保,译.//现代性与空间的生
　　产.上海:上海教育出版社,2002:97-98.

倪湛舸.序:语言·主体·性别——初探巴特勒的知识迷宫//巴特勒.身体之重:
　　论性别的话语界限.上海:上海三联书店,2011:1-4.

齐美尔.时尚的哲学.费勇,等译.北京:文化艺术出版社,2001.

桑塔格.论摄影.黄灿然,译.上海:上海译文出版社,2010.

孙绍谊.想象的城市:文学、电影和视觉上海.上海:复旦大学出版社,2009.

特里林.F.斯科特·菲茨杰拉德//程锡麟.菲茨杰拉德研究文集.南京:译林出版
　　社,2014:3-11.

特里林.诚与真.刘佳林,译.南京:江苏教育出版社,2006.

王尔德.自深深处.朱纯深,译.//王尔德作品集.北京:人民文学出版社.2000:
　　613-730.

吴靖.文化现代性的视觉表达:观看、凝视与对视.北京:北京大学出版社,2012.

吴琼.视觉性与视觉文化——视觉文化研究的谱系//拉康,鲍德里亚.视觉文化的
　　奇观:视觉文化总论.吴琼,编.北京:中国人民大学出版社,2005:1-24.

吴琼.他者的凝视——拉康的"凝视"理论.文艺理论,2010(4):33-42.

《新牛津英汉双解大词典》编辑出版委员会.新牛津英汉双解大词典.上海:上海外
　　语教育出版社,2007.

熊红萍.他者"凝视"之下的"黑人"盖茨比.解放军外国语学院学报,2012(6):
　　110-114.

殷企平.在"进步"的车轮之下——重读《玛丽·巴顿》.外国文学评论,2005(1):
　　91-99.

虞建华.美国文学的第二次繁荣.上海:上海外语教育出版社,2004.

詹姆逊.晚期资本主义的文化逻辑.陈清侨,等译.北京:生活·读书·新知三联书
　　店,1997.

张一兵.代译序:德波和他的《景观社会》//德波.景观社会.王昭风,译.南京:南京
　　大学出版社,2006:1-38.

支宇.类像.外国文学,2005(5):56-63.

周宪.视觉文化的转向.北京:北京大学出版社,2008.

周小仪.唯美主义与消费文化.北京:北京大学出版社,2002.

Assadi, J., Freedman, W. *A Distant Drummer: Foreign Perspectives on F. Scott
　　Fitzgerald*. New York: Peter Lang, 2007.

Barbas, S. *Movie Crazy: Fans, Stars, and the Cult of Celebrity*. London:
　　Palgrave Macmillan, 2001.

Barth, G. *City People: The Rise of Modern City Culture in Nineteenth-Century
　　America*. New York: Oxford University Press, 1980.

Baudrillard, J. *Simulations*. New York: Semiotext(e), 1983.

Baudrillard, J. *The Consumer Society: Myths and Structures*. London: Sage
　　Publications, 1998.

Bennett, T. *The Birth of the Museum: History, Theory, Politics*. London:
　　Routledge, 1995.

Bentley, E. Theatre and Therapy. *New American Review*, 1970(viii):133-134.

Beuka, R. *American Icon: Fitzgerald's* The Great Gatsby *in Critical and*

Cultural Context. Rochester and New York:Camden House,2001.

Berman,R. *The Great Gatsby and Modern Time*. Urbana:University of Illinois Press,1994.

Berman,R. *The Great Gatsby* and the Twenties. In Prigozy, R. (ed.). *The Cambridge Companion to F. Scott Fitzgerald*. Cambridge:Cambridge University Press,2002:79-94.

Berman,R. Fitzgerald's Intellectual Context. In Curnutt,K. (ed.). *A Historical Guide to F. Scott Fitzgerald*. London:Oxford University Press,2004:69-84.

Booth, W. *The Rhetoric of Fiction*. Chicago: University of Chicago Press, 1983.

Bradbury,M. Preface. In Bradbury,M.,Palmer,D. (eds.). *The American Novel and the Nineteen Twenties*. London:Edward Arnold,1971:v-ix.

Bradbury, M. Style of Life, Style of Art and the American Novelist in the Nineteen Twenties. In Bradbury, M., Palmer, D. (eds.). *The American Novel and the Nineteen Twenties*. London:Edward Arnold,1971:11-36.

Butler,J. *Gender Trouble:Feminism and the Subversion of Identity*. New York: Routledge,1999.

Butler,J. *Bodies That Matter:On the Discursive Limits of "Sex"*. New York: Routledge,1993.

Butler,J. *Undoing Gender*. New York and London:Routledge,2004.

Calvino,I. *Invisible City*. Delaware:Harcourt Brace Jovanovich,1972.

Canterbery,R.,Birch, T. *F. Scott Fitzgerald:Under the Influence*. St. Paul: Paragon House,2006.

Cass,C. "Pandered in Whispers":Narrative Reliability in *The Great Gatsby*. *College Literature*. 1980(7):113-124.

Cartwright,K. Nick Carraway as an Unreliable Narrator. *Papers on Language and Literature*,1984(2):218.

Curnutt,K. Youth Culture and the Spectacle of Waste. In Bryer,J.,Pigozy,R., Stern,M. (eds.). *F. Scott Fitzgerald in the Twenty-First Century*. Tuscaloosa and London:University of Alabama Press,2003:79-103.

Curnutt, K. *A Historical Guide to F. Scott Fitzgerald*. London: Oxford University Press, 2004: 85-128.

Curnutt, K. *Cambridge Introduction to F. Scott Fitzgerald*. Cambridge: Cambridge University Press, 2007.

Curnutt, K. *The Great Gatsby* and the 1920s. In Cassuto, L., Eby, V. C., Reiss, B. (eds.). *The Cambridge History of the American Novel*. Cambridge: Cambridge University Press, 2011: 639-52.

Debord, G. *Society of the Spectacle*. Smith, N. D. (trans.). New York: Zone Books, 1995.

Donaldson, S. Possession in *The Great Gatsby*. *The Southern Review*, 2001(2): 187-210.

Eagleton, T. *Saint Oscar*. Dublin: Field Day. 1989.

Eble, K. *The Great Gatsby* and the Great American Novel. In Bruccoli, M. (ed.). *New Essays on* The Great Gatsby. New York: Cambridge University Press, 1985: 79-100.

Egginton, W. *How the World Became a Stage: Presence, Theatricality and the Question of Modernity*. Albany: State University of New York Press, 2003.

Ewen, S. *Channel of Desire: Mass Images and the Shaping of American Consciousness*. New York: McGraw-Hill, 1982.

Ewen, S. *All Consuming Images: The Politics of Style in Contemporary Culture*. New York: Basic Books, 1988.

Féral, J. Theatricality: The Specificity of Theatrical Language. *Substance*, 2002 (2&3): 94-108.

Féral, J. Performance and Theatricality: The Subject Demystified. *Modern Drama*, 1982(25): 170-181.

Fischer-Lichte, E. *The Transformative Power of Performance: A New Aesthetic*. New York: Routledge, 2008.

Fitzgerald, F. S. *Correspondence of F. Scott Fitzgerald*. Bruccoli, M. (ed.). New York: Random House. 1980.

Fitzgerald, F. S. *The Crack-up*. New York: New Directions, 1993.

Fitzgerald,F. S. *A Life in Letters*. New York:Simon,1994.

Fitzgerald,F. S. Emotional Bankrutcy. In Bryer,J.,Kuehl,J. (eds.). *The Basil and Josephine Stories*. New York:Scribner,1997:309-327.

Fitzgerald,F. S. *The Great Gatsby*. Hertfordshire:Wordsworth Editions Limited, 2001.

Fitzgerald,F. S. *This Side of Paradise*. New York:Penguin Books,2006.

Fitzgerald,F. S. *The Beautiful and Damned*. New York:Penguin Books,2006.

Freedman,B. *Staging the Gaze:Postmodernism,Psychoanalysis,and Shakespearean Comedy*. Ithaca:Cornell University Press,1991.

Gammel, I. *Sexualizing Power in Naturalism:Theodore Dreiser and Frederick Philip Grove*. Alberta:University of Calgary Press,1994.

Goldsmith,M. White Skin,White Mask:Passing,Posing,and Performing in *The Great Gatsby*. *Modern Fiction Studies*, 2003(3):443-468.

Heidegger,M. *The Question Concerning Technology and Other Essays*. W. Lovitt. W. (trans.). New York:Harper and Row Press,1977.

Horton,R.,Edwards,H. *Backgrounds of American Literary Thought*. New York:Appleton Century Crofts Inc.,1952.

Jaher,F. *The Urban Establishment:Upper Strata in Boston, New York, Charleston,Chicago and Los Angeles*. Urbana-Champaign:University of Illinois Press,1982.

Junks,P. *A Shout in the Street:An Excursion into the Modern City*. Berkeley: University of California Press,1990.

Kaplan,A. Crowded Space. In Singley,J. C. (ed.). *Edith Wharton's The House of Mirth:A Casebook*. New York:Oxford University Press,2003.

Lacan,J. *The Seminar of Jacques Lacan,Book I:Freud's Papers on Technique* 1953-1954. In Miller, J. A. (ed.). Forrester, J. (trans.). Cambridge:Cambridge University Press,1988.

Lalvani,S. *Photography,Vision and the Production of Modern Bodies*. Albany: State University of New York Press,1996.

Fischer-Lichte,E. *The Transformative Power of Performance:A New Aesthetics*.

New York:Routledge,2008.

Levin,D. Introduction. In Levin, D. (ed.). *Modernity and the Hegemony of Vision*. Berkeley and Los Angeles:University of California Press,1993.

Lockridge,E. F. Scott Fitzgerald's *Trompe l'CEil* and *The Great Gatsby*'s Buried Plot. *Journal of Narrative Technique*,1987(spring):163-183.

Long,R. *The Achieving of* The Great Gatsby. Lewisburg:Bucknell University Press,1979.

May,R. *The Cry for Myth*. New York:W. W. Norton & Company,Inc. Press, 1991.

Massa,A. *American Literature in Context*, *IX*: *1900—1930*. London and New York:Methuen & Co.,1982.

Meyers,J. F. *Scott Fitzgerald*:*a biography*. New York:Harper Collins,1994.

Michelson,B. The Myth of Gatsby. *Modern Fiction Studies*,1980(26):563-578.

Miller, A. *Novels Behind Glass*: *Commodity Culture and Victorian Narrative*. Cambridge:Cambridge University Press,1995.

Montgomery,M. *Displaying Women*:*Spectacles of Leisure in Edith Wharton's New York*. New York:Routledge,1998.

Nystrom,P. Fitzgerald's Consumer World. In Curnutt,K. (ed.). *A Historical Guide to F. Scott Fitzgerald*. London:Oxford University Press,2004.

O'Meara,L. *Lost City*:*Fitzgerald's New York*. New York:Routledge,2002.

Orvell,M. *The Real Thing*:*Immitation and Authenticity in American Culture*, 1880—1940. Chapel Hill and London:University of North Carolina Press, 1989.

Perloff,M. *The Futurist Moment*. Chicago:University of Chicago press,1986.

Phelan,J. *Narrative as Rhetoric*:*Technique*,*Audiences*,*Ethics*,*Ideology*. Columbus: Ohio State University Press,1996.

Prigozy,R. Fitzgerald's Flappers and Flapper Films of the Jazz Age. In Curnutt, K. (ed.). *A Historical Guide to F. Scott Fitzgerald*. Oxford:Oxford University Press,2004:129-161.

Rauchway,E. An Economic History of the United States 1900—1950. In Matthews,

T. J. (ed.). *A Companion to the Modern American Novel* 1900—1950. Oxford: Blackwell Publishing Ltd, 2009.

Rydell, R. The Centennial Exposition, Philadelphia, 1876: The Exposition as a "Moral Influence". *All the World's A Fair: Visions of Empire at American International Expositions*, 1876—1916. Chicago: The University of Chicago Press, 1984.

Sanderson, R. Women in Fitzgerald's Fiction. In Prigozy, R. (ed.). *The Cambridge Companion to F. Scott Fitzgerald*. Cambridge: Cambridge University Press, 2002: 143-163.

Schechner, R. *Performance Studies: An Introduction*. London and New York: Routledge, 2002.

Simmel, G. Sociology of the Senses: Visual Interaction. In Park, R. E., Burgess, E. W. (eds.). *Introduction to the Science of Sociology*. Chicago: University of Chicago Press, 1921.

Simmel, G. The Metropolis and Mental Life. In Frisby, D., Featherstone, M. (ed.). *Simmel On Culture*. London: Sage Publications, 1997: 174-86.

Sontag, S. *On Photography*. New York: Picador Press, 1977.

Stavola, T. *Scott Fitzgerald: Crisis in An American Identity*. New York: Barnes & Noble Books, 1979.

Susman, W. "Personality" and the Making of Twentieth-Century Culture. In Higham, J., Cokin, K. P. (eds.). *New Directions in American Intellectual History*. Baltimore: Johns Hopkins University Press, 1979.

Tanner, T. Introduction. In Fitzgerald, T. S. *The Great Gatsby*. London: Penguin Classics, 2000: vii-liv.

Tranchtenberg, A. *Reading American Photographs: Images as History, Mathew Brady to Walker Evans*. New York: Hill & Wang Press, 1989.

Tranchtenberg, A. *The Incorporation of America: Culture and Society of the Gilded Age*. New York: Hill & Wang Press, 2007.

Trilling, L. F. *The Liberal Imagination: Essays on Literature and Society*. New York: Scribner's Press, 1978.

Tocqueville, A. *Journey to America*. Lawrence, G. (trans.). Westport: Greenwood Publishers Press, 1981.

Turnbull, A. *Scott Fitzgerald*. New York: Scribner's, 1994.

Turner, F. *The Frontier in American History*. New York: Henry Holt and Company, 1920.

West III, J. The Question of Vocation in *This Side of Paradise* and *The Beautiful and Damned*. In Prigozy, R. (ed.). *The Cambridge Companion to F. Scott Fitzgerald*. Cambridge: Cambridge University Press, 2002: 48-56.

Wirth, L. Urbanism as a Way of Life. In LeGates, T. R., Stout, F. (eds.). *The City Reader*. London and New York: Routledge, 1996.

Wirth-Nesher, H. *City Codes: Reading the Modern Urban Novel*. Cambridge: Cambridge University Press, 1996.

Wilde, O. *Complete Works of Oscar Wilde*. In Holland, V. (ed.). London: Collins, 1996.

Žižek, S. *The Sublime Object of Ideology*. London: Verso, 1989.

The Merriam Webster Dictionary. New Edition. Springfield: Merriam-Webster, 1994.